T0270130

VIÑEDOS DE SANGRE

LA TRAMA

Viñedos de sangre

J. L. Romero

Papel certificado por el Forest Stewardship Council®

Penguin
Random House
Grupo Editorial

Primera edición: mayo de 2024

© 2024, Josep López Romero
Autor representado por Silvia Bastos, S. L. Agencia literaria
© 2024, Penguin Random House Grupo Editorial, S. A. U.
Travessera de Gràcia, 47-49. 08021 Barcelona

Printed in Spain – Impreso en España

ISBN: 978-84-666-7891-9
Depósito legal: B-5.895-2024

Compuesto en Llibresimes, S. L.

Impreso en Liberdúplex
Sant Llorenç d'Hortons (Barcelona)

BS 7 8 9 1 9

Para Lourdes, Martí y Rita,
que estuvieron ahí desde la primera palabra.
Con profundo e irreductible amor

En la historia y en la vida, parece a veces discernirse una ley feroz que reza: «A quien tiene, le será dado: a quien no tiene, le será quitado».

PRIMO LEVI,
Si esto es un hombre

Cuando recibe el primer golpe, en un punto impreciso entre el pómulo derecho y la nariz, experimenta más incredulidad que dolor. No acaba de entender qué hace allí ni por qué aquellos dos hombres, a los que ha visto de uniforme un par de veces por el pueblo y que ahora visten de paisano, lo han sacado en plena noche de su cama, se lo han llevado al cuartelillo, lo han atado al respaldo de una silla y, sin preguntas ni explicaciones de ningún tipo, de pie frente a él, uno a cada lado, han empezado a golpearle en la cara como quien cumple un rito o un encargo. ¿Qué puede haber hecho él, hombre de bien sin ninguna adscripción política, respetuoso con la ley y temeroso de Dios, para ser agredido de esa manera? Se lo pregunta y lo manifiesta en voz alta: «¿Qué he hecho? ¿Por qué me pegáis?». Por respuesta solo re-

cibe la carcajada de aquel que le ha propinado el primer puñetazo, seguida de una vaharada de vino y una mirada demente.

Sí siente en su total magnitud, en cambio, el dolor del segundo porrazo, sacudido a mano abierta por el otro hombre y encajado, ya con más temor que sorpresa, en el lado izquierdo de la cabeza. El impacto le produce una punzada intensa antes de sucumbir a un desmayo del que regresa a duras penas a la realidad, una realidad que tiene, a pesar de la contundencia de la agresión, algo de la fragilidad de los sueños. Aturdido, intenta encontrar una explicación. ¿Por qué le están agrediendo de esa manera? ¿A quién ha podido faltar o qué obligación ha podido desatender? No ha ido al frente ni tiene delitos de sangre. Ni siquiera ha pronunciado, durante toda la guerra, una sola palabra contra nadie: ni contra los vencedores ni contra los vencidos. La discreción, el trabajo y la debida obediencia han sido sus guías. ¿Por qué entonces lo tratan como si fuera un enemigo?

En su búsqueda apresurada de un motivo, acude de pronto a su memoria, justo cuando un nuevo y rotundo puñetazo le revienta el ojo derecho, la imagen de aquella familia amiga durante el invierno anterior, cuando tantos huyeron a Francia ante el avance de las tropas nacionales. Se citaron de noche en las afueras del pueblo y él les entregó mantas y alimentos para que pudieran atravesar los Pirineos. Actuó por pura compasión cristiana, como haría cualquier alma caritativa, pero tal vez algún fanático, de los que abundan en estos tiempos convulsos, lo vio ayudándolos y ahora, una vez acabada la guerra, ha ido con el cuento a las autoridades. Por rencor, para medrar o por simple maldad.

Si esa es la causa, piensa mientras recibe la primera de una secuencia de patadas en el vientre, solo le queda una salida: invocar el nombre de su amigo Narciso, gran triunfador en la contienda y figura de máxima confianza del Caudillo. Seguro que su sola mención despierta el temor en aquellos dos hombres y detienen al momento la agresión. Aunque desde que acabó la guerra no ha logrado hablar con él, confía en que su amistad siga viva y en que el sueño de juventud que concibieron juntos, siendo apenas unos quintos, podrá reactivarse en breve, cuando las aguas vuelvan a su cauce y se apaguen los ecos del horror. Sin embargo, cuando acierta a decir, con el escaso aliento que le ha dejado la última coz, «Soy amigo de Narciso Vidal», los otros dos estallan en ostentosas carcajadas envueltas en vapores etílicos. Es en ese preciso instante cuando se da cuenta de que todo está perdido.

Lo siguiente que nota es un empujón en un hombro que lo desequilibra y hace que él y la silla caigan a un lado como un tentetieso defectuoso. Durante el fugaz trayecto que dibuja su cabeza hasta impactar contra el suelo de ladrillo, le asalta la certeza de que su amigo lo ha traicionado y de que la vida, la que ha anhelado durante tanto tiempo y la única que le parece merecedora de ser vivida, se ha acabado.

1

El mensaje era escueto y claro: «Estoy en un apuro. Llámame, por favor».

Era la primera noticia que tenía de él desde hacía un mes, exactamente desde que le comuniqué que dejaba la unidad. El tono era muy diferente al de entonces. No hubo aquel día, el de mi despedida, ningún «por favor», sino reproches y algún que otro comentario envenenado. Podía entenderlo: lo había puenteado para conseguir mi nuevo destino, y lo había hecho deliberadamente, a sabiendas de que él nunca lo aprobaría.

—¿Me estás diciendo que dejas la mejor unidad de investigación criminal del país para tramitar DNI y pasaportes en Figueres, en el culo del mundo? ¡¿En serio?!

—No puedo seguir, Ramiro, lo siento. Estoy mal. Tengo ataques de ansiedad cada media hora.

—¿Ansiedad? ¡No me jodas, López! Nosotros vivimos en la puta ansiedad todos los días, somos ansiedad con patas.

Estábamos los dos de pie en el centro justo de su despacho, la puerta cerrada para que nadie pudiera oírnos y las lamas de las cortinas inclinadas para que nadie pudiera adivinar, a través de las paredes de cristal a media altura, de qué hablábamos. Ramiro agitaba los brazos delante de mi cara con una agresividad que le había visto pocas veces con su gente. Por un momento pensé que me iba a soltar un puñetazo. En lugar de eso, se giró con violencia, dio unos pasos hasta su sillón y se dejó caer en él. Desde allí me dedicó una mirada irónica.

—Vas a volver, López. La adrenalina o la dopamina o lo que coño segreguemos...

Hizo una pausa y me observó con una sonrisa a lo Joker ocupándole media cara.

—Eso engancha, López. Y tú estás tan enganchado a las emociones fuertes como yo, y como el resto de la unidad. En dos días me vas a suplicar que te readmita.

—No, Ramiro. Estoy jodido, nunca me había pasado esto. No me veo capaz de nada, necesito largarme lejos. Hace semanas que no duermo si no es con pastillas.

—Eso no es ninguna novedad. Aquí todos toman pastillas, y tú lo sabes. Hasta yo las he tomado a veces.

Iba a decir que sí, que lo sabía, que, aunque nadie lo admitía, todos conocíamos las mierdas de todos, pero no lo hice. No tenía ganas de alargar la conversación más de lo necesario. Estaba empezando a notar palpitaciones en el pecho que amenazaban con acelerarse y desbocarse, como me había sucedido dos meses atrás, cuando tuve una crisis por primera vez en mi vida. Había oído muchas veces hablar de ataques de pánico, pero nunca había experimentado uno. Pensé que me moría, que el pecho me explotaba, que me estaba volviendo loco. Afortunadamente me pilló en casa solo, las niñas estaban con Marisa. No quiero ni pensar en el susto que se habrían llevado. Cuando ocurrió, reuní el ánimo suficiente para ir a las Urgencias del Gregorio Marañón, donde me hicieron esperar tres horas y me atendieron con una expresión resignada, la de «otro con ansiedad, qué jodido está el mundo». Se me pasó por la cabeza sacar la placa y exigir que se ocuparan de mí cuanto antes, pero estaba tan asustado que me quedé en una silla de plástico de la sala de espera sin rechistar, encogido, doblado sobre mí mismo. Nunca, en dos décadas como agente de operaciones especiales, había experimentado un miedo parecido.

—Es por la cagada de la T4, ¿no? —preguntó de pronto Ramiro, y por un momento pensé que me iba a ofrecer una baja temporal o unas vacaciones para que descansara, pero se limitó a añadir sin esperar respuesta—: Eso no va a ir a ninguna parte, ya lo hemos hablado. Somos demasiado valiosos para que nos jodan. Les limpiamos la mierda y a cambio nos dejan hacerlo a nuestra manera.

No quise entrar ahí. Eso nos habría llevado por terrenos que no quería transitar. Además, estaba empezando a agobiarme. Notaba calor por todo el cuerpo y sudor en la frente, en el pecho, en las axilas. Quería salir de aquel despacho cuanto antes. Me di la vuelta, caminé hasta la puerta y la abrí. Ramiro me llamó:

—¡Espera!

Giré el torso, dejando los pies encarados hacia la salida. Parecía un contorsionista. Él se levantó de un salto y se plantó en dos zancadas a mi lado. Por segunda vez pensé que me iba a agredir, pero no lo hizo. Se acercó un poco más y, a un palmo escaso de mi cara y con la respiración agitada, soltó con tono lapidario:

—Recuerda una cosa, López: puedes alejarte de aquí, puedes incluso dar la espalda a las miserias humanas, pero no puedes huir de ti mismo ni de tus miserias.

2

Cuando aquel lunes de agosto leí el mensaje de Ramiro, más de un mes después de nuestra despedida en su despacho, me dio un brinco el corazón. Fue una respuesta espontánea, un resorte, un reflejo. Luego llegaron los pensamientos. El primero: «Dios, ¿por qué no me deja en paz?». El segundo: «Tenía que haberlo bloqueado». El tercero, mezclado con un sentimiento ambiguo a medio camino entre la repulsa y la curiosidad: «¿Qué cojones querrá ahora?».

En aquellas pocas semanas que había pasado lejos de Madrid y de la Unidad de Operaciones Especiales, la UOE, había logrado encontrar cierta paz. Al principio cometí el error de alquilar un apartamento a pocos metros de la comisaría, prácticamente enfrente del Museo Dalí, en pleno centro de Figueres. El hormigueo de turistas era constante, poco que envidiar a los alrededores del Prado cualquier fin de semana del año. A aquello había que añadir que era verano y las temperaturas rondaban los cuarenta grados. Un cóctel insufrible para cualquiera, más aún para alguien que huía de la gran ciudad buscando calma y sosiego.

Por suerte, a los pocos días de incorporarme, una compañera de la comisaría me habló de una pequeña casa en un pueblo de la zona, a pocos kilómetros de Figueres. Había sido de sus padres y no la usaba porque vivía con su marido y sus hijos en una vivienda unifamiliar de nueva construcción con piscina. El sueldo de policía no daba para tanto, pero al parecer el marido tenía una pequeña empresa de construcción. La casa que alquilaba era medianera, con fachada de piedra, suelo de gres y techos altos que mi compañera describió como *de volta catalana*, un tipo de bóveda de ladrillos que, como supe después, es muy habitual en la región. Me pareció cálida nada más entrar. Sentí una especie de abrazo invisible, como si las paredes y los techos, o mejor, la casa entera, me dieran la bienvenida y me acogieran. En los últimos tiempos había empezado a sentir cosas extrañas como esa, intuiciones o premoniciones que normalmente desafiaban mi racionalidad y que no sabía cómo interpretar. Por supuesto, no se lo expliqué a mi compañera. Habría pensado que el tipo que prefería hacer DNI y pasaportes en una ciudad pequeña cerca de la frontera con Francia en lugar de disfrutar de los privilegios y el prestigio de la todopoderosa UOE era todavía más raro de lo que parecía. No dejaba de pesarme la mirada desconfiada de mis compañeros, que solo acertaban a entender mi presencia allí como un castigo por insubordinación o una artimaña sofisticada del Cuerpo para introducir a un agente de operaciones especiales en una zona donde casi todas las competencias estaban en manos de los Mossos d'Esquadra, la policía autonómica.

No dudé ni un minuto en quedarme la casa. Tenía los muebles y los electrodomésticos básicos que podía necesitar y la ventaja de estar muy cerca de la estación de AVE de Figueres, lo que facilitaba la posibilidad de que las niñas vinieran a pasar conmigo algún fin de semana o de ir yo a Madrid a verlas. Marisa no se había tomado nada bien mi decisión de irme tan lejos, ni cuando traté de explicarle que era por una razón de salud ni cuando le dije, apurando los límites entre la verdad y la verdad a medias, que sería solo por un tiempo. Eran ya muchos años de horarios imposibles, viajes constantes, responsabilidades desatendidas y silencios incómodos. Todo eso nos había llevado a la separación hacía apenas seis meses. Fue ella la que dijo basta. Una madrugada, al regresar de una misión, me envió a dormir al sofá, y al día siguiente me urgió a que hiciera las maletas y me buscara otro lugar donde vivir. Fue así, de un día para otro, aunque en realidad la grieta entre ambos llevaba tiempo ensanchándose.

La casa de Vilademont, que es como se llamaba el pueblo, tenía dos habitaciones con sendas camas dobles. Compré lo mínimo —dos juegos de sábanas, unas toallas y poco más— y me acomodé. Durante aquellas primeras semanas apenas salí más que para ir a trabajar y a comprar. Cumplía con mi turno de ocho a tres, comía cualquier cosa y me pasaba las tardes en el sofá leyendo o dormitando. Poco a poco empecé a sentir cierta calma, cierta sensación de paz recuperada, de seguridad en mí y en el mundo. Pero entonces entró el mensaje de Ramiro y todo se agitó de nuevo. «Estoy en un apuro. Llámame, por favor». Me quedé mirando el móvil sin pestañear. Después de un minuto, la pantalla fundió a negro y decidí no contestar.

No había pasado ni una hora cuando sonó de nuevo el móvil. Esta vez era una llamada. Me pilló engrasando la cadena de la vieja K75 en el patio trasero de la casa.

Allí la encerraba cada día cuando volvía de la comisaría o del supermercado, aunque era improbable que alguien quisiera robar una moto de casi cuarenta años y muchísimos kilómetros. En Wallapop apenas se habría vendido por dos mil euros. Pero para mí tenía un gran valor: era la moto que mi padre había utilizado durante muchos años, aquella en la que había hecho varios viajes por España y por el resto de Europa antes de que naciéramos sus hijos; aquella en la que me daba vueltas cuando yo era un niño bajo la mirada reprobadora de mi madre; aquella con la que, incluso después de comprarse otra más moderna, salía los fines de semana con un par de amigos y volvía con la felicidad estampada en el rostro; aquella a la que, cuando se jubiló y tuvo más tiempo, dedicaba más atenciones que a su propia salud, y aquella que, al final de sus días, se quedó triste en un garaje durante un par de meses hasta que mi madre un día me llamó y me dijo: «He hablado con tus hermanos y están de acuerdo. Llévatela. Tu padre habría querido que te la quedaras tú». Desde aquel día hacía un año, engrasaba la cadena un par de veces al mes y comprobaba que estuviera bien tensada, como tantas veces le había visto hacer a él. Era una forma de recordarlo y de seguir con un duelo que estaba durando más de lo que había supuesto.

Me quité la grasa de las manos con parsimonia mientras observaba el nombre de Ramiro en la pantalla del móvil, que estaba en el suelo a mi lado. Me tomé mi tiempo para ver si se cansaba o se impacientaba, y decidía colgar, pero debía de estar realmente en un apuro, porque aguantó hasta que lo cogí. Dejé que fuera él quien iniciara la conversación.

—¿Qué tal, López, cómo va la crisis de los cuarenta?

No dije nada. Ramiro, temeroso tal vez de que colgara, cambió entonces el tono.

—Perdona, solo bromeaba. ¿Cómo estás?

—Hasta hace un minuto, tranquilo.

—¿Y un poco aburrido?

—He dicho tranquilo.

Sentí un conato de placer al ver que era capaz de mantenerme firme y no dejarme arrastrar por las habituales estrategias manipuladoras de Ramiro. Debió de notarlo, porque optó por ir de frente.

—Ya veo que no estás para bromas. Vale, voy al grano. Mira, resulta que he recibido hace un rato una llamada de las altas esferas. Ha pasado algo y quieren que nos encarguemos.

—Que te encargues, querrás decir.

—¡Vale, sí! ¡Qué susceptible estás, joder!

Le incomodaba tener que medir las palabras, más todavía con alguien que hasta hacía nada era su subordinado.

—El tema —siguió después de resoplar— es que, casualidades de la vida, los hechos se han producido muy cerca de tu nuevo destino. Es un empresario catalán. Tiene negocios turísticos, inmobiliarios y varias bodegas, entre ellas Mas Vidal, una de las más grandes de España. Alta burguesía catalana de toda la vida, un pez gordo. Quizá no te suene porque es un tío discreto, muy poco dado a aparecer en los medios, pero está entre las cien fortunas más grandes del país.

Le di vueltas a la ruleta de mi memoria, pero no me salió nadie que respondiera a esa descripción. Tampoco quise preguntarlo. Di por supuesto que Ramiro me lo contaría enseguida.

—El hombre desapareció ayer domingo —prosiguió—. Tiene noventa años y ahora son sus hijos los que llevan los negocios familiares. Son ellos los que han dado la alerta. Se ve que estaban pendientes de la vendimia y no se han dado cuenta hasta esta mañana de que no estaba en su casa.

—¿Y desde cuándo la UOE se dedica a buscar ancianitos perdidos?

—El ancianito, como tú lo llamas, es Mateu Vidal

Trias. Si lo googleas verás que es todo un personaje. Su padre fue íntimo de Franco y apoyó el Alzamiento. Y él, además de uña y carne con Pujol durante varias décadas, ha sido presidente de La Caixa, del Círculo de Economía y de cuatro o cinco asociaciones más de esas que cortan el bacalao en Cataluña y en buena parte de España. El poder en la sombra, chaval, los que realmente mueven los hilos.

—¿Y por qué te encasquetan a ti el marrón? Se tendrían que ocupar los Mossos, ¿no?

—Sí, pero resulta que Arnau Vidal, el primogénito del tal Mateu, no confía mucho en los Mossos. Y por una de esas cosas del *networking* entre las clases pudientes, tiene el teléfono directo del ministro. Ya sabes cómo va esto: alguien llama al ministro, el ministro llama al jefazo del Cuerpo y nuestro amo sapientísimo me llama a mí.

—Y tú a mí —rematé la secuencia—. Que ya no estoy a tus órdenes, por cierto.

—Soy consciente, López, por eso no te lo ordeno, te lo pido por favor. Y sabes que me revuelve las tripas tener que rebajarme a esto, así que ten un poco de compasión, aunque solo sea por lo que hemos vivido juntos.

Ramiro no era en realidad un mal tipo. Se había

portado bien conmigo durante todos los años que había trabajado en su unidad. De hecho, me había salvado el culo varias veces, la última después de mi cagada en la T4. Todos sabían que me precipité, que me pudo el ansia y me acerqué demasiado y provoqué el intercambio de disparos. Él también, pero presentó todo tipo de informes favorables sobre mi eficacia como agente, mi entrega durante dos décadas al Cuerpo y mi fidelidad a la patria. Era de su equipo, y a alguien de su equipo no se lo podía tocar, eso sí lo tenía Ramiro. Así que tal vez le debía algo, aunque fuera un pequeño favor como aquel que no se animaba a pedirme explícitamente porque le tocaba los cojones pedir favores. Aun así, decidí resistirme un poco más.

—¿Y por qué no envías a alguien de la unidad?

—Si tú me dices que no, tendré que hacerlo, qué remedio. Pero tú eres… Bueno, eras mi mejor hombre.

—No me dores la píldora, Ramiro, que nos conocemos. Lo que pasa es que andas justo de efectivos, como siempre, y a mí ya me tienes aquí.

Hubo una pausa. Su silencio evidenció que yo estaba en lo cierto.

—Dime una cosa: ¿por qué quieren que vaya uno de los nuestros a investigar una simple desaparición? Aunque sea un empresario con contactos en las altas esferas no es el papa Francisco. Lo más probable es que haya salido a pasear por el campo y se haya perdido, o le haya dado un infarto. Y eso lo puede solucionar hasta la policía local.

—Llevan todo el día buscándolo y no aparece. Y con noventa años no tiene pinta de que haya podido ir muy lejos. Sospechan que puede haber algo más, quizá un secuestro. Eso es justamente lo que quiero que averigües. Con discreción y respeto, claro, porque el asunto lo llevan oficialmente los Mossos.

Tanto Ramiro como yo sabíamos a aquellas alturas de la conversación que iba a aceptar, aunque solo fuera por los viejos tiempos y por los viejos favores, por saldar posibles deudas y porque no quedara nada en el debe ni en el haber. Y también porque ahora, a diferencia del pasado, tenía la libertad de dejarlo cuando quisiera.

—¿Qué quieres que haga? —pregunté al fin.

—Llama a la comisaría de los Mossos de Girona, ahora te mando el teléfono. Pregunta por la inspectora Mercè Solius.* Sé simpático, por favor, porque no le va a hacer ninguna gracia que los Vidal hayan recurrido a la Policía Nacional en vez de confiar en la autonómica.

---

* Léase «Solíus».

Por ahí todavía campan a sus anchas los fantasmas del franquismo.

—Por aquí y por todas partes.

—Vale, pero no entremos ahora en eso, López, por favor, que nos perdemos y me están apretando.

—¿Y si no me coge el teléfono?

—Te lo cogerá.

Un nuevo silencio. Solo se oía la respiración de Ramiro al otro lado. Quedaba ya poco por decir. Me permití el lujo de darle una orden:

—Envíame los datos y el informe sobre el desaparecido a mi correo personal.

—En un minuto.

Iba a colgar cuando le escuché decir, con un hilo de voz apenas perceptible:

—Gracias, López.

3

Llamé a la inspectora Solius aquella misma tarde a su móvil, pero lo tenía desviado a la centralita. Conseguí hablar con alguien de su equipo, que después de una rápida consulta me citó al día siguiente a las nueve en la comisaría de Figueres. Fue inusualmente fácil. Seguro que Ramiro había movido los hilos para preparar mi aparición. Me podía imaginar su conversación con el mayor de los Mossos, trufada de frases a medias y sobrentendidos:

—Perdona, Jordi, tú ya me conoces…

—Por supuesto, Ramiro.

—Y sabes que no me gusta tocarle las narices a nadie.

—Ni que te los toquen a ti.

—Exacto. Si fuera por mí…

—Lo sé, lo sé.

—Así que te lo agradezco.

—No hay de qué, hoy por ti y mañana por mí.

—Pues ya sabes, aquí me tienes.

—Te tomo la palabra.

—Cuando quieras.

Etcétera.

Después de acordar la cita con la inspectora para la mañana siguiente, me animé a dar una vuelta. Estábamos en agosto y el día todavía era largo. Decidí caminar por los alrededores del pueblo, algo que no había hecho en el mes que llevaba allí. Tomé un sendero de tierra que arrancaba frente a mi casa, junto a la ribera de un riachuelo que apenas llevaba agua, y ascendía hacia una loma. Bordeé varios campos de cereal segados, que habían reverdecido gracias a las lluvias recientes, inusuales en aquella época del año, y atravesé un pequeño bosque de pinos, encinas y arbustos. Desde lo alto la vista impactaba: hacia el norte, la estampa imponente de la sierra de la Albera, frontera natural con Francia; hacia el este, el cabo de Creus, colofón de los Pirineos antes de morir en el mar; hacia el sur, una llanura cuarteada irregularmente por campos de cultivo que se extendían sin límite en dirección a Girona y, más allá, Barcelona, y hacia el oeste, la silueta, recortada sobre la luz crepuscular del sol que acababa de esconderse, de la montaña de la Mare de Déu del Mont. Me sentí como una ridícula mota de polvo dentro de un gigantesco marco de montañas con un único lado abierto, aquel que comunicaba con el resto de España y por el que había llegado a aquella tierra fronteriza expulsado por la fuerza centrífuga de la capital, buscando el equilibrio perdido, la serenidad que ya no encontraba en Madrid.

Me quedé unos minutos contemplando el atardecer y luego descendí por un sendero pedregoso que discurría entre matojos, bordeando varios campos de olivos, hasta llegar a una zona de huertos que se desplegaban a ambos lados del camino. En uno de ellos trabajaba pausadamente un hombre que debía de rondar los setenta. Doblado sobre sí mismo, recogía algunas hortalizas. Debió de escuchar mis pasos, porque se incorporó, se giró y me saludó con una sonrisa franca. Parecía feliz junto a su capazo de pimientos, berenjenas, judías y tomates recién arrancados de la mata. Por un momento me imaginé comprando o alquilando uno de aquellos huertos (había varios baldíos) y dedicándome por las tardes a plantar mis propias hortalizas. Se me antojó una buena forma de cerrar el círculo: mis padres habían emigrado en los sesenta del campo a la ciudad en busca de prosperidad y yo ahora, varias décadas después, regresaba al campo en busca de tranquilidad. Fantaseé con una calma de tardes plácidas entre tomateras viendo ponerse el sol, y con un placer de tierra mojada, aromas de higuera y verduras que saben a lo que son... Pero la ensoñación duró poco: a pesar de mi necesidad reciente de reposo, de silencio y de calma, no me veía todavía como un hombre retirado del mundo. Más aún, la simple idea de sentirme apartado de todo lo que hasta entonces consideraba importante me angustió, me produjo una súbita desazón. La sacudí a manotazos, como quien espanta una nube de mosquitos, antes de seguir caminando.

Tras pasar por un parque infantil sin niños llegué al bar. Era uno de los cuatro únicos comercios que, según me habían explicado, sobrevivían en Vilademont. Los otros eran la farmacia, la panadería y un pequeño colmado. El bar era el principal y casi único punto de encuentro. Con un letrero sobre la entrada que rezaba: SINDICAT DE VILADEMONT, por dentro era el típico local social de pueblo, con mesas redondas ocupadas por jubilados jugando a las cartas y una pantalla gigante de televisión delante de la que los fines de semana se juntaban los vecinos para ver partidos de fútbol. Tenía una terraza con una veintena de mesas cuadradas de contrachapado con patas de aluminio, la mitad bajo una tela mosquitera negra que proporcionaba algo de cobijo contra el sol y el resto junto a parasoles con el logo de una conocida marca de helados. Más allá, pegada a la terraza, había una placita con un plátano en el centro y unas frondosas moreras alrededor, que en aquella época del año ofrecían una sombra agradable.

Me senté a una mesa pequeña con la espalda pegada a la fachada del bar, de modo que quedaba ante mí casi toda la terraza y, un poco más allá, la plaza de las moreras. Controlaba así, con una perspectiva de ciento ochenta grados, todo lo que había a mi alrededor. Era algo que había aprendido en mis primeros días en la UOE: la espalda siempre cubierta y la mirada panorámica, nunca se sabe por dónde puede llegar el peligro. Desde entonces lo hacía siempre así, incluso cuando iba a tomar una caña con los compañeros o a cenar a un restaurante con Marisa y las niñas.

Hice recuento de las mesas ocupadas: una en el centro con media docena de ciclistas, de edad provecta y prendas de colores chillones delatoramente ajustadas, que se zampaban unos bocadillos contundentes regados con vino mientras sus bicicletas descansaban bajo el plátano de la plaza; otra en un rincón con un solo cliente con pinta de habitual, encogido sobre una caña, cigarro en mano y codo en mesa, enjuto, tez morena, barba poblada y mirada perdida, de unos cincuenta y muchos mal llevados, y una tercera ocupada por un hombre con aspecto de intelectual despistado que debía de rondar la sesentena y leía un libro frente a un plato vacío.

Una mujer apareció de pronto en mi ángulo de visión. Llevaba un delantal sobre un vestido floreado en diferentes tonos de amarillo.

—¿Qué vas a tomar?

Me sorprendió el tuteo, la inmediata confianza, como si yo fuera un cliente habitual en lugar de ser aquella mi primera visita al bar desde que vivía allí. Quizá la animó a ello la proximidad generacional. Como yo, debía de estar un poco por encima de los cuarenta, aunque la media melena desenfadada y la piel sin arrugas la hacían parecer más joven.

—Me apetece una cerveza —respondí—, esta noche hace mucho calor.

—Si me hablas del calor, me marcho —soltó de pronto con gesto melodramático y voz impostada.

—¿Cómo?

—Nada, nada, déjalo, era una broma. Es una frase de una película.

No supe qué decir. Iba a preguntarle de qué película se trataba, pero me quedé cortado.

—Bien, entonces una caña —concluyó ella, tal vez un poco incómoda después de mi seca respuesta—. ¡Marchando!

Se fue y repasé nuevamente a los parroquianos. El bebedor taciturno pareció activarse de pronto y empezó a hablar solo, como si soltara una arenga a un auditorio inexistente o discutiera con un amigo invisible. No hablaba muy alto y estaba en el otro extremo de la terraza, así que no entendía bien lo que decía. Solo me llegaban fragmentos inconexos, como «había unos hilillos de plastilina» o «la culpa es del Vaticano». Supuse que estaba borracho o que deliraba.

Cuando desvié la vista hacia el intelectual, lo sorprendí mirándome por encima del libro. Sonrió a modo de saludo y correspondí con un gesto tímido de la mano. Lo había visto algunas veces por mi calle, con una bolsa de basura en la mano camino de los contenedores o simplemente paseando. Debía de ser un vecino. Me pareció que iniciaba un movimiento para levantarse y venir hacia mí, pero entonces apareció de nuevo la camarera con la cerveza. La dejó sobre la mesa junto con unas aceitunas aliñadas y se quedó frente a mí, exhibiendo una sonrisa en tecnicolor que hacía que le brillaran también los ojos. Se secó la mano derecha en el delantal, la extendió hacia mí y soltó de corrido:

—Soy Ángela, la dueña del bar. Bueno, en realidad lo tengo alquilado, porque el local es de una sociedad de gente del pueblo. Es algo muy típico por aquí, los llaman *sindicat* o *societat* o *unió*. En fin, es largo de explicar. El caso es que sé que eres el nuevo vecino, así que bienvenido.

Le noté un leve acento del sur de España, aunque no pude concretar la procedencia exacta. De lo que no tuve duda al instante fue de que le gustaba hablar, lo contrario que a mí, que era de pocas palabras, al menos hacia fuera, pues en mi cabeza circulaban en tropel a todas horas. Estreché su mano y me limité a decir:

—López.

—¿Solo López? Debe de haber al menos dos millones de López en este país.

—Todo el mundo me llama así.

—¿Todo el mundo?

Dudé si seguir dando explicaciones. No nos conocíamos y en los pueblos la información viaja a la velocidad de la luz, pero su sonrisa *king size* y su simpatía me desarmaron.

—Menos mis hijas —añadí—. Ellas me llaman papá.

—Ah, tienes hijas, qué bonito. ¿Viven contigo?

—No, con su madre, en Madrid.

—¿Eres de allí? Yo soy de Málaga, aunque llevo aquí más de veinte años.

—No, no soy de Madrid. O quizá sí, no sabría decirte. Es una larga historia.

De pronto se interpuso entre ambos uno de los ciclistas sesentones, embutido en un maillot verde que brillaba en la penumbra del atardecer, y se dirigió a Ángela para exigirle la cuenta. Llevaban un rato reclamándola, dijo. Ella me dedicó una nueva sonrisa, se encogió de hombros y se encaminó a la barra seguida de cerca por el ciclista.

Ángela no me quiso cobrar la cerveza, dijo que era la consumición de bienvenida y que esperaba verme más por allí. Le agradecí el detalle, pero no le prometí nada. Nunca había sido mucho de bares, ni siquiera cuando vivía en Madrid, que es, toda ella, un bar gigante.

Mientras caminaba de vuelta a casa, ahora por el centro del pueblo, escuché una voz a mi espalda. Me giré inmediatamente, por instinto y por reflejo profesional. Era mi vecino, el intelectual, que iba a paso rápido con el libro en una mano y las gafas en la otra. Parecía un poco azorado. Cuando llegó a mi altura, saludó:

—*Bona tarda. T'he vist al bar.**

Entendía bastante bien el catalán. De hecho, había nacido en Barcelona y había vivido allí con mis padres hasta los dieciocho. A esa edad me fui a Madrid, donde hice la carrera y ya me quedé. Después vinieron, por este orden, la academia de policía, el ingreso en el Cuerpo, Marisa, las niñas y una distancia cada vez mayor con Barcelona y la familia, a los que apenas veía un par de veces al año. En ese tiempo, el catalán fue quedando arrinconado en algún lugar de mi memoria.

—Disculpe, pero no hablo bien el catalán.

—Ah, claro, no sé por qué me había parecido que eras catalán.

Sonrió y se le enrojecieron las mejillas.

—Es que te he visto en el bar y quería presentarme —prosiguió, en un castellano con marcado acento catalán—. Vivo en tu calle, al inicio, en el número dos. Me llamo Ovidi. Ovidi Pladevall.

Me tendió una mano un poco blanda que estreché con cuidado de no apretar demasiado.

* Buenas tardes. Te he visto en el bar.

—Yo soy López.

Llevaba el pelo, canoso y abundante, desordenado, como si acabara de levantarse, lo que unido a la sonrisa, que le resaltaba los carrillos sonrosados, le daba un aspecto entrañable, como de duendecillo maduro pero travieso.

—¿Te importa si te acompaño? —preguntó—. Creo que vamos en la misma dirección.

—Sí, claro.

Retomamos el paso uno junto al otro.

—¿Qué te parece el pueblo, *Lopes*? —preguntó catalanizando la pronunciación—. ¿Estás a gusto?

—Sí, es tranquilo. Es lo que necesito.

—Me han dicho que eres policía, ¿es cierto?

—Vaya, qué rápido corren las noticias.

—Aquí somos pocos y se sabe todo. O casi.

—Ya veo.

La distancia hasta mi casa era corta. En parte lo agradecí. Aunque Ovidi parecía agradable, sabía por algunos compañeros que desde el inicio del *procés* los policías nacionales no eran bienvenidos en muchos pueblos de Cataluña. Desconocía cuál era la postura de mi vecino al respecto. Como si me leyera el pensamiento, comentó:

—En Figueres y en los pueblos de los alrededores

viven muchos policías nacionales. Es algo que viene de antiguo, sobre todo porque estamos cerca de la frontera con Francia. Así que no creo que tengas problemas. Siempre hay algún que otro hiperventilado, claro, pero nada que ver con lo de hace unos años. Ahora está todo más tranquilo. Incluso yo, que en su momento apoyé a los independentistas, con el tiempo me he convertido en un escéptico en materia de indigenismos. O en un poscatalán, como me gusta decir.

No acabé de entender a qué se refería con aquellas expresiones. Debió de darse cuenta, porque rebajó el tono y lo devolvió al terreno de lo convencional, como si yo fuera un neozelandés recién llegado de las antípodas.

—Lo que te quiero decir es que ahora la convivencia es buena. Vive gente de todo pelo por aquí, pero ya no hay conflictos importantes por temas de banderas.

Algo parecido me habían explicado los compañeros de la comisaría durante mis primeros días de trabajo. Como todos los lugares fronterizos, Figueres era una mezcla de gente de procedencias muy diversas: catalanes de toda la vida junto con personas de diversos lugares de España y, en los últimos años, de varios países africanos. A eso había que añadir una gran cantidad de franceses con primeras o segundas residencias en la Costa Brava y un porcentaje importante de población gitana.

—Yo soy historiador —explicó Ovidi, como queriendo compensar que él sabía cosas sobre mí y yo nada de él—. Bueno, profesor de Historia de Cataluña en la Universitat de Girona, aunque ya a punto de jubilarme. ¡No sabes las ganas que tengo! La docencia ya no es lo que era, con los móviles, la inteligencia artificial y el despiporre tecnológico y moral. ¡Es la anomia total! Me pilla mayor todo eso.

No supe qué decirle, simplemente asentí, como dándole a entender que lo comprendía o que me solidarizaba con él.

Llegamos a mi puerta y nos detuvimos. Ovidi parecía tener ganas de seguir hablando, pero se contuvo y solo añadió midiendo las palabras:

—Si te apetece, podemos quedar para comer un día de estos, así te cuento cosas del pueblo y de la comarca. Para que te vayas ambientando. ¿Qué te parece?

—Sí, claro —respondí, aunque no sabía todavía si quería integrarme ni hasta qué punto. No tenía claro si aquel destino sería para mucho o poco tiempo.

—Pues ya sabes, estoy en el número dos. O en el bar del Sindicat leyendo. No hay muchos más sitios por aquí donde tomar algo o simplemente ver gente.

Nos despedimos y entré en mi casa. Pensé que había sido un rato agradable: el paseo por los alrededores del pueblo, la conversación con Ángela, el intercambio de formalismos vecinales con Ovidi, que parecía atento. Intuía, sin embargo, seguramente condicionado por mi escasa confianza en el ser humano y por veinte años de carrera policial, que en algún momento conocería una cara menos amable de aquella tierra.

4

Me costó conciliar el sueño. Aunque el encargo de Ramiro no parecía complicado, escuchar su voz reavivó viejos fantasmas y no tan viejos. Cuando apenas debía de llevar un par de horas durmiendo, me despertó un viento terrorífico, un vendaval que martilleaba los postigos con una violencia que no había visto nunca. Primero me levanté y cerré las contraventanas, luego el calor empezó a ser asfixiante y tuve que volver a abrirlas. Entre el sueño y el mal humor, no caí en la cuenta de que había unos pequeños seguros de hierro para fijarlas a la fachada, aunque eso no me habría ahorrado otros ruidos, como el aullido del viento restregándose contra los tejados o agitando con vehemencia las ramas de los árboles.

Cuando a las siete bajé a la cocina para hacer café,

seguía sin amainar. En el camino desde Vilademont hasta Figueres, me costó Dios y ayuda mantener la moto en mi carril. El viento, que bajaba del norte con una furia desatada, me golpeaba a ratos de lado y a ratos de través, y aunque circulaba con la moto a diez por hora a punto estuvo de enviarme a la cuneta en un par de giros.

«Tramontana», me dijeron cuando finalmente entré en la comisaría, como si esa palabra lo explicara todo. Alguien añadió «Ya te acostumbrarás», y otro apostilló «O no». Al parecer, lo que distinguía a los lugareños de los recién llegados era su resistencia a aquel violento y persistente viento del norte.

Dejé el casco de la moto en mi mesa y entré en el despacho de Ventura, mi nuevo jefe en el servicio de Documentación, sin saber todavía cómo iba a explicarle que me tenía que ausentar aquella mañana para una misión especial en colaboración con los Mossos d'Esquadra de la que no podía darle más información. Afortunadamente, era un veterano y un tipo listo que estaba al cabo de la calle.

—Es por lo de Mateu Vidal, ¿verdad? Anoche me llegó el soplo. Tengo amigos en los Mossos.

—Sí, es eso. Ramiro, mi exjefe, me llamó ayer y me pidió que haga acto de presencia y eche un ojo. Ya sabes cómo va esto, no puedes negarte.

—Pero tú ya no trabajas para la UOE, ¿no? ¿O sí?

—Para nada, Ventura. Ni trabajo ni quiero trabajar. Lo mío ahora son los DNI y los pasaportes. No me interesa una mierda la investigación criminal. Acabé hasta los huevos.

—¿Entonces?

—Es un último favor que le hago a Ramiro. Por los viejos tiempos.

Vi la desconfianza en su cara. No me creía, pero tampoco parecía dispuesto a plantarle cara al jefe de una unidad de élite de la central, un tío que además era un mito en el Cuerpo. Era jugarse el tipo por una tontería, y la primera lección que aprende un mando es que hay que saber escoger las batallas.

—Vale, te gestiono un permiso especial. De momento te cubrirá Sara, ahora la llamo. Siempre está disponible para echar una mano. —Hizo una pausa y me miró como si fuera a soltarme un sermón—. Por suerte estamos todavía en agosto, pero la semana que viene vuelve todo dios de vacaciones y no tenemos ni una hora libre. Si esto se alarga…

—No creo, Ventura. De todas maneras, ya sabes que yo soy un soldado raso. Estoy a lo que digáis.

Aquel plural era una forma de darle a entender que, si no estaba de acuerdo, llamase a la central y hablase con Ramiro, que yo no tenía la culpa del mareo, más bien era la víctima principal. No quería enemistarme con mi nuevo jefe nada más llegar, pero tampoco que me tratara como a un novato.

—¿Con quién has quedado, con la inspectora Solius? —preguntó curioso.

—No puedo darte más detalles, Ventura, seguro que lo entiendes.

Dio un par de rodeos para intentar sonsacarme, pero, cuando vio que no tenía mucha información y que no iba a compartir la poca que tenía, me invitó a marcharme. Lo dejé rumiando y removiendo papeles.

Antes de salir pasé por mi mesa, recogí el casco y me despedí con un parco «Hasta luego». Percibí un cierto mosqueo en los compañeros. Seguro que seguían especulando sobre la verdadera razón de mi presencia en Figueres, y ahora con más razón, a la vista de los privilegios que, a sus ojos, me concedía Ventura. Mientras me encaminaba a la salida noté su mirada inquisidora y un principio de inquina en el cogote.

La inspectora Solius era una mujer de belleza contundente. Todo en su físico era tamaño XL: la altura, más de metro ochenta; la espalda, ancha como la de una culturista, y los ojos, la nariz y la boca, tan grandes que juntos ocupaban toda la cara, sin apenas dejar espacio a la barbilla, los pómulos o la frente. Con el uniforme policial, arma reglamentaria incluida, y la placa colgada del cuello, imponía respeto. Su aspecto confirmaba lo que me había dicho Ventura antes de salir de su despacho. Adivinando que mi cita era con ella, me advirtió: «Es una tía de armas tomar, pero buena gente. Y se conoce el paño como nadie. Por cierto, es del mismo pueblo que los Vidal y creo que no les tiene mucha simpatía. Supongo que por eso han tirado de contactos en Madrid».

Cuando aparqué la moto frente a la comisaría la vi esperando en la puerta, de pie junto a un coche patrulla y desafiando la tramontana, que no daba tregua. Hablaba con alguien por el móvil, aunque cualquiera que la hubiera visto de lejos pensaría que estaba echándole un pulso al viento.

Justo cuando llegué a su altura colgó, se giró como si tuviera ojos en la nuca y en el mismo movimiento me dio la mano con la fuerza de una trituradora de papel.

—López, ¿no? —Su voz grave estaba en consonancia con su caja torácica.

Me limité a asentir. Supuse que ya estaría al corriente de todo, así que no hacían falta explicaciones.

—Arnau Vidal nos está esperando en su casa. ¿Vamos? —dijo señalando el coche.

—Yo iré en moto. No me gustan los coches a menos que conduzca yo.

—Vaya, un enfermo del control, ¿no? Bienvenido al club.

Pensé que iba a sonreír, pero no lo hizo. Se limitó a dar órdenes al agente que estaba al volante para que me dejara el sitio y se sentara atrás. El *mosso* me miró con recelo mientras me cedía el asiento del conductor. La inspectora se sentó en el del copiloto.

—Te voy indicando —dijo, y luego, como para sí misma, añadió—: En moto, dice... Con este viento ibas a aparecer en Mallorca como poco.

Dejamos atrás Figueres y tomamos una carretera nacional en dirección este. La tramontana, que daba en el lado del conductor, balanceaba el coche.

—Ahora son ocho kilómetros por la nacional. Cuando lleguemos a Vila-roja te digo dónde está el desvío de la masía de los Vidal. Vas a flipar.

—¿Sí?

—Bueno, no sé a lo que estás acostumbrado en Madrid, igual te pasas el día de palacete en palacete, pero aquí no hay una masía más grande y lujosa que la de los Vidal.

Sabía, por el informe que me había enviado la tarde anterior Ramiro, que la desaparición de Mateu Vidal se había producido en la finca familiar, una masía monumental que ocupaba varias hectáreas en las afueras de un pueblo de unos dos mil habitantes llamado Vilaroja d'Empordà. La construcción, que conservaba su estructura original renacentista, incorporaba una capilla todavía más antigua, del siglo XI, algo que al parecer marcaba un estatus dentro de las casas históricas catalanas. La bodega de la familia, Mas Vidal, la joya de la corona de su *holding* empresarial, estaba a un par de kilómetros de la casa y del pueblo, y sus viñas se extendían por los alrededores y por buena parte de la comarca.

La inspectora sacó un iPad de la guantera y empezó a compartir la información en voz alta:

—La denuncia de la desaparición se presentó ayer lunes, 21 de agosto, a las 17.15 horas. La última persona que vio a Mateu Vidal Trias fue su asistenta, el domingo por la mañana, cuando le sirvió el desayuno. Después se fue a Figueres a pasar el día con unos amigos de su país, la República Dominicana. Los domingos libra y normalmente el desaparecido señor Vidal se queda solo. Alguno de sus cuatro hijos suele acercarse ese día para darle una vuelta y comprobar que todo esté bien, pero resulta que este último domingo había dos de viaje y los otros dos estaban pendientes de la vendimia. Que, por cierto, este año se ha adelantado un poco por el calor, al menos en algunas variedades de uva. Esto último no está en el informe, es de cosecha propia...

Hizo una pausa esperando a que le riéramos la gracia, pero yo estaba demasiado concentrado tratando de mantener el coche en el carril y el agente que iba atrás creo que no la escuchó, así que la inspectora siguió leyéndonos el informe, que supuse que estaba escrito en catalán y que nos iba traduciendo sobre la marcha.

—No se sabe qué hizo el resto del día, nadie lo vio. Pudo desaparecer en cualquier momento entre las nueve de la mañana del domingo y las diez de la mañana del lunes, que es cuando la asistenta volvió y se dio cuenta de que no estaba y de que no había dormido en su cama. Enseguida llamó al hijo mayor, Arnau, que vive en la casa de al lado, y se movilizaron. Lo buscaron primero por toda la masía, un conjunto con varias casas que en total cuenta con más de tres mil metros cuadrados útiles... Mira, casi como mi piso de Girona.

Esta vez el *mosso* sí debió de escucharla, porque soltó un par de carcajadas secas. Por mi parte, vi de reojo que Solius me miraba y recordé que Ramiro me había pedido que fuera simpático, algo que normalmente no formaba parte de mis habilidades sociales. Hice un esfuerzo y sonreí.

—Gracias, agente López, es usted un público muy agradecido —ironizó la inspectora, volviendo la mirada al iPad—. Como no lo encontraron en esa primera búsqueda, pidieron al capataz que estaba al cargo de la vendimia que cogiera a algunos de sus hombres y lo buscaran por los alrededores. Supongo que pensaron que un anciano de noventa años con un tacataca no podía haber ido muy lejos. El caso es que, hacia las 17.00 de ayer lunes, extrañados de que no apareciera por ninguna parte, acudieron a los Mossos y presentaron la denuncia. Obviamente, antes de eso llamaron a Madrid y movieron los hilos para que nos enviaran a algún poli que la toque bien, porque al parecer los locales somos de segunda división.

Esto último iba directo a mi línea de flotación, pero lo encajé con deportividad. Era lo mínimo que podía hacer, dada la situación.

—En resumen, la búsqueda ha resultado infructuosa y el señor Mateu Vidal Trias sigue en paradero desconocido. Y es aquí donde entramos nosotros en escena. Por cierto, gira a la izquierda. Es ese camino de tierra de ahí. Doscientos metros y llegamos.

Recorrí la distancia despacio y fuimos a parar frente a una verja grande de hierro forjado. Detrás, un par de agentes de los Mossos hablaban con un grupo de hombres ataviados con ropas de campo. Cuando nos vieron llegar, abrieron la puerta, no sin dificultad, porque el viento les iba en contra. Aparqué a un lado del camino, bajamos y los dos agentes, al ver a Solius, se cuadraron.

—¿Alguna novedad? —preguntó ella al más bajo de los dos en castellano, supongo que en deferencia a mí.

Al agente se le trabó la lengua. Se adivinaba que no estaba acostumbrado a que Solius le hablara en el idioma del reino. Me observó de reojo y volvió a mirar a su jefa.

—Nada, inspectora. No ha aparecido.

—¿Y Arnau Vidal?

—Les está esperando en el *mas*.*

Solius se giró hacia mí.

—¿Preparado para adentrarte en el fascinante mundo de la burguesía catalana?

* Es la forma como denominan en el Empordà a la masía, o sea, la casa de labor con finca agrícola típica de Cataluña.

El trato con personas adineradas me genera un sentimiento ambiguo. Por un lado, me atraen sus maneras educadas y su vida confortable, lujosa a veces: coches con chófer incorporado que valen como un piso en el centro de Madrid, casas enormes con comedores donde podrían vivir dos familias numerosas, jardines mejor cuidados que el césped del Bernabéu... Hay cierta belleza serena en las casas espaciosas y ordenadas de los ricos, en su forma de vestir estudiada y en sus coches relucientes. Por otro lado, me repugna pensar que muy probablemente han explotado o pisoteado a muchos pobres desgraciados para tener esa vida regalada, que ellos o sus antepasados han engañado, estafado, maltratado, extorsionado o prevaricado, o que incluso siguen haciéndolo. Esto último es un prejuicio, lo sé, pero no puedo evitar que mi conciencia de clase emerja espontáneamente cada vez que detecta signos de poder económico y busque trazas de culpabilidad en los gestos, en la ropa y hasta en el mobiliario.

En el caso de Arnau Vidal, no pude hacerme un juicio rápido ni claro. La masía era, como había leído en el informe de la UOE y me había anunciado la inspectora, impresionante, incluso para un recién llegado como yo que en aquel momento todavía no conocía la trascendencia histórica del lugar. Siglos de poder habían levantado y fortalecido las paredes de piedra de aquel conjunto armónico de casas de dos o tres pisos de altura, rodeado por un jardín con aspecto de campo de golf, con un pequeño lago con surtidor a un lado y una zona de piscina al otro. Esos eran, sin embargo, los únicos signos de lujo visibles. El resto no daba a entender que aquella fuera la casa de una de las familias más ricas de Cataluña y, por extensión, de España.

Arnau Vidal nos esperaba en el porche, junto a una mesa de madera maciza larguísima que mostraba los restos de un desayuno reciente. Al vernos salió a nuestro encuentro. Solius me presentó y él me estrechó la mano. En la otra sostenía el móvil con la pantalla iluminada.

—*Volen prendre res?* —preguntó en catalán.

Me miró interrogante y cayó en la cuenta de que no lo había entendido.

—Perdone, agente, mucho mejor en castellano, ¿verdad?

—Se lo agradecería. Entiendo y hablo un poco el catalán, pero lo tengo muy oxidado.

—No hay problema. Les decía si quieren tomar algo, un café, agua…

La asistenta, que llevaba el típico vestido negro con blondas en el cuello y mandil blanco, aguardaba un paso detrás de Vidal, atenta a nuestras peticiones. Prudente, esperé a ver qué decía Solius.

—No —respondió seca—, no quiero nada.

Percibí cierta carga de profundidad en aquel «nada».

—Yo tampoco, gracias —rehusé educadamente.

La asistenta todavía esperó unos segundos hasta que Vidal le dijo amablemente que podía retirarse. Luego señaló unos sillones en el otro extremo del porche.

—Pongámonos allí, estaremos más resguardados de la tramontana. Hoy está insoportable.

Al pasar por delante de la puerta, me fijé en el dintel, donde una inscripción informaba del que debía de ser el año de construcción de la masía original, 1516, o al menos del embrión de lo que sería más adelante. Nos acomodamos en los sillones y observé detenidamente a Vidal. Me pareció que, dadas las circunstancias, estaba muy tranquilo. O bien tenía un gran autocontrol, o bien estaba tan acostumbrado a los formalismos sociales que no podía dejar de comportarse con exquisita educación incluso en una circunstancia como aquella. Nada más sentarnos, él de cara al jardín y nosotros de espaldas, me miró, ignorando a Solius.

—Estuvimos buscándolo durante todo el día de

ayer —arrancó, como si respondiera a una pregunta que no le habíamos hecho o continuara con una conversación previa—. Él nunca se aleja de la masía solo. Como mucho sale al jardín o se acerca a un pequeño viñedo que tenemos en la parte de atrás, dentro de la propiedad familiar. Casi no puede caminar; se ayuda con dos bastones, uno en cada mano, por lo que avanza muy despacito. Le hemos dicho mil veces que no salga solo, que se puede caer, pero es muy tozudo. Ni siquiera a sus noventa años acepta que le digan lo que tiene que hacer. Bueno, Mercedes lo conoce, quizá ya le ha hablado de él...

No sabía quién era la tal Mercedes, así que me giré hacia la inspectora con un gesto interrogativo.

—Mercedes soy yo, agente López. Al parecer al señor Vidal le cuesta mucho llamarme por mi verdadero nombre, que es Mercè, en catalán. Aunque yo preferiría que se limitara a llamarme inspectora Solius.

—Conozco a Mercedes desde que nació —añadió, sin dejar de mirarme solo a mí—. Sus padres han trabajado para mi familia toda su vida, hasta que se jubilaron el año pasado. Muy buena gente... Pero no entremos ahora en detalles que no vienen al caso. La cuestión es que mi padre estuvo solo todo el domingo y no sabemos lo que hizo. Aunque era festivo, estábamos entre los viñedos y la bodega. Con estas temperaturas, algunas variedades han madurado antes de tiempo y llevamos días haciendo una vendimia selectiva, racimo a racimo.

Solius me miró con una discreta sonrisa que interpreté al momento y que decía «¿Ves como tenía razón?».

—La verdad es que no pensé en papá en todo el día, porque aunque tiene noventa años está muy bien de todo. Lo único es la movilidad, por eso se hizo acondicionar hace poco un dormitorio en la planta baja de su casa, que está aquí al lado. Pero de cabeza está mejor que yo...

De pronto se le ensombreció el gesto y por un momento se mostró vulnerable. No parecía una actitud impostada, sino más bien la de un hombre que, a pesar de su posición social y su edad, en torno a los sesenta, se atrevía a mostrar su preocupación como hijo por la desaparición de su progenitor.

—Algo raro ha debido de pasarle, porque no aparece por ninguna parte —repitió, ahora con gesto apesadumbrado—. Ayer estaba convencido de que lo encontraríamos en el jardín o en el viñedo, seguramente en el suelo y con la cadera rota, pero hoy ya no sé qué pensar. Me siento culpable, porque ni siquiera me acerqué a darle las buenas noches. Siempre soy yo el que pasa las tardes de domingo con él o está pendiente de si ha cenado o no, pero estaba muy cansado. Pasé por delante de su casa y vi la luz de su habitación apagada. Como era tarde pensé que ya estaría durmiendo.

—¿Tiene móvil? —preguntó Solius, rompiendo el momento sentimental.

—¿Quién, papá?

—Sí, el desaparecido —aclaró Solius, con una formalidad seguramente innecesaria.

—Tiene uno de esos antiguos, de los que solo sirven para llamar. Papá es de otra época. Nunca se ha acostumbrado al WhatsApp ni a nada de eso. Mi hermana propuso que le pusiéramos uno de esos móviles con botón de emergencia y con rastreador, pero me pareció innecesario. Él nunca sale de aquí, y cuando lo hace siempre va acompañado.

La inspectora carraspeó, tratando de que Vidal la mirara a ella. Este giró al fin la cabeza.

—Señor Vidal, ¿dónde cree que podría estar su padre?

—No sé, Mercedes —cabeceó—, hemos rastreado cada rincón de la finca y no aparece. Y él hace tiempo que no conduce, no ha podido ir lejos. Al menos solo.

—¿Podría ser que alguien viniera el domingo a recogerlo y se lo llevara? —aventuró.

—Es muy poco probable. Nos lo habría dicho.

—¿Y si fue algo improvisado?

—No me cuadra, papá nunca improvisa. Y hace años que no duerme en otro sitio que no sea su casa.

—¿Hay cámaras de seguridad en la casa o en el jardín? —tercié.

—Sí, hay varias. Todavía no he mirado las grabaciones. Hasta hace unas horas estaba convencido de que lo encontraríamos por aquí cerca.

—Y ahora que no lo ha encontrado, ¿qué cree que le ha podido suceder? —insistió la inspectora.

—No lo sé, la verdad. Se me ha pasado por la cabeza que tal vez lo han secuestrado, pero me parece una locura. Esto no es México o Venezuela, ¿no? Estamos en un país civilizado. ¿Quién va a secuestrar a un anciano de noventa años?

La pregunta quedó un momento flotando en el aire de aquella mañana ventosa de verano, hasta que Vidal levantó de pronto la vista y la fijó en un punto detrás de Solius y de mí, en dirección al sendero que conducía a la verja de entrada. La inspectora y yo nos dimos la vuelta casi al mismo tiempo y vimos cómo se acercaba corriendo el *mosso* que nos había acompañado en el coche desde Figueres. Llegó al porche, se detuvo frente a Solius y, respirando con dificultad, dijo:

—Inspectora, vengan rápido. A la bodega.

—¿Qué ha pasado?

El agente aspiró una bocanada grande de aire. Miró a Vidal y luego a mí, dudando de si podía hablar en nuestra presencia. Solius lo apremió con un movimiento de cabeza.

—Han encontrado un cuerpo —dijo al fin—. Parece que podría ser el padre del señor Vidal.

Recorrimos los tres kilómetros que separaban la casa de la bodega en un suspiro, detrás de un Range Rover blanco conducido, con la soltura propia de quien se conoce el camino de memoria y entiende la urgencia del momento, por el chófer de Vidal. Esta vez subí al asiento de atrás del coche policial sin rechistar, en parte por las prisas y en parte por no tocarle más las narices a Solius, que de pronto estaba seria y reconcentrada. Sabía por experiencia cómo son esos momentos: súbitamente se tensan los músculos, se amplifican los sentidos y desaparecen el pasado y el futuro, las elucubraciones y las suposiciones, para dejar paso al aquí y ahora. La mente se enfoca en analizar todo lo que sucede alrededor, procesar la información que le llega y tomar decisiones rápidas y certeras. No hay lugar para la relajación ni para las distracciones. Una sola de ellas, en una situación de peligro, te puede costar la vida.

Por el camino, el *mosso* que estaba al volante informó brevemente a Solius de las novedades: uno de los empleados de la bodega, al ir a comprobar el correcto llenado de las cubas de acero inoxidable donde el mosto empezaba a fermentar, acababa de descubrir un cuerpo flotando entre los hollejos en suspensión. Había llamado al capataz que, encaramado a lo alto de la cuba y con una mascarilla puesta, tras iluminar el interior con una linterna durante unos segundos, había confirmado que, en efecto, el cuerpo desnudo y claramente sin vida que flotaba en el mosto correspondía al del señor Mateu Vidal Trias.

—*Collons!* —masculló la inspectora, que no dijo nada más porque acabábamos de llegar.

Dejamos el coche de cualquier manera en el aparcamiento de la bodega y corrimos detrás de Vidal. Apenas tuve tiempo de apreciar el edificio, pero con una primera ojeada me quedó claro que debía ser obra de algún estudio de arquitectos de renombre internacional. Una vez dentro, después de recorrer varios pasillos y bajar por unas escaleras metálicas, llegamos a una gran sala de techos altos y paredes de hormigón parcialmente ocupada por algunas hileras de depósitos verticales de metal, en apariencia de acero inoxidable, de una altura de seis o siete metros. Por encima discurría una estrecha pasarela metálica de suelo enrejado que permitía acceder a las tapas y comprobar su contenido.

Arnau Vidal, que sin duda había sido informado por teléfono mientras iba de camino a la bodega, fue directo a uno de los depósitos, al pie del cual varios hombres conversaban con los dos *mossos* que nos habían abierto la verja un rato antes. Se dirigió a sus operarios.

—¡Por el amor de Dios! —gritó Vidal—. ¿Qué hacéis? ¿Todavía no lo habéis sacado de ahí?

—Los *mossos* no nos dejan, señor Arnau —contestó uno de los hombres.

—¡¿Cómo que no os dejan?! —Se giró con violencia hacia Solius, que estaba justo a su espalda—. Mercedes...

—Señor Vidal —replicó la inspectora, manteniendo las formas—, lo siento mucho, pero no podemos tocar nada hasta que lleguen los de la Científica. Podríamos destruir pruebas.

—Pero ¿qué dices? ¡Es mi padre, joder! —gritó Vidal con el rostro desencajado—. Tú también lo conoces. ¡Es indigno dejarlo ahí un minuto más!

Al no encontrar respuesta, se dirigió al que debía de ser el capataz:

—Martínez, coge a dos de tus hombres y sacadlo inmediatamente.

El capataz hizo ademán de moverse, pero el *mosso* que nos había llevado hasta allí en el coche se interpuso entre él y la escalera y se llevó la mano al cinto. Nos quedamos todos quietos, como si se hubiera congelado la escena, hasta que Vidal entendió que no podía hacer nada y se encaró de nuevo con Solius.

—Mercedes —dijo, ignorando una vez más su verdadero nombre de pila—, sabes que te puedo joder la vida con dos llamadas. Como te atrevas a hacerme esto...

La inspectora le mantuvo la mirada y no se movió ni un milímetro. Su pose era la misma que le había visto a primera hora de la mañana, frente a la comisaría, mientras desafiaba la tramontana sin inmutarse. Era un muro infranqueable, una roca, una montaña.

—Señor Vidal —me atreví a mediar, viendo que aquello podía acabar muy mal—, entiendo perfectamente su dolor. Este es un momento muy difícil para usted, lo sé. Pero la inspectora está haciendo su trabajo y siguiendo los protocolos para estos casos. No solo es lo que marca la ley, sino lo mejor para esclarecer lo sucedido. Estoy convencido de que usted, como todos nosotros, querrá que atrapen cuanto antes al culpable de este terrible crimen, ¿verdad?

Vidal apartó la mirada de Solius y me observó sorprendido, como si mi tono pausado no le cuadrara con el momento o no recordara quién era yo ni qué hacía allí. O como si la palabra «crimen», que yo había empleado dando por supuesto que Mateu Vidal no había podido él solo subir a lo alto de la cuba y lanzarse a su interior, le sobrepasara.

—Si es tan amable —añadí, sacando mi mejor versión de poli bueno, que rara vez me tocaba interpretar—, acompáñeme fuera y dejemos que la inspectora llame a las personas adecuadas y acabe cuanto antes con esta horrible situación, ¿le parece?

Aún se mantuvo un momento de pie frente a Solius, con el rostro a un palmo escaso del de ella. Respiró hondo y, antes de iniciar la retirada, le dijo en un susurro:

—Te has pasado, Mercedes. Te has pasado.

5

—Perdóneme, lo siento, he perdido los papeles.

Fue lo primero que dijo Vidal nada más salir. Parecía más calmado, aunque no dejaba de mesarse el cabello gris con una mano, de pie frente al Range Rover, sosteniendo el móvil con la otra como si estuviera a punto de llamar a alguien pero no supiera a quién. Su chófer, un tipo alto con pinta de guardaespaldas, se mantenía a un par de metros, junto a la portezuela del conductor, atento a cualquier movimiento o indicación de su jefe.

Me quedé al lado del empresario sin decir nada. Permanecer callado es la mejor forma de que tu interlocutor se anime a seguir hablando. A todos nos incomodan los silencios cuando estamos ante personas desconocidas.

—Todo esto es una locura —se lamentó—. ¿Quién puede hacerle algo así a un hombre, peor aún, a un pobre anciano? ¿Y por qué? No puedo entenderlo…

Resultaba evidente, incluso para un recién aterrizado en la comarca como yo, que ese «pobre anciano» era un hombre con una gran fortuna que debía de tener más de un enemigo, y que la persona que lo había arrojado a aquella cuba, o que había mandado a alguien hacerlo, le tenía inquina, si no odio. Me anoté mentalmente preguntar al empresario sobre posibles enemigos o disputas en cuanto viera el momento propicio.

—Además —pareció caer en la cuenta de algo—, quien lo haya hecho ha entrado en nuestra casa y en nuestra bodega. Se ha saltado los sistemas de seguridad y se ha movido por nuestras propiedades a sus anchas. ¡Qué horror! ¿Usted cree que estamos en peligro?

Lo pensé un momento antes de contestar. No quería alarmarlo, pero la respuesta parecía obvia.

—Sí, podría ser peligroso. Yo que usted alejaría a su familia de la masía durante unos días, al menos hasta que sepamos algo más sobre lo que ha pasado.

—Por suerte, están casi todos en Menorca. Mi mujer es la única que se ha quedado aquí, le gusta la época de la vendimia. Pero le diré que se vaya con ellos unos días.

Vidal se quedó callado. Casi podía percibir los engranajes de su mente moviéndose a gran velocidad. No parecía en aquel momento alguien poderoso, capaz de comprar empresas sin pestañear o de descolgar el teléfono y hablar sin intermediarios con el ministro del Interior, sino un hombre maduro al que de pronto se le había muerto el padre y se sentía desamparado y vulnerable.

—Ahora tendré que contárselo a mi familia. A mis hermanos, a mis hijos. No sé cómo hacerlo. ¿Qué les diría usted?

—Yo les diría la verdad. En estos casos es más fácil gestionar la realidad que la imaginación.

—Supongo que tiene razón —aceptó—. Por suerte, mis hijos son ya mayores.

Se quedó de nuevo pensativo. De pronto el hijo, el hermano y el padre dejaron paso al empresario.

—También tendré que gestionar la crisis con la prensa. Hay un par de periodistas que nos tienen ganas. Cuando se enteren de cómo ha muerto papá se van a cebar... —Más que dirigirse a mí, estaba pensando en voz alta—. Y también tendré que preparar el funeral y atender a todas las autoridades que vendrán. Seguro que el *president* querrá asistir, y algún ministro. Y los *expresidents*. Pujol está ya muy mayor, pero no se pierde un funeral, y menos este; eran muy amigos. ¡Y todo esto con la vendimia a medias! ¡Joder! No podía pasar en un peor momento...

Chasqueó la lengua y agitó la cabeza. Luego respiró hondo y la expresión de su cara se tornó melancólica. Miró al infinito y se le nubló la vista. Estaba en una montaña rusa emocional y ahora tocaba descender a la tristeza.

—Papá siempre me decía que me preparara, que no tardaría en irse con Dios. Era muy creyente, ¿sabe? Y yo pensaba que estaba preparado, pero ahora que ha llegado el momento... Uno nunca está preparado para estas cosas, ¿verdad?

Negué con la cabeza. Él miró al infinito de viñas que se desplegaba más allá del aparcamiento. Pude apreciar que se le humedecían los ojos. Fueron solo unos segundos, hasta que aparecieron en la puerta de la bodega el capataz y un grupo de trabajadores. Sin duda Solius los había echado para que nadie alterara la escena del crimen. Vidal advirtió su presencia, enderezó la espalda con un movimiento sutil, se secó las lágrimas incipientes con la mano libre y sacudió a uno y otro lado la cabeza un par de veces. Intuí que mi ventana de oportunidad estaba a punto de cerrarse, que de un momento a otro empezaría a hacer llamadas para comunicar la noticia a la familia y gestionar la crisis con los directivos de sus empresas. Así que le lancé la pregunta que me rondaba:

—Señor Vidal, soy consciente de que este es un momento muy complicado para usted, pero necesito saber una cosa. ¿Tenía su padre algún enemigo capaz de hacer algo así?

—Es difícil contestar a eso —dudó.

—¿Quiere decir que sí?

—Papá estuvo en su momento muy metido en negocios y en política, y eso te crea competidores que a veces se transforman en enemigos. Yo he huido de eso. Tengo otro temperamento y otros intereses. Pero él se movía con soltura en el mundo de las influencias y el poder. En eso salió al abuelo Narciso.

—¿Han tenido algún problema reciente con algún competidor o enemigo?

—No creo que tengamos enemigos a nivel empresarial. Competidores o adversarios sí, gente que tiene intereses diferentes a los nuestros, pero no enemigos.

—¿Alguno de esos competidores o adversarios ha llegado más lejos de lo normal?

—No, que yo recuer… —Se detuvo, había recordado algo—. Bueno, en realidad…

Dejó la frase a medias.

—En realidad... —lo animé a continuar, consciente de que me quedaba poco tiempo de conversación.

—Tenemos un litigio abierto con otra bodega de la comarca. Nos reclaman la propiedad de una finca bastante grande, que aseguran que era de sus antepasados. Pero son gente muy civilizada, franceses cultos y adinerados, no los veo capaces de hacer algo así.

—¿Cómo se llama esa bodega?

—Celler León.

—¿Y alguna enemistad enquistada, aunque sea antigua?

—No, al menos que yo sepa o recuerde. Mi familia lleva más de un siglo aquí y todo el mundo nos aprecia. No ha pasado nada recientemente que haya cambiado eso. Damos trabajo a cientos de personas de la región, tenemos una fundación y destinamos cada año varios millones de euros a obras sociales. Y nuestras relaciones con las instituciones son excelentes a todos los niveles.

Me pareció que había dejado de escucharme y que, en lugar de pensar las respuestas, recitaba de memoria el anuario de alguna de sus empresas. Debía de estar pensando ya en todo lo que tenía que hacer.

—Una última cosa. ¿Con quién tengo que hablar para acceder a las grabaciones de las cámaras de seguridad de la casa y de la bodega?

Se giró hacia su chófer, que seguía de pie junto al coche, a solo un par de pasos de distancia.

—Manel, llévate al agente a tu oficina y enséñale las grabaciones —dijo Vidal, dando por supuesto que nos había escuchado y que sabía de qué grabaciones estaba hablando—. Cuando acabéis, vuelve por si tengo que ir a algún sitio, ¿de acuerdo? De momento voy a estar en mi oficina haciendo llamadas y esperando a que los Mossos acaben.

A continuación me miró fijamente a los ojos.

—Por favor, agente López, manténgame informado. Manel le dará mi teléfono. No espero gran cosa de la policía autonómica.

Me estrechó la mano como si acabáramos de cerrar un trato y volvió a entrar en el edificio de la bodega.

En el camino de vuelta a la masía de los Vidal, sentado en el asiento del copiloto del Range Rover, pensé en varias cosas. La primera: el chófer, al que había llamado Manel, debía de ser algo más que un chófer; seguramente también era el guardaespaldas del empresario o el responsable de seguridad de la casa, de la empresa o de ambas, pues tenía acceso a las cámaras de seguridad. La segunda: si era el responsable de seguridad, estaba claro que algo había fallado. ¿Por qué no estaba Arnau Vidal enfadado con él? Quizá el empresario se encontraba emocionalmente muy alterado y todavía no había reaccionado, o bien pensaba que no era el momento de pasar cuentas. O tal vez su carácter y su forma de tratar a sus empleados no respondía a la típica actitud despótica que se suele atribuir a los poderosos. En este sentido, ya había observado un rato antes en su casa que se había dirigido con mucho respeto a la asistenta. Y la tercera: parecía claro que entre Arnau Vidal y la inspectora Mercè Solius había pasado algo que los había enemistado y que había levantado un muro de desconfianza entre ambos. Cuando las cosas estuvieran un poco más tranquilas, trataría de averiguar algo más al respecto.

La oficina del guardaespaldas estaba en una pequeña casita de piedra a pocos metros de la verja de entrada. Parecía por fuera una humilde cabaña, pero por dentro tenía todas las comodidades que se pueden esperar de un despacho, incluyendo aire acondicionado y una nevera. Sobre una mesa de madera maciza, junto a un ventanuco que permitía ver quién entraba y salía de la finca por la puerta principal, había cuatro pantallas de ordenador dispuestas en mosaico, como en la mesa de un bróker. Manel, que no había pronunciado ni una palabra desde que salimos de la bodega, se sentó frente a las pantallas y empezó a manipular un teclado. Miré alrededor. No había más sillas, así que me quedé de pie a su lado, frente a los monitores. Pronto apareció en cada uno de ellos una imagen congelada y Manel habló:

—Cada monitor muestra, sucesivamente y en bucle, las imágenes de las cámaras. El de arriba a la izquierda permite ver el perímetro frontal de la finca, incluyendo la entrada principal, esa que puedes ver desde aquí por la ventana. El monitor de arriba a la derecha, las de la parte trasera de la masía, donde está el viñedo histórico de los Vidal y las entradas de servicio. El de abajo a la izquierda, las cámaras que hay en la entrada de la bodega, incluyendo las dos del aparcamiento y una del *hall*. Y el de abajo a la derecha, las cámaras de la entrada trasera de la bodega, por donde llega la uva en la época de vendimia, además de dos cámaras cenitales de ciento ochenta grados instaladas en la torre del edificio principal. La bodega solo tiene estas dos entradas, la principal y la trasera. ¿Le doy al *play*?

—Espera. Lo que hay en la esquina superior izquierda de cada pantalla es el día y la hora, ¿no?

—Sí. En todas verás la misma combinación de letras y números: D208/11.33. O sea, domingo 20 de agosto, once horas y treinta y tres minutos.

—Tengo entendido que la asistenta del señor Mateu Vidal se marchó a las nueve.

—Sí, pero el sistema solo guarda las últimas cuarenta y ocho horas, y ahora son las 11.33 del martes 22. He detenido la grabación para que no corra el tiempo y no se borren más imágenes del domingo, porque el programa va eliminando automáticamente las grabaciones anteriores a esas cuarenta y ocho horas.

—Entendido. Bueno, vamos a ver qué hay. ¿Puedes ponerlo a velocidad rápida?

El chófer-guardaespaldas asintió y le dio al *play*. Al principio las imágenes parecían congeladas, pues no había ningún movimiento dentro de ninguno de los cuadros, y solo se apreciaban los cambios de plano al saltar de una cámara a otra. Al cabo de un rato, abajo a la derecha empezaron a verse vehículos que llegaban a la zona de descarga de la bodega y hombres que transportaban capazos rebosantes de uva y los depositaban en una especie de trituradora. La secuencia se iba repitiendo cada poco. En el resto de los monitores no se veía a nadie, salvo en el de la entrada de la bodega, donde hacia las 12.30 una chica joven acompañada de un hombre, que sin duda era Arnau Vidal, abría la puerta y ambos entraban. Después de eso, nada hasta las 14 horas, cuando el empresario y la joven salían y cerraban con llave.

—Era la hora de comer —informó Manel—. Yo los estaba esperando en el aparcamiento. Los recogí y los llevé a un merendero que tenemos a tres kilómetros de allí, en una zona de bosque entre dos viñedos. Es costumbre que los días de vendimia comamos todos juntos allí porque está justo a medio camino de la mayoría de las fincas. Me refiero a las de Vila-roja, claro. El restaurante que los Vidal tienen en el pueblo nos sirve un pícnic sencillo. No es cuestión de llenarse mucho, porque hay que seguir trabajando por la tarde. Llevamos varios días así, desde principios de la semana pasada, porque se ha adelantado la cosecha. Este fin de semana éramos muchos. Incluso el hermano pequeño del señor Vidal y su mujer estaban vendimiando. Es como una tradición.

—¿Tú también?

Me miró con cara de sorpresa.

—Sí, claro. Menos en ese momento que ves, cuando fui a recoger al señor Vidal y a su secretaria.

—¿Y el resto de la familia?

—Las dos hermanas del señor Vidal están de viaje, y los hijos prefieren quedarse en el palacete de Menorca. No son mucho de trabajar la tierra, les interesa más la vida social. Solo su hermano pequeño, Enric, estaba aquí, como te explicaba.

—¿Cuánta gente estaba trabajando en la bodega y en las viñas ese día?

—En la bodega no había nadie, solo una persona en la zona de recepción de la uva, pero a esa hora estaba comiendo con el resto en el campo. Todos estábamos allí. Debíamos de ser cincuenta o más.

—¿Puedo tener la lista de las personas que trabajaron ese día en la bodega y las viñas?

—Sí, se la pediré a Marga, la *assistant* de Vidal en la bodega.

Seguimos mirando los monitores. En ninguno se apreciaban movimientos durante la siguiente media hora. De pronto, en uno de ellos, el que reproducía las cámaras de la puerta trasera de la bodega, entró en cuadro un pequeño tractor con un remolque como los que habíamos visto antes, los que transportaban los capazos con la uva. Su carga era, sin embargo, diferente: un bulto parecido a un saco grande de patatas. El hombre que conducía el tractor, cuya cara no se apreciaba bien porque llevaba un sombrero de paja para cubrirse del sol y un pañuelo tapándole la mayor parte del rostro, se cargó el saco al hombro con una sorprendente facilidad, lo transportó unos metros hasta la zona de descarga y desapareció dentro de la bodega. Miré la hora en la esquina de la pantalla: las 14.35. Al cabo de solo tres minutos, exactamente a las 14.38, el individuo salió por donde había entrado. Ya no llevaba el saco. Mejor dicho, sostenía el saco arrugado en una mano, pero su contenido se había quedado dentro de la bodega. Más en concreto, dentro de una cuba de acero inoxidable de seis o siete metros de altura, donde empezó a macerar junto con las uvas de los viñedos de Mas Vidal.

Vimos el resto de las grabaciones a cámara superrápida para poder acabar cuanto antes. Estaba claro lo que había sucedido, o al menos la parte esencial: entre las 9 y las 11.33 de la mañana del domingo alguien se había llevado a Mateu Vidal de su casa, aunque no sabíamos la hora exacta ni cómo lo había hecho porque no disponíamos de la grabación. A las 14.35, aprovechando que todo el mundo estaba comiendo a tres kilómetros de allí, esa persona, suponiendo que fuera la misma, había entrado a la bodega por la zona de recepción de la uva, había recorrido el pasillo elevado que comunicaba los depósitos de acero inoxidable y había lanzado el cuerpo dentro de uno de ellos. Solo tres minutos después, había salido por el mismo lugar, se había subido al pequeño tractor y se había marchado.

Sonó mi teléfono. Era la inspectora Solius.

—Por aquí no hay nada más que hacer. Los de la Científica están buscando huellas y me han dicho con poca sutileza que soy un estorbo y que me largue. ¿Dónde estás tú?

—En la masía de la familia, acabando de ver las grabaciones de las cámaras.

—¿Y?

—Se ve cómo un hombre introduce un cuerpo por la zona de recepción de la uva hacia las dos y media del mediodía, mientras todo el mundo estaba comiendo lejos de allí.

—*Collons!*

—Por la pinta parece uno de los empleados que se encontraban ese día trabajando en las viñas, pero no se le ve la cara. Luego me pasarán una lista de todos los que estaban el domingo en Mas Vidal.

—Perfecto. Supongo que has pedido también que te den una copia de la grabación.

—Sí, dos, una para ti y otra para mí.

—¿No tienen ninguna cámara dentro de la bodega?

—Al parecer no.

—Bueno, al menos sabemos que no tiró el cuerpo a la despalilladora, eso habría sido muy gore.

—Solius, por favor…

—Ya veo que eres un tipo sensible. ¿Algo más?

—Sí, según parece, los Vidal tienen un litigio abierto por unas tierras con otra gente, los propietarios de una bodega llamada Celler León. Suena a vieja rencilla. Tendríamos que hacerles una visita.

—Sí, pero eso tendrá que ser ya mañana. Yo ahora me tengo que ir a Girona cagando leches. Se va a liar una gorda cuando la noticia llegue a los medios. Los Vidal aquí son como la familia real, pero con la discreción típica catalana, por supuesto. El juez ha ordenado el levantamiento del cadáver y ha decretado el secreto de sumario, pero seguro que se filtrarán cosas. Éramos muchos en la bodega y a la gente le gusta hablar. —Hizo una pausa para tomar aire—. ¿Te recojo por ahí en cinco minutos y te dejo en tu moto?

—Vale.

—Espérame en la verja de entrada, así no perdemos tiempo. O mejor, en la carretera.

—De acuerdo. Por cierto, Solius, ¿quién te ha dado mi móvil?

—Por el amor de Dios, López, somos policías, ¿no?

Aproveché aquellos cinco minutos, mientras caminaba por el camino de tierra hacia la carretera, como me había pedido la inspectora, para informar a Ramiro. Le conté lo esencial, que el caso de desaparición se había convertido en uno de homicidio, con el morbo añadido del lugar y la forma en que se había encontrado el cadáver.

—¡Hostia, López, se va a liar parda! Ya sabía yo que hacía bien enviándote ahí. A este viejo poli le sigue funcionando el olfato.

—No me has enviado, Ramiro, yo ya estaba aquí. Y por decisión propia, te recuerdo.

—Vale, hombre, no te enfades, es la costumbre. Estás a la que salta.

Ignoré el comentario y seguí con la explicación:

—He visto las imágenes de las cámaras de seguridad de la bodega y aparece una persona entrando con un bulto grande cargado a la espalda que claramente es el cuerpo de la víctima. Luego te escribo un correo con los detalles.

—Perfecto, gracias.

—De nada. Por cierto, ¿podrías enviarme todo lo que encontréis sobre una bodega de la zona que se llama Celler León?

—¿León como la ciudad?

—Creo que sí.

—Vale, te lo enviamos en un rato.

—OK. Ahora te dejo, que está a punto de recogerme la inspectora.

—¿Estás siendo amable y considerado con ella?

—No me toques los cojones.

—Ese es mi chico.

—Joder, Ramiro, ¿es que no entiendes que ya no eres mi jefe? Deja de tratarme como si lo fueras. Esto es una excepción. Y no va a haber más.

—De acuerdo, no te cabrees, que va mal para el estrés. Infórmame cuando tengáis el resultado de la autopsia, ¿vale?

Cuando la inspectora me recogió era otra persona: el gesto taciturno, la mirada perdida más allá de la ventanilla, las manos tamborileando inquietas sobre la pantalla del iPad.

—¿Qué ha pasado? —me animé a preguntar, apelando a una confianza que todavía no nos teníamos.

Se giró y me miró con sus ojos desproporcionados.

—Nada, que me ha llamado el *major* para ordenarme que me encargue de la investigación del homicidio de Mateu Vidal y que le informe directamente a él.

—¿Y eso es malo?

—Bueno, como inspectora de Homicidios del área de Girona yo tendría que reportar, en circunstancias normales, al comisario jefe de la Divisió d'Investigació Criminal, la DIC. Pero el *major* dice que me quiere encima del caso y que le informe directamente a él de los progresos. Y para colmo me ordena que atienda yo a los medios de comunicación. Preferiría un dolor de ovarios.

—Todo eso suena a rollo de organigramas y jerarquías, ¿no?

—Lo que es un rollo es que el comisario jefe de la DIC se va a mosquear un huevo conmigo en cuanto se entere. A ningún bombero le gusta que le pisen la manguera, aunque sea sin querer.

—Pero todos sois del mismo equipo, ¿no?

—¡No me seas inocente, López! —exclamó con un atisbo de amargura—. Aquí pasa como en todas partes: hay celos, envidias, desconfianza y todos los malos sentimientos que te puedas imaginar. ¿O acaso en la Policía Nacional sois como frailes franciscanos imbuidos de noble beatitud? Suponiendo, claro, que los frailes franciscanos no se arranquen los ojos por un quítame allá ese rosario.

Sonaron varios avisos en su móvil y dedicó los siguientes minutos a contestar los mensajes mientras conducía su ayudante. Cuando acabó, pensé en preguntarle por su relación con Arnau Vidal, más en concreto por la animadversión que había percibido entre ellos, en especial la de ella hacia él. Estaba claro que había ahí algo no resuelto, alguna rencilla, algún tema del pasado que todavía levantaba ampollas. No parecía, sin embargo, el mejor momento para abordar una cuestión como aquella, sospechaba que delicada, así que opté por dejarlo para otra ocasión y tratar de ayudarla. Dicen los expertos en inteligencia emocional que para crear buenas relaciones tienes que empezar dando sin esperar nada a cambio.

—¿Cómo puedo ayudarte con la investigación? ¿Quieres que hable con la gente de tu equipo? Porque supongo que tienes un equipo, ¿no?

—Sí, tengo a la subinspectora Marta Sans, un encanto de mujer. La veré dentro de un rato en Girona. Y a su grupo de investigación.

—¿Quieres que la llame y le explique lo de las cámaras y mi conversación con Arnau Vidal? Así te quito algo de trabajo, ¿no?

Lo pensó y durante unos instantes, mientras por su mente desfilaba con paso decidido la idea de huir de las esclavitudes organigrámicas, se suavizó la expresión de su rostro. Sin embargo, duró poco. Al momento se volvió a tensar.

—Te lo agradezco, López, de verdad, pero mejor no. Va a ser un lío. Cuanta menos gente sepa que estás metido en esto, mejor. No sería fácil explicarle al juez que un funcionario de Documentación de la comisaría de Figueres está participando en una investigación criminal de los Mossos. Vamos a llevar lo nuestro con discreción, ¿vale?

—Lo que tú mandes, inspectora.

Eran más de las tres cuando Solius me dejó en Figueres. No había comido y no me apetecía meterme en casa ni cocinar, así que cogí la vieja K75 y, aprovechando que la tramontana había concedido una tregua, regresé a Vilademont y aparqué frente al bar. Escaneé de un vistazo la terraza y vi que había bastante más gente que el día anterior, la mayoría comiendo, ya en los postres o los cafés. Mi vecino, Ovidi, estaba en la misma mesa. Pasé por delante y lo saludé. No quería parecer desconsiderado.

—Hombre, López, qué gusto verte. ¿Vienes a comer?

—Sí, es un poco tarde, pero voy a ver si me dan algo.

—Seguro que sí. Ángela es muy atenta, sobre todo con la gente del pueblo. ¿Te apetece sentarte conmigo?

Me pilló a contrapié y dudé, primero porque me gusta comer solo y segundo porque no quería sentarme en aquella mesa. Sobre lo primero, no fui capaz de encontrar una excusa a tiempo y acepté. Sobre lo segundo, se impuso mi obsesión por el control.

—Sí, encantado, pero ¿te importa si nos ponemos en aquella mesa de allí, la que está junto a la pared? Es una especie de manía que tengo.

—Uf, me hablarás a mí de manías. Si yo te contara…

Lo ayudé a trasladar su libro y sus llaves mientras él llevaba la copa de cerveza y los cubiertos. Cuando nos acomodamos en *mi* mesa, se acercó Ángela con una sonrisa panorámica en la cara.

—Oye, ¿qué es esa reliquia? —dijo señalando la moto.

—Una herencia. De mi padre.

—Pues a ver si me llevas un día a dar una vuelta. Me encantan las motos.

No dije nada, un poco abrumado por las confianzas que se tomaba Ángela conmigo. Desconocía si era tan directa y desinhibida con todo el mundo.

—¿Vas a comer? Tengo unos boquerones rebozados de segundo que quitan el hambre y el hipo.

—Sí, me va perfecto.

—¿De primero una ensalada fresquita con su le-
chuga, su tomate, su cebolla y todas sus cositas?

—Vale, genial.

—A mí me falta el segundo, Ángela —aprovechó
para recordarle tímidamente mi vecino.

—Está llegando, Ovidi. No me seas impaciente.

Me guiñó un ojo sin dejar de sonreír y se alejó con
gracilidad camino de la barra, agitando de lado a lado
la cola en que había recogido su melena oscura y ri-
zada.

Miré a mi vecino y de pronto recordé lo que me
había dicho el día anterior sobre su profesión. Tal vez
él podría decirme más cosas sobre los Vidal de las que
figuraban en el escueto informe que me habían enviado mis excompañeros de la UOE.

—Ovidi…

—*Jo mateix!**

—¿Cómo?

—Oh, nada, nada, disculpa.

—Me dijiste que eres historiador, ¿verdad?

* ¡Yo mismo!

—Sí, señor, profesor de Historia de Cataluña. Pero, afortunadamente, me queda poco para alcanzar el paraíso de la jubilación.

—¿Y conoces la historia de la familia Vidal?

—¡Cómo no! El epítome de la burguesía catalana. Bueno, ellos y cuatro apellidos más. Son todos familia entre sí, una cosa muy endogámica.

—¿Te importaría contarme brevemente la historia de Mateu Vidal Trias?

—*A bodes em convides!**

—¿Eh?

—Ay, perdona, López. —Se le enrojecieron las mejillas—. Es que tengo una especie de tic. Cada dos por tres me salen modismos catalanes sin querer.

—Bueno, no pasa nada.

—A ver, ¿por dónde empiezo? Creo que por su padre, o sea, Narciso Vidal.

—El abuelo de Arnau Vidal.

—Exactamente. Narciso Vidal, que al principio era Narcís, en catalán, nació en Figueres, que por aquel entonces era una ciudad importante, casi más que Girona, la capital provincial. Había mucha vida, cultural y económicamente hablando. Narciso era hijo de un

* Frase hecha catalana que expresa alegría ante una propuesta.

empresario que había hecho las Américas, un indiano que regresó a finales del siglo XIX con un fortunón de Cuba y compró, entre otras propiedades, la masía donde viven ahora en Vila-roja. Una casa increíble y un tesoro de un valor histórico incalculable.

Iba a decirle que la conocía, pero no podía revelarle información de una investigación en curso, menos aún de aquella, en la que se suponía que yo no pintaba nada. Por otra parte, se lo veía tan animado que no quise interrumpirlo.

—Aunque vivían en Vila-roja, los Vidal tenían también casa en Barcelona. Narcís Vidal estudió en los mejores colegios de la ciudad, por supuesto religiosos, porque la familia era de misa los domingos y fiestas de guardar. Luego su padre lo envió a cursar Derecho en Madrid con la esperanza de que se introdujera en los círculos de poder de la capital. Y así lo hizo. Eso fue ya durante la segunda mitad de los años veinte, una época tan convulsa como apasionante, como sin duda sabrás.

Ángela trajo mi ensalada y el segundo plato de Ovidi. Este lo ignoró, absorto en el relato.

—Narcís, transformado ya en Narciso por obra y gracia de la Patria, ingresó en 1933 en la Falange de José Antonio Primo de Rivera y se mantuvo muy activo hasta el inicio de la Guerra Civil en el 36. En aquellos años se movía entre Madrid, Barcelona y el Empordà. En cuanto a su vida familiar, se casó con Montserrat Trias, hija de un industrial catalán también católico, apostólico y romano, y en 1933 nació nuestro protagonista, Mateu Vidal Trias.

Miró el pollo al chilindrón con deseo, y por un momento dudó entre atacarlo o seguir hablando. Eligió lo segundo.

—La infancia del pequeño Mateu debió de ser bastante agitada, porque su padre, Narciso, además de viajar cada dos por tres a Madrid para prestar ayuda a los fascistas en su intento por hacerse con el poder, empezó a dirigir algunos de los negocios del padre. Había un poco de todo: industria metalúrgica, comercio internacional, minería, etcétera. En 1936, Narciso apoyó a Franco en el Alzamiento. Aquello hizo que en Cataluña fueran a por él y que tuviera que huir a Francia con la familia a finales de 1936. La masía y todas sus propiedades fueron incautadas por el Comité Revolucionario. Después de la huida, dejó a los suyos cómodamente instalados en París, donde tenía un socio comercial de confianza, y volvió a entrar en España por Irún. De allí viajó a Burgos, donde se puso a disposición del futuro Caudillo. Hizo un poco de todo, principalmente proporcionar armamento al ejército nacional y financiar gastos con el dinero de sus negocios. Y con el que se había llevado a Suiza, porque en aquella época ya era una práctica habitual entre las clases pudientes lo de la evasión fiscal.

—No me sorprende.

—Cuando en enero de 1939 las tropas de Franco entraron en Barcelona, supo que su apuesta había resultado ganadora. Durante aquel año recuperó sus propiedades, fue premiado por Franco con otras nuevas e hizo prácticamente lo que se le antojó, tanto en Barcelona, donde nombraron alcalde a un hermano suyo, como en el Empordà, donde se quedó con muchas tierras de los miles de catalanes que huyeron a Francia durante los últimos meses de la guerra. Luego fue, además de consejero nacional del Movimiento, procurador en Cortes durante treinta años. Y, por supuesto, aumentó su fortuna gracias a los privilegios que le otorgaba ser uno de los íntimos del Caudillo, que cada vez que venía por aquí se alojaba en su casa.

Los carrillos se le incendiaron un poco más. Tomó aire y lo expulsó de golpe. Pinchó un muslito de pollo, pero no se decidió a comérselo y lo volvió a dejar en el plato.

—Se podría decir que nuestro Mateu Vidal vivió ya otra época, menos convulsa. Estudió en París, volvió a

Barcelona, se casó con una Sagnier y se dedicó a lo que se esperaba de él, que era amasar todavía más dinero. A principios de los sesenta conoció a Jordi Pujol y se convirtieron en íntimos. Mateu, a diferencia de su amigo, no quería meterse en política, prefería utilizar los resortes del poder económico para perpetuar sus privilegios. Mantuvo las conexiones con Madrid y dio un tímido apoyo a la transición democrática, más por interés que por convicción. Es algo muy propio de la burguesía catalana: las ideas políticas, como los gobiernos, van y vienen, lo importante es mantener el *statu quo*. Y, para abreviar y poder comerme el pollo, te diré que, además de expandir el imperio del padre, que murió el mismo año que Franco de un enfisema pulmonar porque fumó como un carretero toda su vida, Mateu fue todo lo que un empresario de alta alcurnia puede ser en Cataluña: presidente de La Caixa y presidente de Foment del Treball, la patronal catalana, además de ostentar muchos otros cargos de diferente calado.

Recuperó entonces el muslito abandonado, lo bañó en la salsa y se lo llevó a la boca. Yo ya estaba dando cuenta de mis boquerones rebozados: una delicia, como había anunciado Ángela. Nadie reboza el pescado como los malagueños.

Masticamos ambos en silencio durante unos minutos. Pensé que tenía que decirle algo sobre la muerte de Mateu Vidal, pues esa misma noche, a más tardar al día siguiente, lo vería en las noticias y sumaría dos más dos. Me tragué el último boquerón y, midiendo bien mis palabras para no revelar nada que no debiera ser revelado, se lo conté.

—Mateu Vidal ha muerto. Han encontrado su cadáver esta mañana. Seguramente lo verás en las noticias de la noche.

—¡Ah, claro, por eso me has preguntado por su vida! —exclamó mientras mojaba pan en la salsa, concentrado ahora en el pollo—. Bueno, ya tenía una edad el hombre. A ver si llegamos tú y yo a los noventa.

—El tema es que no ha fallecido de muerte natural. Parece ser que lo han asesinado.

—¡¿Qué?!

—Sí, una amiga de los Mossos me lo ha dicho. Pero es un secreto. De momento no se lo cuentes a nadie.

La expresión del rostro le cambió de golpe. El color vivo de las mejillas palideció. Solo acertó a decir, mientras sostenía en el aire un pedazo de pan mojado en salsa:

—*Mare de Déu!**

* ¡Madre de Dios!

Ovidi se tuvo que ir sin tomar postre. Tenía que impartir clase en la universidad y se le había hecho tarde. Se marchó sin haberse recuperado todavía de la noticia, casi tan pálido como debía de estar a aquellas horas el cadáver de Mateu Vidal.

No quedaba ya casi nadie en las mesas. Ángela, que se había quitado el delantal, se había soltado el pelo y había dejado los mandos del bar a una chica más joven para tomarse un respiro, se sentó a mi mesa sin pedir permiso. No dejaba de sorprenderme su comportamiento, tan alejado de las normas convencionales de relación entre los propietarios de bares y sus clientes.

—¿Qué le has dicho a Ovidi? Se ha ido con cara de susto.

—Nada. Creo que no le apetecía mucho ir a dar clase.

—Eso será.

Me miró burlona. En realidad le daba igual lo que le hubiera dicho a Ovidi, solo buscaba una excusa para charlar conmigo.

—Me han dicho que eres policía.

—Sí, estoy en la comisaría de Figueres.

—Debe de ser emocionante eso de ser poli.

—Me dedico a hacer documentos de identidad, así que no mucho.

—¿Todos los días?

—Sí, todos los días. Es mi trabajo.

—¿Y no te aburres?

—Llevo poco tiempo.

—Yo creo que te aburrirás pronto.

—Mi exjefe opina lo mismo.

Me miró fijamente sin abandonar la sonrisa socarrona.

—¿Te gusta el mar o eres de secano?

—Me gusta mucho el mar.

—Entonces ¿qué te parece si mañana por la tarde, cuando acabe de servir los almuerzos, me recoges aquí, nos subimos a tu moto *vintage*, vamos hasta la costa y te enseño una cala preciosa que solo conocemos los locales?

—Oye, ¿estás intentando ligar conmigo?

—¡Qué dices! No seas tan creído.

Hizo un gesto con el brazo, como apartando la idea o descartándola por absurda. Con aquel movimiento pareció agitar el viento, que de pronto arreció otra vez, tanto y tan de golpe que empezó a ser desagradable estar en la terraza. Recordé que tenía la grabación de las cámaras de seguridad de Mas Vidal en el bolsillo, en un USB, y pensé que sería buena idea ir a casa y volver a visionarla, por si se me había escapado algo. Dejé veinte euros encima de la mesa y me levanté. Ángela también.

—¿Nos vemos mañana entonces? —preguntó, apartándose un mechón de pelo negro de la cara.

—Nos vemos mañana. ¿Tienes casco?

—Sí, no te preocupes.

La tramontana redobló su intensidad y me costó Dios y ayuda recorrer con la moto la escasa distancia que me separaba del patio trasero de mi casa. Todavía me costó más que la puerta se mantuviera abierta el tiempo suficiente como para meter la moto dentro. Justo cuando cerré, sonó el móvil. No había grabado su teléfono, así que no supe que era Solius hasta que descolgué y escuché su voz grave. Ni siquiera saludó.

—Oye, acabo de ver las grabaciones. Creo que va a ser imposible identificar al tipo. Además, las imágenes son lejanas y están borrosas. Aunque lo identifiquemos, no creo que puedan servir como prueba.

—Pero parece uno de los trabajadores que estaban ese día en Mas Vidal. Al menos va vestido como ellos. ¿Los habéis interrogado ya?

—Están en ello la subinspectora Sans y su equipo. Pero de momento todos aseguran que a mediodía estaban comiendo con el grupo.

—Habrá que seguir buscando, ¿no?

—Sí, claro. ¿Has quedado con los de Celler León?

—Todavía no. Llamaré ahora. Te digo algo.

—Vale.

Se quedó callada, pero parecía que quería decir algo más.

—Oye, ¿si te cuento una cosa serás discreto? —lanzó.

—Claro, inspectora.

—Verás, soy bastante amiga del forense que está haciendo la autopsia. Tuvimos un rollete hace tiempo. Todo el mundo me decía que cómo podía salir con un forense, pero la verdad es que era un tío encantador. Y tenía muy buenas manos. El tío conocía el género que tocaba, ya sabes a qué me refiero.

Parecía que había recuperado el ánimo y el sentido del humor. Hizo una pausa larga durante la cual se oyó de fondo el sonido de una bolsa de papel al arrugarse.

—¿Eso es lo que me querías contar?

—¡No, hombre, no! Es que estaba acabándome el bocadillo. No he podido comer nada hasta ahora. —Acabó de deglutir y siguió—: Lo que te quería decir es que, aunque tendremos los resultados oficiales mañana, mi amigo el forense me ha adelantado un par de detalles que te van a flipar.

—Suéltalos.

—El cuerpo de Mateu Vidal estaba desnudo, eso ya lo sabes. Al sacarlo, observamos que tenía algo raro en el pecho, como una mancha de tinta. El forense, al analizarla, ha visto que es un tatuaje. Uno muy poco profesional, según me ha dicho, como si el tatuador fuera novato y estuviera todavía haciendo prácticas. Pero lo más interesante no es eso, sino que estaba recién hecho cuando la víctima falleció. O sea, que se lo grabaron entre el momento del secuestro y la llegada a la bodega, en ese espacio de tres o cuatro horas.

—¿Cómo es el tatuaje?

—Es una frase. Dice así: «Y Él pagará a cada uno conforme a sus obras». Escrito en una letra medio gótica.

—Suena a libro religioso.

—Bien visto, López, es de la Biblia. Romanos dos, versículo sexto. Lo he buscado en internet.

—¿Sabemos qué sentido tiene?

—¿El versículo?

—No, el hecho de que se lo tatuaran.

—Ni idea.

—¿Qué más te ha dicho el forense?

Se quedó callada un momento, parecía dudar.

—Es que no sé si decírtelo, López, porque me parece que eres un tío muy sensible y a lo mejor te afecta.

—No te cachondees, Solius, que todos tenemos nuestras mierdas.

—Vale, ahí va: al parecer, Mateu Vidal murió hacia las 14.30 del domingo. Ahogado. Tenía los pulmones llenos de mosto.

—Eso quiere decir…

—Efectivamente, que cuando lo tiraron a la cuba todavía estaba vivo.

Me fui a dormir pensando en la muerte de Mateu Vidal. Me preguntaba qué clase de persona podía haber cometido un asesinato como aquel. Estaba claro que había mucha rabia detrás, aunque eso no era una novedad: la rabia es la gasolina que alimenta toda agresión, desde un simple bofetón hasta una masacre. Lo que más me llamaba la atención era que se trataba de un anciano. ¿Por qué matar a un señor de más de noventa años y arriesgarse a ser descubierto en lugar de esperar un poco y dejar que la vida, o mejor dicho, la muerte, hiciera su trabajo, implacable? Solo se me ocurría una explicación: el ansia, la prisa, la imperiosa necesidad de venganza. En esa dirección apuntaba también el tatuaje, con su frase sobre la justicia divina, así como el hecho de que lo hubieran tirado todavía vivo a la cuba, un ensañamiento innecesario si el objetivo era simplemente acabar con su vida.

Todavía era pronto, no obstante, para sacar ningún tipo de conclusión, así que me entregué al sueño sin darle, de momento, más vueltas al asunto. Aquella noche no quise arriesgarme a que la tramontana me desvelara. Me puse tapones en los oídos y me tomé un lorazepam.

6

Fueron muchas cosas en poco tiempo. Primero, la muerte de mi padre tras un tenso año de idas y venidas al hospital, de quimios, radios y tratamientos experimentales que nunca acabaron de funcionar. Después, la crisis con Marisa, la separación, la explicación a las niñas, la mudanza mínima al mínimo apartamento que alquilé junto al Retiro. Y a continuación, la operación de la T4, mi error y la muerte de aquella pobre mujer que pasaba por allí sin imaginar que aquel sería su último día sobre la tierra. Muchas cosas, demasiadas incluso para alguien como yo, acostumbrado a vivir bajo presión.

La psiquiatra del Cuerpo, a la que tuve que visitar para que Ramiro pudiera cubrir el expediente, lo tuvo claro a los cinco minutos: síndrome de *burnout*. Dijo «barnaut» con impostado acento inglés y, ante mi expresión interrogativa, aclaró: «Lo que toda la vida se ha llamado "estar quemado"». A continuación me extendió un par de recetas y preguntó:

—¿Haces deporte?

—Cada día corro un rato por el Retiro —respondí.

Aquello no era del todo preciso, porque no solo salía a correr (mínimo media hora al día), sino que también nadaba en la piscina del Canoe y los fines de semana cargaba la bici de montaña en el coche y hacía excursiones por los alrededores de Madrid. Hacer deporte y leer eran las únicas actividades que me relajaban, que me permitían desconectar la mente y descansar por la noche.

—Pues no dejes de hacerlo —me aconsejó—. Y suelta un poco de lastre, estás demasiado obsesionado con el control.

—Es que cuando pierdo el control mueren personas —repliqué, en clara referencia a lo que había sucedido en la T4.

—¿Quieres decir que fue culpa tuya lo que pasó?

—Quiero decir que mi trabajo tiene riesgos, y que el control los minimiza.

Me miró con una expresión maternal que me molestó y concluyó sentenciosa:

—Pues a lo mejor tienes que cambiar de trabajo.

No fue eso lo que me hizo buscar un nuevo destino, lejos de la UOE y de sus «operaciones especiales». Fueron, sobre todo, el cansancio y el desengaño; la sensación, cada vez más patente, de que en lugar de trabajar para el bien común me esforzaba y arriesgaba mi vida para el mal particular, o en todo caso para intereses turbios disfrazados de legalidad o legitimidad. Intereses políticos, intereses económicos o intereses personales. Cualquiera menos el público. Menos el servicio a los ciudadanos, que son los que nos pagan el sueldo. Había sido un buen soldado durante casi veinte años, fiel, obediente y eficaz, me atrevería a decir que muy eficaz, pero empezaba a cuestionarme para quién trabajaba en realidad. Estaba en crisis y necesitaba huir para tomar perspectiva. Para averiguar, con calma, quién era en realidad y quién quería ser. Fue por eso por lo que me marché.

La psiquiatra también me recomendó hacer yoga y meditación. El yoga lo descarté de buen principio. Sabía de qué iba porque Marisa llevaba algunos años practicándolo, pero no me veía haciendo posturas extrañas mientras aspiraba aromas de incienso y seguía las indicaciones de un profesor de aires beatíficos. Además, solo faltaba, después de lo mucho que se habló en el Cuerpo del episodio de la T4, y tomando en cuenta la manía que nos tenían otras unidades por los privilegios de que disfrutábamos en la UOE, que circulara la noticia de que había empezado a hacer yoga. No me costaba imaginarme los chascarrillos.

La meditación, en cambio, me pareció que no entrañaba riesgos. Podía practicarla discretamente en casa a primera hora de la mañana o al llegar por la noche. Me compré un libro que me recomendó la psiquiatra y cuyo título, *Aprendiendo a meditar*, me anoté en el reverso de una de las recetas. Era de una monja budista y, a pesar de mis recelos iniciales, resultó que no tenía apenas carga mística, sino explicaciones sencillas, claras y prácticas sobre qué es la meditación y cómo ejercitarla. Empecé a hacerlo por las mañanas, cuando me despertaba, primero durante diez minutos y progresivamente un poco más, hasta llegar a la media hora.

A lo que todavía me resistía, a pesar de que resultaba algo casi preceptivo para meditar, era a desconectar el móvil durante la práctica. Hay hábitos que cuesta erradicar, y el de dejar el móvil encendido toda la noche por si había una emergencia lo tenía muy arraigado. Justamente el timbre del móvil fue lo que me sacó, aquella mañana de miércoles en Vilademont, a las siete y media en punto, de un intento de apagar la mente previsiblemente infructuoso, ya que desde la noche anterior no dejaba de pensar en el caso Vidal. Al principio supuse que sería Solius con alguna novedad, o Ramiro reclamando más información. O Ventura, que querría saber si iba a ir aquella mañana a la comisaría o seguiría con mi «permiso especial». Pero no, era Marisa, que tras un saludo frío me contó que las niñas me echaban de menos y me preguntó cuándo iría a verlas.

—Envíamelas el próximo fin de semana —solté sin pensarlo, y al momento me arrepentí. Las echaba mucho de menos, pero todavía no me sentía preparado para quedarme solo con ellas todo un fin de semana.

—¿De verdad? ¿Te ves con ánimo?

—Sí, estoy perfecto —mentí—. Los aires del campo me están sentando muy bien.

—Bueno, la verdad es que yo también necesito descansar un poco. Son preciosas pero agotadoras.

—Claro. Aprovecha para hacer algo que te apetezca.

Quedamos en que Marisa les compraría billetes de AVE para el viernes por la tarde y que me diría a qué hora llegaban a la estación de Figueres-Vilafant para que las recogiera. Después de eso, resignado ya a no poder meditar aquella mañana, envié un mensaje a

Ventura para decirle que no iría a la comisaría, que la cosa se había complicado. «Contaba con eso, he visto las noticias», respondió.

¡Claro, las noticias! Puse al fuego la vieja cafetera italiana que encontré en la casa cuando me instalé y abrí el portátil. Tenía un correo de Ramiro con el asunto «Celler León», pero primero abrí Google y busqué las últimas noticias sobre Mateu Vidal. La lista era larga: casi todos los medios nacionales mencionaban su fallecimiento, y los catalanes le dedicaban una amplia cobertura. Seguramente tenían ya preparado el obituario, una práctica periodística habitual con todas las celebridades que alcanzan cierta edad o están gravemente enfermas; preparan la noticia del fallecimiento como si ya se hubiera producido y la meten en el «congelador» a la espera de que, efectivamente, se produzca. Nunca el trabajo es en balde, pues todos acabamos cumpliendo, tarde o temprano, con ese último trámite.

La mayoría de las noticias y las necrológicas ensalzaban la figura de Vidal y su papel como «dinamizador del tejido empresarial catalán» y «eficaz enlace entre la empresa privada y las instituciones públicas». Recordaban su relación con la cúpula de Convergència Democràtica de Catalunya, partido al que sin embargo nunca se afilió, y su estrecha amistad con Jordi Pujol, que arrancó en los años sesenta y se había mantenido hasta el auge del independentismo y el inicio del *procés*, época en la cual se habían distanciado.

Por mucho que busqué, no encontré ninguna referencia a las circunstancias de su muerte, que por omisión se entendía que había sido por causas naturales, ni tampoco al pasado de la fortuna familiar, como si la riqueza y la posición social de los Vidal se hubiera forjado durante la vida de Mateu a partir de los negocios inmobiliarios y las inversiones en diversos sectores. Sin duda, el equipo de comunicación de Arnau había hecho un gran trabajo, consiguiendo evitar que se relacionara a los Vidal con el franquismo y, al menos por el momento, que se filtraran informaciones sobre cómo había muerto el empresario y sobre la existencia de una investigación policial en curso.

Después del segundo café leí el informe sobre Celler León. Lo de informe era en este caso una hipérbole: apenas media página con algunos datos bastante insustanciales. Al parecer, la bodega era de reciente creación. La sociedad, Celler León Falgàs SL, se había creado en 2015 y pertenecía en un 80 % a Jacqueline Léon y en el 20 % restante a su marido, Jean Christophe Petit. La sede de la empresa estaba en el municipio de Vinyet, situado a unos quince kilómetros de Figueres en dirección nordeste, o sea, hacia Portbou, aunque el domicilio de sus propietarios radicaba en Lyon. Como gran aportación, el autor del escuálido informe mencionaba que Vinyet era un pueblo con una larga tradición vitivinícola y sede de al menos una docena de bodegas. El resto era un copipega de la página web de Celler León, como pude comprobar al visitarla. En ella se explicaba que la creación de la bodega era la materialización de un viejo sueño familiar, y se mostraban algunas fotos tanto del edificio, de diseño muy moderno, como de las viñas que lo rodeaban, además de una en la que una pareja de edad imprecisa entre los cincuenta y los sesenta, con inconfundible aspecto de franceses adinerados de estilo *boho-chic*, posaba con naturalidad entre vides. Solo aparecían cuatro vinos en la pestaña de productos, un blanco, un rosado y dos tintos, aunque anunciaban el lanzamiento inminente de otros en los que estaban trabajando.

En el apartado de contacto figuraba un número de teléfono fijo. Llamé. Una mujer descolgó y pedí hablar con Jacqueline Léon. Me informó de que estaba ocupada y no me podía atender en aquel momento, y me pidió que le diera mi nombre y mi número de teléfono. Lo hice, añadiendo que llamaba de la policía y que era urgente que la señora Léon se pusiera en contacto conmigo para fijar una cita lo antes posible.

Después volví a mirar el correo. Esperaba un documento importante: el listado de los trabajadores que estaban el domingo en la finca vendimiando. El chófer de Vidal me aseguró que se lo pediría a la asistente de su jefe y me lo enviaría la tarde anterior, pero no lo había hecho. Tendría que reclamárselo.

Cansado de leer, decidí moverme un poco. Caí entonces en la cuenta de que la tramontana había cesado en algún momento de la noche y reinaba el silencio. Desde la mesa de la cocina se podía ver un cielo totalmente despejado y brillante, como recién estrenado. Parecía que los campos, los bosques y las montañas habían ganado una cuarta dimensión.

Aquello me dio una idea. Consulté Google Maps en el móvil y comprobé que la distancia entre Vilademont y Mas Vidal, que estaba cerca de Vila-roja, era de unos seis kilómetros si iba por caminos de tierra. Pensé que podía matar dos pájaros de un tiro: hacer deporte y seguir con la investigación, o lo que es lo mismo, ir corriendo hasta Mas Vidal, inspeccionar los alrededores y aprovechar para reclamar aquella lista.

Me calcé las zapatillas de running, cogí solo la llave de la puerta de entrada para no llevar peso y busqué en el móvil el camino a pie hasta Mas Vidal. Después de trotar durante casi media hora por senderos estrechos y pedregosos, la mayoría entre viñedos o pequeñas agrupaciones boscosas de encinas, pinos y robles, me encontré con el capataz y un grupo de hombres, casi todos con aspecto de sudamericanos o subsaharianos. No parecía que la muerte de Mateu Vidal fuera un motivo para interrumpir la vendimia. Como en el teatro, el *show* debía continuar.

El grupo estaba trabajando en un viñedo bastante alejado de la bodega, que quedaba, según mis cálculos y los de Google, detrás de la siguiente loma. Me acerqué y saludé al capataz, de pie junto a una *pick-up* rotulada con el logotipo de Mas Vidal. A pesar de mi atuendo de runner, me reconoció y me miró con recelo. Parecía poco dispuesto a conversar. Aun así, le pregunté si podía contestarme un par de preguntas y accedió.

—No le molestaré más de cinco minutos —anuncié, a fin de tranquilizarlo—. ¿Recuerda si era esta la zona en la que estaban vendimiando el domingo por la mañana?

—Sí, más o menos. Estábamos en esa parcela de ahí.

Señaló unas hileras de cepas un poco más abajo, en dirección a un pequeño barranco.

—¿A qué distancia en tractor diría que estamos de la zona de recepción de uva de la bodega?

Se lo pensó, aunque seguramente lo sabía de memoria.

—Unos diez minutos. Son solo dos kilómetros, pero hay que bordear varias fincas y el camino es pedregoso.

—¿La zona de pícnic donde suelen comer está cerca de aquí?

—Sí, justo al lado, en un pequeño bosque.

—Por tanto, desde la zona de pícnic a la bodega se tardan unos diez minutos en tractor, igual que desde aquí, ¿no es así?

—Sí, quizá un poco menos.

—¿Sabría decirme si durante el almuerzo del domingo pasado alguien se ausentó del grupo?

—No que yo recuerde.

—¿Estaban entonces todos ahí, en la zona de pícnic?

—Sí, creo que sí.

—¿Cree?

—Es que debíamos de ser más de cincuenta personas y nunca pasamos lista. Algunos vienen, trabajan, cobran el jornal y se van. Ni siquiera llego a saber sus nombres. Ya se lo expliqué ayer a la subinspectora de los Mossos.

Vi que estaba perdiendo la paciencia. Decidí no presionar más.

—Una última cosa: ¿el personal de la bodega está hoy trabajando? Me refiero al personal administrativo.

—Sí, en esta época todos trabajamos.

—De acuerdo, muchas gracias.

A continuación le pedí su nombre y su teléfono por si necesitaba volver a hablar con él y los grabé en el móvil. Le pedí también que me indicara el camino más corto a pie desde donde estábamos hasta la bodega y comprobé que coincidía con el que me marcaba la aplicación. Según me dijo, se podía atajar pasando por entre las fincas, pero no era un camino fácil, mucho menos si pretendía seguir corriendo.

Llegué a la bodega pensando en cómo me identificaría sin la placa de policía, que había tenido que devolver al dejar la UOE junto con el arma reglamentaria. Con aquel outfit de runner, imaginé, me costaría hacer creer a la chica de recepción que era un agente y que estaba trabajando en la investigación de la muerte de Mateu Vidal.

Entré y pregunté por «Manel, el chófer», aunque no había visto el Range Rover en el aparcamiento. Efectivamente, no estaba, como tampoco Arnau Vidal. Pedí entonces ver a la *assistant* del empresario, que según había dicho el chófer cuando acabamos de visionar los vídeos de las cámaras de seguridad se llamaba Marga. La chica me miró con desconfianza, como un rato antes había hecho el capataz. Seguramente debían de estar advertidos, tanto por la policía como por su jefe, de que no hablaran sobre lo sucedido el día anterior con desconocidos. Añadí que, si lo consideraba oportuno, podía llamar al señor Vidal para asegurarse de que yo era quien afirmaba ser y no un periodista entrometido. Optó por entrar en la sala grande que se entreveía a través de un vidrio biselado detrás de la recepción. Al cabo de un rato salió una mujer de entre treinta y cinco y cuarenta años, rubia y muy delgada, que me saludó sin darme la mano y mirándome con el mismo recelo que el capataz y la recepcionista. Me condujo a una salita junto a la recepción para hablar en privado. Nada más entrar vi que en una esquina tenían una de esas máquinas dispensadoras de agua.

—¿Le importa si me sirvo un vaso? Se me ha ocurrido venir corriendo desde Vilademont y no he caído en que todavía estamos en agosto.

Asintió. Me bebí tres vasitos y me llevé el cuarto a la mesa.

—Verá, Marga, como seguramente le habrá indicado su compañera, a pesar de estas pintas soy policía y estoy colaborando en la investigación de la muerte del señor Vidal.

—Sí, ayer le vi por aquí.

—Ah, fantástico, eso facilita al menos el tema de mi identificación. La otra cuestión es que Manel, el chófer del señor Vidal, me aseguró ayer que le pediría a usted la lista de las personas que estaban trabajando el domingo en la vendimia y que me la enviaría por correo. Me urge un poco tenerla, así que he pensado que sería más fácil si venía a buscarla y se la pedía directamente.

Vi que dudaba. Aun así, se levantó con un «Ahora vuelvo» apenas susurrado y regresó al cabo de un minuto.

—La tenía preparada, pero Manel no ha pasado a recogerla. Me imagino que debe de estar liado con todo el jaleo de… Bueno, ya sabe.

Cogí el papel que me entregó, un listado en Excel con una numeración a la izquierda, una columna con apellidos, otra con nombres, una tercera con los números del documento nacional de identidad o el número de identidad de extranjero, una cuarta con direcciones, que en muchas celdas aparecía vacía, y una última con teléfonos. Me llamó la atención que la lista tenía solo veintiséis nombres.

—¿Esta es la lista completa? —pregunté a Marga.

—Sí.

—Pero el capataz me ha dicho que el domingo había más de cincuenta personas trabajando en la vendimia.

Bajó la mirada y se sonrojó ligeramente. Cuando volvió a hablar lo hizo en voz muy baja, como si alguien pudiera oírnos.

—Es que el domingo necesitábamos mucha ayuda y… Bueno, no es lo habitual, pero vino gente que no conocíamos, amigos o familiares de los jornaleros. Ya le digo que no es algo habitual, siempre llevamos un registro muy estricto de todos los que trabajan en el campo y en la bodega, y todo el mundo está asegurado, por supuesto.

Me pareció que mentía, que aquella práctica debía de ser bastante habitual, pero me preocupaba otra cosa.

—¿Quiere decir que no tienen constancia de la identidad de la mitad de los jornaleros que estaban el pasado domingo trabajando en las viñas?

Asintió tímidamente. Pensé que aquello complicaba bastante la investigación. Habría que interrogar uno a uno a los jornaleros oficialmente registrados y pedirles la identidad de los «extraoficiales», a los cuales también habría que interrogar para saber qué habían hecho o visto aquel día. Un trabajo de chinos que, afortunadamente, no tendría que hacer yo, sino el equipo de investigación de los Mossos. Hice una foto al listado y, nada más salir de la bodega, se la envié a Solius. Añadí un mensaje: «Llámame, tengo cosas que contarte».

Regresé a Vilademont dando un rodeo para echar un vistazo a los alrededores de la masía de los Vidal. En la verja de entrada, donde habíamos aparcado con Solius la mañana anterior, había varios coches de los Mossos y otros no identificados como tales pero que debían de ser del grupo de la Científica. Siguiendo el protocolo policial para casos similares, estarían inspeccionando a fondo la vivienda de Mateu Vidal, el resto de la masía y el jardín, buscando huellas o indicios de visitas indeseadas. Vista la extensión, tanto de la masía como de la finca que la rodeaba, tenían trabajo para rato.

Tomé un camino de vuelta ligeramente diferente al anterior. El paisaje de las viñas se alternaba con campos no muy extensos de olivos, entre los cuales despuntaban algunas cabañas de piedra. Había leído en un panel informativo ubicado en la entrada de Viladermont que eran antiguas casetas de pastor o de campo, que llaman barracas, ya totalmente en desuso y conservadas como vestigio de las antiguas formas de vida en las zonas rurales de Cataluña. Ya más cerca del pueblo, las vides y los olivos eran sustituidos por campos de cereal segados y algunos plantados con girasoles, ya cabizbajos y casi secos en aquellas fechas de finales de agosto.

Entrando en casa recibí una llamada. Era de Celler León. Me convocaban en la bodega a las cinco de la tarde de aquel miércoles para hablar con la propietaria, Jacqueline Léon. Dije que sí, aunque no sabía si Solius podría acompañarme a aquella hora. La llamé para preguntárselo, pero no descolgó y preferí no dejarle un mensaje en el buzón de voz. Al cabo de un rato, cuando ya me había duchado y me preparaba unos espaguetis para recuperar fuerzas, me devolvió la llamada.

—Oye, López —soltó sin preámbulos—, ¿en serio te has ido corriendo desde Vilademont a Vila-roja con el calorazo que pega?

—¿Cómo lo sabes?

—Uno de mis agentes estaba inspeccionando los alrededores de la bodega y te ha visto disfrazado de *ironman*. No se lo podía creer.

—Bueno, hay que mantenerse en forma, ¿no?

—¿Para hacer DNI?

—Para lo que haga falta, inspectora, nunca se sabe. Por cierto, ¿has visto la lista que te he enviado?

—Sí, mi gente ya está trabajando en el tema.

—Mano de obra ilegal...

—¿Te refieres a mi gente?

—No me vaciles, Solius. Hablo de los Vidal y de la vendimia.

—Uf, si tuviéramos que detener a todos los que usan mano de obra ilegal en el campo, habría que volver a usar el castillo de Figueres como prisión.

—¿Era una prisión?

—Lo fue durante un tiempo. Ahí estuvo encarcelado el famoso golpista Tejero, ni más ni menos. El castillo de Sant Ferran, ahí donde lo ves, es la fortaleza más grande de Europa. ¡A ver si hacemos un poco más de turismo, López!

Encajé el golpe. Era verdad que no me había movido mucho de Vilademont ni me había interesado por la historia de la zona o de sus monumentos. Ni siquiera había visitado el famoso Museo Dalí, al que acudía gente desde todos los rincones del mundo.

—Por cierto, supongo que con tanta actividad física no has podido ver las últimas noticias, ¿no?

—No, ¿por?

—Este mediodía se ha filtrado que la muerte de Mateu Vidal se ha producido en extrañas circunstancias. La periodista que lo ha difundido es de Catalunya Ràdio. Por lo visto los tentáculos de los Vidal ya no llegan tan lejos como antes y no han podido pararlo.

—¿Se sabe quién lo ha filtrado?

—Supongo que alguien de la bodega, pero no importa. Saberlo tampoco nos va a solucionar nada. Tarde o temprano iba a pasar.

—¿Y ahora?

—Pues ahora tengo un lío de padre y señor mío, porque están todos los medios tocándome las narices. Y el *major* llamándome cada cinco minutos. Y, por si fuera poco, el comisario jefe de la DIC está supermosqueado conmigo y me está fiscalizando hasta el más pequeño movimiento. Se veía venir.

—Ya.

—Bueno, tengo que dejarte.

—Espera —reclamé—, ¿alguna novedad de la autopsia?

—Nada nuevo, se confirma lo que te adelanté ayer. Muerte por ahogamiento hacia las 14.30 del domingo 20 de agosto. Tenía los pulmones llenos de vino. Y no es una metáfora.

—¿Y del laboratorio sabemos algo?

—Nada de momento. Parece que hay muchas huellas diferentes en el depósito donde echaron al viejo. Te informo en cuanto sepa algo más. Por cierto, tenemos claro que nuestras conversaciones son extraoficiales, ¿no? Porque si el juez que lleva el caso se entera de que te estoy contando detalles de la investigación y de que tú andas haciendo tus pesquisas, se nos cae el pelo a los dos.

—Sí, no te preocupes, estoy acostumbrado a trabajar de forma extraoficial, como tú dices.

—De acuerdo.

—Oye, una última cosa. He quedado esta tarde con los de Celler León a las cinco. ¿Vienes conmigo?

—¡Uf, no me da la vida! ¿Me haces el favor de ir tú y me llamas luego con lo que averigües?

—Cuenta con ello.

Visto en persona, el edificio de Celler León era más impresionante que en las fotos. No era tan monumental como el de Mas Vidal, que tenía hechuras de templo egipcio, pero su diseño era igualmente moderno: muros de hormigón de líneas rectas teñidos de tonos terrosos, algunos cubiertos parcialmente de hiedra; discretas aberturas de vidrio enmarcadas en hierro oxidado, y una cubierta también de hierro, milagrosamente grácil, con una forma ondulada que imitaba una ola o un remolino de viento. En conjunto, una elegancia sin estridencias, sobria, integrada en el paisaje pero al mismo tiempo dominándolo y erigiéndose en protagonista.

Dejé la moto frente a la entrada principal, donde había media docena de coches en batería, uno de ellos un Aston Martin descapotable con matrícula francesa que no pasaba desapercibido. Mientras esperaba en la recepción a que saliera Jacqueline Léon, observé que, a diferencia del exterior, el edificio por dentro parecía inacabado, con muchos espacios vacíos y paredes desnudas, como si sus ocupantes todavía no hubieran tomado plena posesión del lugar o como si esperaran la llegada de nuevos inquilinos. Solo había una foto grande en blanco y negro en una de las paredes, presidiendo una zona por lo demás desangelada con cuatro sillones a modo de sala de espera. Miré con detenimiento la imagen: una pareja joven, en torno a los treinta, vestidos ambos con ropas antiguas de labranza, sostenía unos racimos de uva en las manos mientras miraba sonriendo a la cámara. Él tenía un cigarro colgando de la comisura de los labios y entrecerraba los ojos, tal vez por la sonrisa o por el humo del tabaco. Ella, igual de alta que él, llevaba el pelo recogido en un pañuelo y su mirada era franca, luminosa, esperanzada. Ambos vestían *espardenyes*, un calzado típico del campo en Cataluña de suela de esparto y empeine de tela gruesa que se ata al pie y al tobillo con unas cintas. Tras ellos, se apreciaba el perfil de unas montañas, seguramente las de la Albera, que eran también las que se veían al fondo del edificio de la bodega, mirando en dirección a Francia. Junto a sus pies, un capazo a medio llenar de racimos de uva.

Escuché unos pasos y me giré. Se acercó una mujer en la mitad de los cincuenta, delgada, con el pelo castaño recogido en un moño, gafas de pasta, blusa negra satinada, tejanos ajustados y bailarinas. Un atuendo cómodo y elegante a la vez, apropiado tanto para trabajar en una oficina como para asistir, con los complementos adecuados, a un cóctel de media tarde. Me tendió la mano con una sonrisa que achinaba sus ojos, una expresión idéntica a la del hombre de la foto.

—Es mi abuelo, Carles León Falgàs —explicó, y

solo con esas palabras ya aprecié un marcado acento francés—. Amaba esta tierra casi tanto como a su mujer, la abuela Dolors. Ella murió muy joven y él poco después de nacer yo, así que no los llegué a conocer. Pero siempre los tengo muy presentes, a los dos. Esta bodega se llama León en honor a mi abuelo. Y uno de nuestros vinos se denomina La Dolors.

—He notado que ha dicho «León», sin embargo su apellido es «Léon», ¿no?

—Sí. Mis abuelos tuvieron que exiliarse a Francia hacia el final de la Guerra Civil, como tantos miles de republicanos. Y mi padre, que había nacido en España y fue bautizado como Miquel León, decidió de joven afrancesar su nombre y hacerse llamar Michel Léon. Creo que fue una forma de romper con un pasado familiar complicado y bastante triste, por decirlo de una forma suave.

Su mirada se nubló levemente, aunque el efecto solo duró un segundo.

—Pero, disculpe, siéntese. No sé si le gusta el vino, pero he pedido que nos abran una botella de Falgàs. Es nuestro vino estrella.

En ese momento, como si la hubiera convocado mágicamente, apareció a nuestro lado la joven de la recepción con una bandeja que depositó en una mesita frente a los sillones blancos. Se alejó con la misma discreción que había aparecido.

—De momento tenemos pocos vinos, pero este es de una elegancia excepcional. Estamos muy satisfechos con el resultado de las primeras añadas —dijo mientras servía dos copas—. Garnacha negra y cariñena, que son las variedades más usadas en el Empordà, y un porcentaje que no le revelaré de cabernet sauvignon de cepas bordelesas. El cabernet le da frescura y la garnacha *arraigo* —dijo «aggaigo» y me costó entender a qué se refería—. Cataluña y Francia amistosamente hermanadas en una copa. ¿Se anima a probarlo?

Lo hice y me di el gusto de sentirlo. No entiendo de vinos, pero estaba claro que aquel jugaba en primera división: elegante, profundo, lleno de matices.

—¿Le gusta?

—Sí, mucho.

—Lo celebro. ¿Nota el sabor a mora? A mí me encanta, me recuerda a mi infancia.

—Bueno, no sabría decirle…

Dejé la copa en la mesita, miré a la señora Léon y decidí entrar en materia. Al fin y al cabo, no había ido hasta allí para hacer una cata.

—Como quizá sepa ya, el señor Mateu Vidal ha fallecido recientemente. No le revelo ningún secreto si le digo que murió el domingo en extrañas circunstancias, ya que la noticia ha aparecido hace unas horas en los medios de comunicación y seguramente a estas alturas ya vuela por internet.

—¿Qué quiere decir con eso de «extrañas circunstancias»?

—Parece ser que fue asesinado.

—*Oh mon Dieu!* —exclamó, y se llevó una mano a la boca con estudiada elegancia.

No tardó, sin embargo, en cambiar el gesto. En un instante su expresión pasó de la sorpresa al horror y del horror a la suspicacia. Dibujó una de esas caras que ponemos cuando sospechamos que alguien está tratando de torearnos.

—Agente López... ¿Es correcto si le llamo agente?

—Sí.

—¿Su visita se debe tal vez a que cree que tengo algo que ver con ese desagradable suceso? —dijo, y la construcción de aquella frase me acabó de dejar claro que su castellano era impecable, aliñado, eso sí, con la insoslayable cadencia francófona.

—Estamos en una fase inicial de la investigación, señora Léon, ya que, a pesar de haber fallecido el domingo, el cuerpo sin vida del señor Vidal no se encontró hasta ayer martes —respondí, haciendo gala también de cierto dominio de la perífrasis—. En momentos como este nos vemos obligados, como sin duda entenderá, a explorar todas las vías posibles, de modo que no quede ningún cabo suelto. En este sentido, tengo entendido que usted o, mejor dicho, su empresa, mantiene un litigio con la bodega Mas Vidal por unas tierras. ¿Es así?

—Así es. En concreto por la finca de veinte hectáreas que Narciso Vidal, el abuelo de Arnau Vidal y padre del fallecido, le robó a mi abuelo, ese que ve ahí.

Señaló la fotografía sin dejar de mirarme.

—¿Podría explicarme qué sucedió?

—Necesitaríamos toda la tarde y parte de la noche. Y mi marido me está esperando para volver a Lyon en cuanto acabemos esta entrevista. Porque es una entrevista, no un interrogatorio, ¿verdad?

—Sí, sí, por supuesto. Discúlpeme si le he dado a entender otra cosa —dije tratando de suavizar la situación—. ¿Podría hacerme al menos un resumen de lo que pasó con las tierras?

—A ver, lo intentaré. Resulta que Narciso Vidal y mi abuelo, Carles León, fueron íntimos amigos desde mediados de los años veinte hasta mitad de los treinta, concretamente hasta el inicio de la guerra. Eran jóvenes y soñaban con elaborar vinos excelentes al estilo de los más famosos de Burdeos. Era algo que nadie hacía en la comarca y a lo que solo ellos, que disponían de los medios, los conocimientos y la ambición, podían aspirar. Narciso empezó a pasar tiempo en Madrid y se fue acercando cada vez más a los fascistas, mientras que mi abuelo tomó partido por los republicanos. Se distanciaron, pero siempre mantuvieron un trato afectuoso. Cuando en 1939 el ejército de Franco estaba cerca ya de Figueres, mis abuelos y su pequeño hijo Miquel, que tenía solo cuatro años en aquel momento, tuvieron que cruzar con lo puesto los Pirineos, como tantos republicanos por aquellas fechas, dejando atrás no solo su país, sino también sus tierras y sus sueños. Ellos nunca más volvieron. Mi abuela Dolors murió apenas unos días después de atravesar las montañas, aparentemente por una neumonía, aunque yo creo que fue de cansancio y pena.

—¿Qué pasó después?

—Mi abuelo Carles, un hombre duro como la tierra que lo vio nacer, aguantó el tipo y sacó adelante a su único hijo, trabajando día y noche en un país extraño. Michel, mi padre, renegó de ese pasado y de su nombre de pila y se dedicó a las finanzas. Ganó mucho dinero, se casó, ganó más dinero, me tuvo a mí, siguió ganando dinero, se divorció y en 2011 falleció de un infarto. Me legó su fortuna y algunos documentos de mi abuelo en los que, entre otras cosas, hablaba de esa finca. Investigué y descubrí que Narciso Vidal, que había apoyado a Franco durante el Alzamiento y que fue su hombre de confianza en Cataluña durante casi cuarenta años, se había quedado con el viñedo de mi abuelo, unas veinte hectáreas que aún hoy conservan cientos de cepas viejas de gran valor. Puse en marcha entonces el proyecto de crear esta bodega, Celler León, y traté de reclamar por las buenas la finca a los Vidal. Arnau me entendió y parecía dispuesto a negociar la cesión de algunas hectáreas, pero su padre se cerró en banda desde el principio. Los viejos del lugar siguen llamando a esa finca Mas León, pero Mateu Vidal se negaba a aceptar que en el pasado perteneciera a mi abuelo y que su padre Narciso se la hubiera apropiado. Se escudaba en que no había ningún papel oficial que lo demostrara. Y, como no aceptó ni siquiera dialogar sobre el tema, en 2015 presentamos la querella. En una primera sentencia, el juez le dio la razón a los Vidal, pero recurrimos a una instancia superior y están actualmente revisando el caso. Pienso llegar hasta donde haga falta. Siempre, por supuesto —hizo una pausa para dar énfasis a estas últimas palabras—, por la vía de la legalidad.

Me tomé un momento para asimilar toda aquella información. Mi intuición, extrañamente desarrollada en las últimas semanas, no acertaba a discernir si aquella mujer estaba siendo sincera conmigo o no. Le lancé una indirecta para ver cómo reaccionaba:

—Por lo que me ha dicho, la muerte de Mateu Vidal podría favorecerle, ya que su hijo Arnau muestra una mejor disposición a devolverles las tierras, al menos una parte.

De pronto se envaró y desapareció de su rostro todo vestigio de amabilidad. Me escrutó con los ojos entrecerrados, primero con desconfianza y luego con enfado poco disimulado.

—¿Está insinuando que he matado a Mateu Vidal para poder recuperar unas pocas hectáreas de la finca de mi abuelo? Usted no me conoce, agente López. Si me conociera sabría que soy capaz de muchas cosas, entre otras de luchar durante el tiempo que haga falta para que se haga justicia, pero, a diferencia de lo que hicieron otros en el pasado, nunca me saltaría los conductos que las sociedades civilizadas hemos establecido para resolver las disputas entre los ciudadanos.

No dejaba de sorprenderme su dominio de la lengua, que seguramente había aprendido ya de mayor, pues apenas había tenido contacto con el abuelo.

—Ah, y sepa otra cosa —remachó—: no me conformo con algunas hectáreas. Voy a recuperar todo lo que pertenecía a mi abuelo y ahora me pertenece legítimamente a mí.

La rabia que mostraba Jacqueline Léon parecía tener más que ver con un pasado lejano que conmigo y mi observación insidiosa. Me mantuve en silencio para ver si seguía hablando. Lo hizo, aparentemente más calmada.

—Agente López, ¿ha tratado usted con muchos asesinos?

—Con unos cuantos, por desgracia.

—¿Y qué le dice su intuición, que yo lo soy?

—No puedo responderle a eso, señora Léon. No siempre puede uno fiarse de su intuición.

—Yo lo hago. Y no me ha ido mal.

Dicho esto, se levantó y me tendió la mano.

—Tenemos que dejarlo aquí, mi marido me espera.

Me levanté también. Caí en la cuenta de que era una mujer alta, como seguramente debió de serlo su abuela Dolors para su época. El resto, como la cara y el porte, lo había heredado claramente del abuelo.

—¿Cómo puedo localizarla si necesito hablar de nuevo con usted?

—La chica de recepción le dará mi móvil. Yo estaré

en Lyon hasta el viernes. Supongo que llegaré aquí hacia el mediodía. Hay mucho trabajo estos días en la viña.

Se fue y me quedé mirando las copas de vino sobre la mesita, que prácticamente ninguno de los dos había tocado. No pude resistirme a la tentación de darle un nuevo sorbo a la mía antes de irme. Efectivamente, aquel vino delicioso sabía a mora.

Estaba subiéndome a la moto cuando recordé que había quedado con Ángela a las cinco para ir juntos a la playa… y eran casi las seis. «¡Mierda, mierda, mierda!», exclamé dentro del casco. Me había olvidado por completo. Era algo que Marisa me recriminaba a menudo: me metía tanto en los casos que investigaba que me olvidaba de todo, incluyendo la familia y los amigos. «Algún día nos necesitarás y ya no estaremos ahí», me dijo en cierta ocasión, poco antes de anunciarme que se había acabado y pedirme que abandonara el piso donde convivíamos con nuestras hijas.

Pensé en llamar a Ángela, pero me di cuenta de que no tenía su móvil. Aceleré la vieja K75 y tomé algunas curvas de forma un poco temeraria, pero aun así tardé casi quince minutos en ir de Vinyet a Vilademont.

Aparqué frente a la terraza del bar y salté de la moto. No había ninguna mesa.

Me fui quitando el casco por el camino y entré. Solo encontré a la chica joven que ayudaba a Ángela.

—Se ha ido hace media hora —me informó.

—¡Mierda! ¿Podrías darme su teléfono?

Me miró con desconfianza. Era al menos la quinta persona que lo hacía aquel día. Pensé que me lo merecía.

7.

Pasé mala noche. Esta vez no fue culpa de la tramontana, sino de la ansiedad, que se disparó por la tarde y no supe cómo contener. Ni el deporte que había hecho por la mañana ni la meditación, que volví a intentar sin éxito por la tarde, surtieron efecto. Me metí en la cama con poca convicción y comencé a dar vueltas y más vueltas sin poder conciliar el sueño. No encontraba la postura y al final empecé a sentir un hormigueo horroroso en las piernas y una necesidad incontrolable de moverlas en todas direcciones.

La cabeza, además, me iba a mil. Despiecé al completo la conversación con Jacqueline Léon para tratar de encontrar algún indicio de culpa o, al menos, alguna pista que seguir. De lo primero no encontré ninguno lo bastante consistente; de lo segundo, me pareció que la relación de su abuelo con el de Arnau Vidal era un tema sobre el que indagar. Tras llegar a esta conclusión, sin embargo, volvía una y otra vez a analizar cada palabra con la angustiosa sensación de que se me escapaba algo.

También pensaba en Ángela, a la que había dado un sonoro plantón aquella tarde. Pergeñaba excusas más o menos creíbles y trataba de encontrar las palabras exactas que emplearía cuando la tuviese delante. Mi intención era ir a primera hora de la mañana a disculparme e invitarla a comer para compensar en lo posible mi falta de consideración. Este pensamiento me llevaba, sin embargo, a autoflagelarme, repitiéndome que siempre hacía lo mismo: fallar a las personas que me apreciaban o que mostraban algún interés por mí. Identifiqué claramente mi patrón: cuando trabajaba en un caso, me metía tan de lleno en él que me obsesionaba y me olvidaba de todo lo demás, incluida cualquier persona que no tuviera que ver directamente con la investigación. Pensaba en el caso a todas horas, día y noche, día tras día, hasta que lo resolvía o, muy pocas veces, me daba por vencido. Esta actitud, más que pertinaz obsesiva, era mi fortaleza como investigador criminal, mi gran virtud a ojos de Ramiro y de todos los jefes que había tenido desde que entré en el Cuerpo, pero a la vez mi cruz como ser humano que vive en sociedad y necesita mantener ciertos vínculos afectivos.

Después de machacarme durante un buen rato, diciéndome que era normal que Marisa decidiera separarse de mí tras numerosas advertencias más o menos veladas y tras dejar yo que el abismo entre ambos se hiciera tan ancho que ya no se podía salvar, volvía al caso Vidal y repasaba cada elemento del paisaje que rodeaba la bodega y la masía de la familia. Me parecía plausible la idea de que el asesino (o asesinos, todavía no lo tenía claro) se hubiera mantenido en todo momento en los dominios de los Vidal, ya fuera en la masía, en los viñedos o en la bodega. Se había llevado al anciano de la casa entre las 9 y las 11.33 de la mañana, eso parecía claro. Por tanto, si su intención era aprovechar la hora de comer para trasladar a Mateu Vidal a la bodega cuando no hubiera nadie y echarlo en uno de los depósitos de fermentación, solo había tenido entre tres y cinco horas para ejecutar su plan. Podía haberse tomado un par de horas para ir a algún sitio, una hora para hacerle el tatuaje y otras dos para volver, pero ¿qué sentido tenía irse tan lejos? Lancé al aire una hipótesis: lo había escondido lo suficientemente cerca de la bodega como para moverse de un sitio a otro en pocos minutos, pero lo suficientemente lejos como para que nadie lo viera yendo o viniendo. ¿Tal vez en el pueblo de Vila-roja? ¿En alguna caseta de campo de las que abundaban por la zona? Tomando como base esta hipótesis, estuve un buen rato haciendo cálculos de diferentes trayectos en coche o en tractor, y dibujé en mi mente una especie de mapa del tesoro en el que faltaba lo principal: la cruz que marcara el lugar del escondite.

Cuando me cansé de los cálculos, empecé a preguntarme cómo podía ser el perfil psicológico de alguien que se ensañaba de una manera tan cruel con un anciano de noventa años. Sin duda parecía una venganza, pero incluso en ese caso debía de ser alguien con un punto de psicopatía para llegar a aquel extremo. ¿Tal vez un miembro de la familia Vidal resentido por algún desprecio? ¿Tal vez un enemigo actual o pasado? Repasé también la lección de historia que me había dado Ovidi sobre el papel de una parte de la burguesía catalana durante el franquismo, en especial el de los Vidal, y pensé que quizá podría indagar más al día siguiente en esa línea.

Hacia las tres no pude más y me tomé un lorazepam. Cuando me desperté, casi a las once de la mañana del jueves, tuve claro al instante que iba a abandonar el caso.

Puse la cafetera y, mientras hervía el agua, miré el móvil. Tenía tres mensajes. Uno de Marisa, con los horarios de los trenes de las niñas, que llegaban al día siguiente por la tarde. Contesté con un simple «OK» y luego, pensando que había sido demasiado parco, añadí un «Gracias por ocuparte». Otro de la inspectora Solius: «A las doce es el funeral en la iglesia de Vilaroja. ¿Nos vemos allí?». Observé que, como yo, la inspectora tenía la insólita costumbre de escribir los mensajes de texto sin faltas de ortografía y con todos los signos de puntuación. No conocía a mucha gente que lo hiciera. Respondí: «No puedo, ya te explicaré», pues tenía la esperanza de que Ángela aceptara mis disculpas y mi invitación a comer, y porque no tenía sentido ir si había decidido dejar el caso. Y un tercero de Ramiro, superescueto: «Noticias?». A este último no contesté. Decidí dejarlo para más tarde.

Después del café me duché y me encaminé al bar. Se me pasó por la cabeza llevar flores a modo de disculpa, pero me di cuenta enseguida de que era excesivo. Ni siquiera éramos amigos todavía, y las flores podían inducir a confusión. Me presenté en la terraza a pelo y decidido a explicarle sin adornos ni excusas lo que había pasado la tarde anterior. Le diría la verdad: que se me había ido el santo al cielo porque estaba trabajando en una investigación policial y porque era incapaz de pensar en otra cosa cuando lo hacía, algo que me pasaba desde siempre y que me había ocasionado no pocos problemas.

Cuando alcancé la terraza vi a Ovidi Pladevall con su sempiterno libro en las manos. Me llamaba agitando los brazos desde *mi* mesa, que al parecer había adoptado él también, pero le hice un gesto para darle a entender que iría más tarde. Me acerqué a Ángela, que estaba de pie en el hueco que comunicaba el exterior del bar con el interior, con sus mesas redondas y su pantalla gigante de televisión. Era la tercera vez que nos encontrábamos y la primera que la veía seria.

—¿Podemos hablar? —pedí.

—Ya lo estamos haciendo.

—Quiero decir en privado.

—Esto es un pueblo, López, aquí no hay privacidad. Di lo que tengas que decir.

—Bueno, quería disculparme, por lo de ayer.

—¿Te refieres a dejarme plantada y aparecer al cabo de hora y media como un loco pidiéndole a mi hija mi número de móvil y poniéndola en un compromiso?

—¿Es tu hija?

—Sí, pero eso no viene a cuento ahora.

—Puedo explicártelo, Ángela. Si es que quieres que te lo explique, claro.

—¡Por supuesto que quiero!

—Vale, pero no aquí, por favor. De hecho, te quería proponer una cosa. He decidido tomarme el día libre y me gustaría invitarte a comer en algún sitio que te apetezca, donde tú quieras. Para compensar mi falta de consideración.

La pillé a contrapié y dudó un instante, pero no tardó en desvanecerse su cara de ofendida.

—Vale, me parece bien. Ahora le digo a mi hija que se encargue, no creo que haya mucho trabajo hoy. Voy a casa a cambiarme y nos vamos, vivo ahí enfrente. Pero tú no te muevas de aquí.

—De acuerdo.

Una sonrisa en cinemascope volvió a iluminarle el rostro, como si no hubiera pasado nada y el mundo fuera un lugar amable en lugar de un vertedero, un colorido musical de Hollywood en vez de un drama neorrealista italiano en blanco y negro.

Me senté con Ovidi para hacer tiempo, con la espalda en la pared y mi vecino a la izquierda. Lo noté inquieto. Me sonrió, me guiñó un ojo y se cerró los labios con una cremallera invisible, las tres cosas casi al mismo tiempo.

—No te preocupes, *Lopes*, tu secreto está a salvo conmigo —susurró, como si nos espiara el MI6 y hubiera micrófonos escondidos debajo de la mesa.

—Gracias, Ovidi, aunque me acaban de decir que en los pueblos no hay secretos.

—Bueno, es verdad que la información circula con bastante facilidad. Y no te negaré que en alguna ocasión he contribuido a que así fuera.

Sonrió con picardía y se sonrojó. No conocía a nadie con tanta facilidad para ponerse colorado.

—¿Es cierto lo que dijeron ayer en Catalunya Ràdio? —me interrogó, con un estilo directo poco habitual en él.

—¿Lo de Mateu Vidal? —contesté para ganar unos valiosos segundos y decidir hasta dónde podía contar y hasta dónde no.

—Claro, no se habla de otra cosa. ¿Se sabe ya quién…?

—No, todavía no.

—¿Algún sospechoso?

—Ovidi, es una investigación en curso. Lo siento, no puedo contarte nada.

—Lo entiendo, lo entiendo.

Pensé que, ya que tenía a Ovidi allí, podía aprovechar para preguntarle, sin entrar en excesivos detalles, qué pasó con las tierras de los republicanos que huyeron en 1939 a Francia u otros países. Ya me había dicho un par de días atrás que Narciso Vidal había aprovechado su cercanía con el Caudillo para quedarse con muchas propiedades de los exiliados, pero tenía curiosidad por saber un poco más. Se le incendiaron todavía más las mejillas cuando le pedí que me ilustrara.

—¡Es la vieja historia de la humanidad, López! Desde los primeros grupos de australopitecos hasta hoy no ha cambiado casi nada. Unos tienen algo, otros lo quieren; se lían a tortas o a bombas y el que gana se lo queda. El más fuerte mata al más débil y le arrebata sus casas, sus mujeres, sus caballos, sus cabras, su oro, sus joyas, sus obras de arte, sus documentos, sus libros, sus fotos... Y, por supuesto, sus tierras.

Tomó un sorbo de cerveza sin alcohol antes de continuar. Aquel día también hacía calor, aunque por suerte ya no soplaba la tramontana.

—Durante una guerra, y más aún cuando acaba, el vencedor siempre expolia al vencido —explicó en tono docente—. Durante la Segunda Guerra Mundial, por ejemplo, el ejército nazi se quedó con el dinero de los judíos y con muchos bienes de los países que invadió, como Francia. A los franceses les robaron incluso su vino. Hitler tenía en cada zona vinícola un *weinführer* que se encargaba, entre otras cosas, de seleccionar los mejores vinos de las bodegas galas y enviárselos. Durante el tiempo que Francia estuvo invadida, los nazis se llevaron la mayor parte de las añadas viejas de la Borgoña y la Champaña, por ejemplo.

—¿Y aquí qué pasó?

—No fue muy diferente. Se calcula que solo en enero y febrero de 1939, durante lo que se conoce como «la retirada», huyeron de Cataluña a Francia más de medio millón de personas. Una barbaridad. Muchas de ellas atravesaron la frontera por diferentes puntos de las montañas de los Pirineos, muy cerca de donde estamos ahora tú y yo. Por La Jonquera, por Portbou, por La Vajol... Y, como te puedes imaginar, no pudieron llevarse consigo gran cosa. Seguro que has visto las fotos de Robert Capa. Son las más famosas, pero hay muchas más. Si quieres podemos ir un día, me encantaría acompañarte para que veas la zona. Es escalofriante imaginarse cómo debió de ser aquella huida a pie por las montañas nevadas en pleno invierno, sobre todo para la gente mayor y los niños.

—Sí, me gustaría.

—Cuando acabó la guerra, el bando franquista se aplicó a fondo para practicar un expolio sistemático en Cataluña, como antes había hecho en otras zonas republicanas de España. Usó diferentes estrategias, algunas más descaradas y otras más disimuladas, para quedarse con los bienes de los vencidos. Algunos fueron sin más tomados como botín de guerra o incautados, o sea, expropiados por la fuerza. Cambiaban la titularidad y eliminaban todo rastro de la propiedad anterior.

—Vaya.

—Aunque también había formas más rebuscadas.

—¿Por ejemplo?

—A muchos militantes republicanos, o simplemente sospechosos de ser rojos, se los condenaba a pagar multas cuantiosas, de manera que a la familia no le quedaba más remedio que entregar todo su dinero o, cuando no lo tenían, malvender sus propiedades. Otras veces el alcalde de una ciudad, normalmente falangista, convocaba mediante un edicto a los habitantes del bando republicano para que se presentaran en el ayuntamiento. Muchos no iban porque sabían lo que les podía pasar, así que al cabo de poco el alcalde emitía otro edicto en el que comunicaba la incautación de los bienes de quienes no se habían presentado. Se les embargaban las casas y otras propiedades, que luego salían a subasta. ¿Y quién pujaba en las subastas?

—Los nacionales.

—Eso es, los vencedores, que por una miseria se quedaban con todo. Decenas de miles de familias sufrieron el expolio de sus bienes de esta y de otras maneras más o menos disfrazadas de legalidad.

Ovidi dio un nuevo sorbo a su cerveza. Pensé en pedir una, pero no sabía si tenía tiempo y lo descarté.

—¿Quiénes fueron los más beneficiados de todo este expolio? —pregunté.

—Sin duda la familia Franco y la gente cercana a ellos. Los Franco montaron un verdadero imperio, incluso se han publicado libros sobre el tema. A su sombra, también se enriquecieron otras conocidas figuras del régimen. Muchos militares, pero también aristócratas y empresarios que apoyaron el golpe de Estado y luego recibieron su premio en forma de nombramientos, privilegios y propiedades. Lo dijo el propio Franco: «Nuestra cruzada es la única lucha en la que los ricos que fueron a la guerra salieron más ricos». Algunos empresarios avispados aprovecharon para comprar a precio de saldo las empresas de sus competidores republicanos, que necesitaban el dinero para pagar las multas o sencillamente para sobrevivir.

Y otros se apropiaron sin más de empresas que no les pertenecían. Como dicen ahora, «por la patilla».

—Creo que ahora se dice más «por la cara».

—¿Ves? Todo cambia demasiado rápido, suerte que estoy a punto de jubilarme.

—¿Y qué pueden hacer ahora los descendientes de los que perdieron sus tierras para recuperarlas?

—Ha habido en los últimos años alguna iniciativa del Gobierno español para auditar los bienes expoliados por el franquismo y devolvérselos a sus legítimos titulares. O, mejor dicho, a los herederos de estos. Pero es muy difícil. Se ha podido hacer en el caso de algunas entidades, como sindicatos u organizaciones políticas, y en el de propiedades grandes que eran patrimonio del Estado, como el Pazo de Meirás, del que seguro que has oído hablar. Pero los particulares lo tienen bastante más difícil, pues a menudo no queda ningún rastro documental anterior a la Guerra Civil. No olvides, López, que en aquella época no había internet ni informática que valiera. Todo se hacía a mano. Y el papel es frágil: basta una cerilla para quemar un archivo entero. O una biblioteca, como la de Alejandría...

Un escalofrío le recorrió el cuerpo e hizo un gesto de espanto, como si estuviera presenciando en directo el histórico incendio de la biblioteca alejandrina.

—Pero no nos desviemos —se recompuso—. Como te decía, por un lado está el problema de la falta de documentos para demostrar quién es el legítimo propietario. Por otro, la dificultad de establecer qué es expolio y qué no, y a partir de qué momento empezamos a contar. ¿Desde 1936? ¿Desde 1939? Finalmente, tenemos algunos jueces, digamos que conservadores para no entrar en detalles, que consideran que sí, que la expropiación indebida se produjo, pero que los hechos han prescrito. ¡Manda huevos!

Ovidi trató de aplacar la erupción de sus mofletes abanicándose con el libro. No tenía otra cosa a mano.

—Perdona, López, es que se me llevan los demonios cuando hablo de estos temas.

Nos quedamos los dos en silencio y con la mirada perdida, deambulando por un pasado siempre más complejo de lo que muestran los libros de historia. Un pasado que por lo general relatan los vencedores, pero que a veces, solo algunas veces, tratan de reescribir los hijos o los nietos de los vencidos.

De pronto llegó Ángela con un casco en una mano y un capazo en la otra. Estaba radiante, con el pelo moreno mojado que denotaba una ducha reciente y su habitual sonrisa en la cara. Nos miró y todos los nubarrones que habían aparecido durante la conversación con mi vecino se esfumaron de golpe.

Hay pocas cosas me gusten más que ir en moto. A diferencia del coche, con la moto se crea una relación con la máquina más íntima, simbiótica, incluso fusional. Lo sientes todo multiplicado por mil: el viento, el ruido, el movimiento en las curvas, la placidez en las rectas... Para algunos es también la velocidad, el vértigo, el riesgo, la adrenalina. No para mí, o al menos no ahora. Tal vez lo fue en mi primera juventud, pero luego ya no. Lo que a mí me enganchó fue la sensación de libertad, la posibilidad de huir de un ambiente familiar opresivo, cargado por el alcoholismo encubierto de mi padre y los silencios de mi madre. Lo que me subyugó fue el poder, limitado pero tangible, de elegir en cada momento adónde ir y dónde estar. Desde aquella primera Vespino, que conducía sin papeles porque era de mi tío Manuel y la había ganado en una partida de cartas, hasta la actual BMW K75 heredada de mi padre, pasando por la docena larga de motos que he tenido a lo largo de mi vida, todas me han proporcionado esa sensación liberadora, esa vía de escape, ese poder mágico de salir volando siempre que me sintiera atrapado, como si fueran las alfombras de los cuentos de *Las mil y una noches*.

Como buen motero, una de las experiencias que más disfrute me produce es circular por una carretera revirada, inclinando con suavidad la moto sobre el asfalto, sintiendo el juego entre velocidad y gravedad. La que bordea el cabo de Creus ofrece el encanto añadido de las vistas sobre la costa, del color turquesa del agua, de los salientes rocosos y, a medida que vas bajando hacia las playas, de los pinos, que llegan hasta la arena y se inclinan reverenciales, a menudo adoptando formas inverosímiles, sobre el mar. La carretera parte de Roses y asciende primero, ofreciendo una perspectiva casi aérea del perfil abrupto de la costa; atraviesa luego unas viñas, que aquel día de finales de agosto lucían todavía verdes sobre un fondo azul marino, y desciende más adelante hacia la cala Montjoi, lugar recóndito donde en tiempos estuvo el famoso restaurante El Bulli. Desde allí parte un camino de tierra y grava que conduce a varias playas salvajes, una de las cuales es la cala Pelosa, a la que se accede después de una bajada muy pronunciada que desemboca en la misma arena. Es una cala recogida donde los meses de buen tiempo bulle un restaurante de arroces, fideuás y pescado conocido como Chiringuito La Pelosa, al que se accede bien por el camino de tierra, bien por mar. Fue el que escogió Ángela para resarcirse de mi plantón del día anterior.

Aparcamos en la entrada del restaurante y tomamos posesión de una mesa en una terraza junto a un peñasco. Dejé que Ángela, que ya conocía el lugar, pidiera por los dos y me quedé mirando el paisaje en silencio, todavía sobrecogido por la belleza de aquel escenario natural de vegetación imposible, orografía contundente y mar amable, reposando la mirada en cada rincón ahora que ya no tenía que estar pendiente del manillar y de la carretera. Solo el chapoteo mecánico de una zódiac, que recogía comensales de los barcos anclados en la bahía y los depositaba en la playa, perturbaba la paz del lugar.

Una voz cantarina me sacó de mi ensoñación.

—¿No tenías algo que contarme? —preguntó sonriendo, en un tono que ya no era de exigencia, sino más bien de curiosidad o de juego.

—Es que esto es tan increíble… Da pena hablar. Temo que se rompa la magia y vuelva la realidad.

—Esto también es la realidad, López. Eso sí, una realidad que no podemos disfrutar todos los días.

Asentí y me giré hacia ella, decidido a confesárselo todo. O casi.

—Verás —arranqué, mirando mi plato vacío y alineando los cubiertos para que estuvieran paralelos, otra de mis manías —, durante muchos años he trabajado en una unidad de élite de la Policía Nacional dedicada a solucionar delitos que por algún motivo merecían una atención especial, por decirlo de un modo discreto. No te puedo dar más detalles.

Ángela seguía sonriendo, como si le estuviera contando una anécdota divertida en lugar de confiarle una parte de mi vida que nunca compartía con nadie. Dudé por un instante si era aquello lo que esperaba de mí, pero decidí seguir.

—Hace unos meses tuve un problema gordo en el trabajo y empecé a sufrir mucha ansiedad y a tener insomnio. Me acababa de separar, así que se juntó todo un poco. Entonces decidí buscar un destino tranquilo y alejado de Madrid para recomponerme. Fue así como vine a parar a la oficina de expedición de DNI y pasaportes de la comisaría de Figueres, donde trabajo desde hace poco más de un mes. Alquilé la casa de Vilademont y encontré allí algo de la paz que andaba buscando. Hace un par de días, sin embargo, sonó el teléfono y resultó ser mi antiguo jefe, que me pedía que le hiciera un último favor, en concreto ayudar a los Mossos d'Esquadra a investigar unos hechos que se han producido por aquí cerca.

—Lo de Mateu Vidal.

—¿Cómo lo sabes?

—No se lo tengas en cuenta. Ovidi es buena gente, pero la discreción no es lo suyo. Si quieres mantener un secreto, mejor no se lo cuentes.

—Vaya.

—Va, sigue.

—Bueno, pero esto que te explico no puede salir de aquí, te lo digo en serio. Me puede caer un puro de los gordos.

—Sí, no te preocupes. Palabrita del Niño Jesús.

Se llevó dos dedos a la boca y los besó para certificar su promesa. Seguí con un tono algo más grave, para darle a entender que realmente hablaba en serio.

—A raíz de la investigación, ayer tuve que hacer una visita a una persona relacionada con el caso, que me citó a las cinco. Y la verdad es que me olvidé completamente de que había quedado contigo. No te lo tomes a mal, por favor, no es nada personal, me pasa siempre que trabajo en un caso. Me olvido de todo y de todos, me obsesiono. Supongo que por eso soy bueno para este tipo de trabajo, pero esa supuesta habilidad me crea muchos problemas.

El camarero se acercó, nos mostró una fideuá como si fuera un trofeo y se la llevó para servirla.

—Tampoco es tan grave —relativizó Ángela—. No me sentó bien que me dieras plantón, pero puedo entender que tuvieras una urgencia.

—Es que esa mala costumbre también se ha cargado mi matrimonio. Y apenas me quedan amigos. En un momento u otro, acabo fallando o haciendo daño a todos los que me rodean.

Nos quedamos en silencio. Nos trajeron los platos de fideuá y quise pedir un vino blanco de la región. El camarero nos recomendó uno cuyo nombre me pareció más que oportuno: Cap de Creus. Garnacha blanca, garnacha roja y macabeo.

—¿Has pensado en pedir ayuda?

—¿Te refieres a ir al loquero?

—Se llaman psicólogos y son muy útiles, te lo digo por experiencia. Además, hay otro tipo de terapias. Yo, por ejemplo, voy a una experta en acupuntura de Girona.

—¿Acu… qué?

—¡Uf, ya veo que estás por civilizar!

Reímos. Era la primera vez que me sentía verdaderamente relajado desde hacía meses. Supuse que eran el mar y la buena compañía. La verdad es que me encontraba cómodo con Ángela.

—Vale, ¿y qué tal si me cuentas algo de la investigación? Lo que puedas, claro. Es que mi vida en el bar es bastante monótona. Me aburro.

Accedí a compartir lo que ya había salido en los medios de comunicación, aderezado con algunos detalles no muy relevantes. Poco a poco, mientras comíamos y bebíamos, me fui dejando llevar y le conté también parte de la conversación con Jacqueline Léon, básicamente la historia de su bodega y lo del litigio con Mas Vidal. Le resumí la historia del abuelo: cómo se vio obligado a exiliarse a Francia huyendo del avance de las tropas franquistas a principios de 1939; cómo luego su hijo, el padre de Jacqueline, había renegado de él, y cómo la nieta había recuperado su memoria creando una bodega en su honor. Pensé que estaría bien saber cómo se veía aquella historia desde fuera, si la dueña de Celler León parecía culpable o no. A Ángela, sin embargo, le llamó la atención otra cosa.

—Esa mujer parece bastante obsesionada con su abuelo. Creo que le iría bien constelar.

—¿Cómo?

—Ah, claro, que tú todavía vives en el pleistoceno emocional.

—¿Qué es eso de constelar?

—Es largo de explicar, pero en resumen consiste en analizar la relación con tu sistema familiar y ver si hay algún punto oscuro que esté perturbando tu vida presente. Salen cosas sorprendentes, te lo aseguro.

—¿Tú lo has hecho?

—Sí, un par de veces. Tiene algo de mágico, de inexplicable desde un punto de vista racional, por eso muchos psicólogos lo desprecian. Les parece poco serio.

—Ya.

Ángela parecía conocer bien un mundo que a mí me resultaba totalmente ajeno, casi marciano: el de las terapias alternativas. En mi entorno habitual, al menos el que había tenido hasta entonces, uno rara vez recurría al psicólogo, no digo ya a otro tipo de tratamientos que bordeaban o directamente traspasaban lo considerado «normal». No era algo que me molestara de ella; al contrario, me resultaba divertido y me suscitaba curiosidad, aunque siempre desde un distante escepticismo.

—Tengo un libro en casa sobre constelaciones familiares —anunció—. Luego te lo dejo.

—Si te soy sincero, no leo libros de autoayuda.

—Yo diría que este no es de autoayuda. O sí... Bueno, no lo sé. ¿Te gusta leer?

—Sí, mucho. Es de las pocas cosas que me ayudan a desconectar la cabeza durante un rato. Y te aseguro que de vez en cuando lo necesito.

—¿Y qué lees?

—Novela policiaca.

—¡Vaya, muy apropiado!

—Donna Leon, Andrea Camilleri, Petros Márkaris, Lorenzo Silva... Me va más lo mediterráneo que lo nórdico o lo anglosajón. Y lo sutil más que lo gore.

—Bueno, te dejaré el libro de todos modos —insistió—. Si esa mujer de la que me hablabas ha tenido algo que ver, a lo mejor te va bien entender cómo funcionan los vínculos familiares para resolver el caso.

—Ah, para eso no creo. —Hice un movimiento con un brazo, como apartando una mosca con el tenedor—. He decidido dejarlo. Por fin he visto claro que no soy capaz de compaginar este tipo de trabajo con mi vida. Y por primera vez voy a priorizar mi vida.

Me miró con extrañeza. Sentí la necesidad de reafirmar en voz alta mis buenos propósitos, no sé si por convencer a Ángela o por escucharme a mí mismo decirlo.

—De hecho, tendría que haber ido hace un rato al funeral de Mateu Vidal en la iglesia de Vila-roja y aquí me tienes, disfrutando contigo de esta fantástica fideuá en este lugar idílico.

—Y de este vino, que es gloria bendita.

Chocamos las copas y seguimos comiendo en alegre silencio, mirando el mar, saboreando sus frutos y olvidando por un rato que éramos seres imperfectos, contradictorios e inciertos como la propia vida.

Dejé a Ángela en el bar a eso de las siete y sin pasar por casa me fui a la comisaría de Figueres. Había quedado allí con Solius para comunicarle que dejaba el caso y explicarle mis cavilaciones de la noche anterior, por si podían servirle de algo. Me estaba esperando en la puerta. No llevaba esta vez el uniforme, sino zapatillas deportivas, tejanos, el cinto con el arma reglamentaria, camiseta y por encima un chaleco azul oscuro con la palabra POLICÍA en la pechera y la placa colgando del cuello. En lugar de invitarme a entrar a la comisaría, como esperaba que hiciera, me dijo que le apetecía caminar.

—Llevo toda la tarde metida entre cuatro paredes y yo soy de campo, López. Se me va la vida con tanta burocracia y tanto politiqueo. Si dedicáramos más tiempo a patrullar y menos a rellenar formularios, acabaríamos con la delincuencia en dos días.

No me pareció oportuno cuestionar a la inspectora ni contarle que cuando estaba en la UOE no teníamos mucho problema con la burocracia, pues apenas nos pedían explicaciones. Cuanto menos rastro documental quedara de ciertas cosas, mejor.

—A ver, López, ¿qué es eso tan importante que tenías que hacer esta mañana para no venir al funeral de Mateu Vidal? Te has perdido el espectáculo del año en el Empordà. Ha venido todo dios. Nunca se habían visto en Vila-roja tantos coches con chófer ni tantos guardaespaldas juntos.

No sabía por dónde empezar mi relato. ¿Por mi insomnio? ¿Por mi mal hábito de obsesionarme con las investigaciones? ¿Por la necesidad que tenía de poder apagar la cabeza aunque solo fuera un rato de vez en cuando? ¿Por el plantón a Ángela? ¿Por el divorcio de Marisa?

—He venido a decirte que no puedo seguir, Solius —me limité a decir, esperando que ella lo entendiera sin necesidad de más explicaciones, o al menos que lo aceptara y no las pidiera.

Como se quedó callada, me sentí obligado a decir algo más. Ya se sabe que los silencios son un vacío incómodo, incluso para la gente que nos manejamos cómodamente en ellos.

—No consigo llevar de una forma razonable mi participación en un caso y mi salud. Es algo que me pasa y me pesa desde hace algunos meses. Me obsesiono y pierdo el mundo de vista. Y eso hace que mis relaciones se vayan a la mierda.

Caminábamos despacio por unas calles de casas bajas cercanas a la comisaría, construidas sin consideración alguna por la planificación urbanística y menos aún por la estética. Uno junto al otro, a un par de metros de distancia. La temperatura era agradable a aquella hora.

Como seguía callada, algo que apenas había hecho en los dos días largos que hacía que nos conocíamos, me vi impelido a añadir algo más:

—Por supuesto, estoy a tu disposición si quieres llamarme para comentar cualquier cosa, aunque estoy seguro de que tú y tu gente resolveréis el caso enseguida. El asesino ha debido de dejar algún rastro y no tardaréis en encontrarlo. Por cierto, creo que no actuó solo.

—Sí, eso lo he pensado —se animó por fin a hablar—. El tipo de la cámara de seguridad no tenía mucha pinta de tatuador. Y alguien tuvo que hacer el tatuaje.

—Creo que escondieron al viejo en algún sitio cercano a los viñedos, lo tatuaron y lo dejaron en la bodega —aventuré.

—¿Se te ocurre adónde pudieron llevarlo?

—No lo sé, pero estoy casi seguro de que no se alejaron mucho. Y de que no pasaron por Vila-roja ni por ningún otro pueblo cercano. Habría sido arriesgarse tontamente a que los viera alguien.

—Parece lógico.

—Debían de tener un lugar donde esconderse no muy lejos de allí, porque el asesino trasladó a Vidal en un tractor. Pero tampoco muy cerca. Por cierto, ¿habéis averiguado algo sobre el tractor que se ve en las imágenes?

—Sí. Sabemos que no es ninguno de los que utilizaron ese día para llevar la uva de la viña a la bodega. Es muy parecido, pero de una marca diferente. Estamos tratando de averiguar cuánta gente tiene tractores de esa marca por la zona, pero no es fácil, son vehículos que a veces no se matriculan o se revenden sin papeles.

—¿Y habéis registrado ya los alrededores de la masía y de la bodega?

—Sí, claro. Mi subinspectora y su equipo han registrado cada piedra en unos tres kilómetros a la redonda.

—Yo lo ampliaría a cinco o seis.

En aquel momento sonó el móvil de Solius y nos detuvimos. Estábamos frente a una farmacia. Calculé que habíamos iniciado ya el camino de vuelta.

La inspectora escuchó y asintió un par de veces.

Cuando colgó, se quedó muy seria. Sus grandes ojos reflejaban incredulidad.

—*Collons* —musitó.

—¿Qué?

—Una patrulla acaba de encontrar el Range Rover de Arnau Vidal en el camino de entrada a la masía. El chófer estaba en el suelo malherido.

—¿Y Vidal?

—No estaba en el coche. Pero su móvil sí, tirado frente al asiento del copiloto, como si hubiera salido corriendo. O como si se lo hubieran llevado.

La inspectora arrancó de pronto a correr. Al ver que no la seguía, se giró y me gritó:

—¡¿Vienes o qué?!

8

Los dos agentes de los Mossos que encontraron al chófer de Arnau Vidal en el camino de entrada a la masía lo llevaron en el coche patrulla al Hospital de Figueres, donde le cosieron un tajo en la cabeza con diez puntos. Cuando Solius y yo llegamos a Urgencias corriendo (el hospital estaba a poca distancia de la comisaría y de donde nos encontrábamos en el momento de recibir la llamada), nos explicaron que, por la forma de la herida y por los restos de tierra que había entre el cabello, parecía que lo habían golpeado con una piedra recogida del suelo. El médico que lo había atendido añadió, cuando le pedimos detalles, que la herida no revestía gravedad, entre otras cosas porque el paciente tenía una estructura craneal digna de RoboCop, una referencia cinematográfica que hizo que la inspectora y yo sonriéramos, y que dejaba entrever no solo la edad del médico, sino la nuestra. Le preguntamos si podíamos hablar con el paciente y nos dijo que esperásemos a que lo subieran a planta, pues, siguiendo el protocolo, se quedaría veinticuatro horas en observación para hacerle algunas pruebas y descartar la existencia de daño cerebral.

Mientras Solius informaba por teléfono a la subinspectora del nuevo giro del caso y se aseguraba de que examinaran a fondo el lugar donde lo habían encontrado, yo aproveché para informar a Ramiro. Sabía que tenía el móvil conectado día y noche, pero no me apetecía hablar con él, así que me limité a enviarle un audio resumiéndole la desaparición repentina de Arnau Vidal y las circunstancias en que se había producido. No le dije nada de mi decisión de abandonar el caso porque había decidido aplazarla. Con los últimos acontecimientos, ni él habría entendido que yo lo dejara ni yo me habría sentido moralmente justificado para hacerlo.

Poco después nos avisaron de que habían subido a Manel a una habitación, nos dijeron el número y fuimos a hablar con él. Llevaba un vendaje aparatoso en un lado de la cabeza y aún estaba aturdido, pero accedió a contarnos lo sucedido. En el momento de los hechos, según relató, estaba llevando a Arnau Vidal a la masía después de un día ajetreado que había empezado con el funeral de Mateu Vidal, había seguido con una comida familiar en el Motel Empordà, un conocido restaurante de Figueres, y había culminado con una visita larga a la bodega, en la que el empresario se había reunido primero con el capataz, para saber cómo iba la vendimia, y más tarde con el enólogo jefe de Mas Vidal, para probar los primeros mostos de la añada y comprobar su calidad. Al parecer, a Arnau le gustaba estar muy encima del proceso de elaboración de sus vinos y aquel era un momento clave.

Tras las reuniones, su jefe le había pedido que lo llevara a casa y se quedara a dormir en la masía por seguridad, como las últimas noches. De todos los miembros de la familia Vidal, muchos llegados a Figueres ex profeso para el funeral y la incineración, solo Arnau y su hermano Enric se habían quedado en el Empordà; el resto se había trasladado al palacete familiar de Ciutadella, en Menorca, algunos por seguridad y otros simplemente por seguir con sus vacaciones después del paréntesis.

Según el relato del guardaespaldas, cuando se acercaban a la verja de entrada de la finca vieron un tractor pequeño parado en medio del camino, bloqueándolo.

Manel pensó que sería de algún trabajador descuidado que estaría en las viñas colindantes, algo que, a pesar de ser ya tarde avanzada, no era extraño que sucediera durante la vendimia. Se bajó y se acercó al vehículo, mientras su jefe se quedaba en el asiento del copiloto atendiendo una de las muchísimas llamadas de aquel día tan frenético. Su intención era localizar al operario y conminarlo a que apartara el tractor. Al llegar al vehículo, sin embargo, Manel sintió un golpe en un costado de la cabeza y se desvaneció.

Le preguntamos si recordaba haber visto a alguien o escuchado algo antes del golpe, pero negó con la cabeza. Solius fue rápida y, antes de que yo lo hiciera, le preguntó si recordaba la marca del tractor, pero el chófer, con un gesto de no entender el porqué de la pregunta, contestó que no. Entonces entró en la habitación un enfermero canturreando y anunció que se tenía que llevar al herido para hacerle una tomografía. Desbloqueó los seguros de las ruedas de la cama, maniobró con precisión y la deslizó hacia la puerta, por donde desaparecieron sanitario y paciente.

Viendo que no sacaríamos mucho más del chófer, Solius propuso visitar el lugar de la desaparición. Caminamos hasta la comisaría, donde ella se subió a un coche policial, conducido por su acompañante habitual, y yo recuperé mi moto. Los seguí hasta la entrada de la masía. Cuando llegamos, prácticamente había oscurecido, pero el camino estaba iluminado y aún pudimos echar un vistazo al Range Rover, que seguía parado a unos doscientos metros de la verja con las puertas delanteras abiertas de par en par. Igual que Vidal, el tractor había desaparecido del camino. Cabía la posibilidad de que el empresario hubiese huido y que estuviera vagando por los campos de los alrededores, o que, asustado, se hubiera escondido en algún lugar cercano, pero era muy improbable. Hacía ya un par de horas que habían tenido lugar los hechos, tiempo más que suficiente para que hubiera dado señales de vida en caso de estar por la zona.

A la espera de que los expertos de la Científica, que ya estaban en camino, tomaran sus muestras e hicieran sus análisis, dedujimos varias cosas. La primera, que la persona que golpeó en la cabeza a Manel no podía ser la misma que había sacado a Vidal del coche y se lo había llevado, ya que ambas acciones debían hacerse de forma coordinada, si no simultánea, para aprovechar el factor sorpresa y evitar que cualquiera de los dos reaccionara. La segunda, que los secuestradores habían necesitado un segundo vehículo, además del tractor. Podían haber optado por llevarse el Range Rover, pero eso les habría creado un problema añadido: la posibilidad de que alguien diera aviso a la policía y los localizaran. Por tanto, los autores eran como mínimo dos: el que golpeó en la cabeza al chófer y el que sacó del coche a Vidal, lo inmovilizó de alguna forma y lo introdujo en un segundo vehículo, muy probablemente en el maletero para evitar que alguien pudiera reconocer al empresario o que este hiciera algún intento de huida. Por las roderas recientes que vimos en el suelo, el coche había dado la vuelta en el mismo camino para salir a la carretera, mientras que el tractor, después de lo que parecía una maniobra en forma de semicírculo, se había metido por entre las vides.

Ya era noche cerrada cuando, protestando por lo intempestivo de la hora, llegaron los técnicos y se pusieron manos a la obra. Me aparté del grupo y miré el reloj: casi las once. Vi a distancia cómo Solius hablaba con una mujer en la treintena que debía de ser la subinspectora Sans. Miró hacia el hueco donde me había refugiado, en la penumbra entre dos árboles, y por la expresión de su cara adiviné que se estaba preguntando quién era yo y qué hacía allí, pero no se animó a abordarme, tal vez porque Solius le había ordenado que no lo hiciera. Luego escuché cómo la inspectora hacía una ronda de llamadas a las diferentes unidades que circulaban por la zona buscando a Vidal. Era improbable que los secuestradores se hubiesen quedado cerca de allí, pero el protocolo establecía que la búsqueda se tenía que iniciar en las proximidades del lugar de la desaparición e ir ampliando el radio de acción.

Cuando acabó, se acercó a mi posición y se quedó de pie a mi lado.

—Esto tiene mala pinta —dijo, mirando hacia la oscuridad que se extendía a un lado del camino—. A estas alturas pueden estar incluso en Francia.

—No creo.

—¿Por qué no? —se giró noventa grados y me miró con sus enormes ojos, que brillaban en la oscuridad.

—Creo que esa gente conoce muy bien la zona y que no se arriesgará a irse muy lejos, tan solo lo suficiente para que no los localicemos.

—¿Y eso en kilómetros cuánto sería? ¿Cinco o seis, como me decías antes?

—No lo sé —admití—. Lo que está claro es que ya habéis revisado cada palmo cuadrado en tres kilómetros a la redonda de la bodega y de la masía, así que habría que ampliar el área de búsqueda.

—Mañana en cuanto amanezca lo haremos, ahora no se ve una mierda, no serviría de nada.

—Haz lo que quieras, yo voy a dar una vuelta con la moto. Por si acaso.

Movió la cabeza de un lado a otro, se la veía contrariada.

—¿Hace un momento querías dejar el caso y ahora no puedes ni esperar a que amanezca? ¿No tienes término medio?

No respondí a las preguntas, me limité a exponer mis motivos.

—Si los que se han llevado a Arnau Vidal son los mismos que secuestraron y asesinaron a su padre el pasado domingo, y todo parece indicar que es así, es posible que actúen rápido. No podemos esperar a mañana.

Levantó los brazos al cielo y los dejó caer de golpe, resoplando resignada. Sabía que no se podía ir y dejarme allí solo.

La inspectora aceptó alargar dos horas la búsqueda, no más. Envió a casa a la subinspectora y al equipo de la Científica, que ya había acabado de hacer fotos y tomar muestras, y nos quedamos los dos en el camino, justo detrás del Range Rover, ella al volante de un coche policial y yo en mi moto. Decidimos ir por senderos, pues en la carretera que atravesaba Vila-roja ya había varios controles, y nos dividimos las zonas: yo el sur y ella el norte de la masía. Acordamos mantener los móviles encendidos y localizables, por lo que pudiera pasar, y nos adentramos en una noche particularmente oscura, con una luna tan fina que costaba localizarla en el cielo. Solo de vez en cuando se veía alguna estrella fugaz cayendo por el horizonte, tal vez una perseida rezagada.

La vieja K75 de mi padre no es una moto para ir por caminos de tierra, menos aún si son pedregosos como los de la zona, por lo que circulaba muy despacio, procurando esquivar las rocas más gruesas y los baches más hondos. De vez en cuando, sin embargo, no llegaba a tiempo y daba un brinco involuntario sobre el sillín. Una de esas veces estuve a punto de caerme, pero no por el bache, sino por lo que apareció justo después ante mis ojos: un jabalí atravesado en el sendero que me obligó a frenar de golpe. El animal, mastodóntico, casi del tamaño de mi moto, ni se inmutó. Debía de ser un macho separado momentáneamente de la piara. Se quedó quieto a escasos metros de la rueda delantera, sus ojos reflejando la luz del faro, su pelo ralo y gris acentuando la estampa fantasmal. Me miró amenazante, creo que valorando la posibilidad de embestirnos a mí y a la moto, pero al final lo descartó y siguió su camino, perdiéndose en la oscuridad.

Después del susto seguí circulando durante un rato entre viñas para luego salir a la carretera principal. Fui entrando en cada camino que aparecía a izquierda y derecha. Algunos de ellos se adentraban en el campo y otros avanzaban tan solo cien o doscientos metros hasta morir frente a alguna verja o algún cercado. Más allá, iluminadas por el faro de la moto, se veían o se adivinaban pequeñas construcciones que bien podrían servir para esconder a alguien, pero no se oía ningún ruido ni se veía ninguna luz. Tampoco, en ninguno de los casos, se vislumbraban vehículos estacionados, salvo algún viejo coche, camión o tractor que, por su aspecto desvencijado, debían de llevar años abandonados en aquellas fincas.

Algunas parcelas tenían su perímetro completamente tapado con setos naturales o con cañizo, que impedían ver el interior, al menos desde mi posición al manillar de la moto. Me bajé un par de veces para curiosear, pero tampoco detecté nada sospechoso excepto un intenso olor a marihuana en una ocasión. Aquello me recordó algo que había leído en la prensa, que en aquella zona del Empordà abundaban las plantaciones ilegales de cannabis. También encontré un par de veces, al final de algún sendero, granjas de cerdos que emitían un olor igualmente característico. Eran edificios bajos que ya había visto a la luz del día, construidos con ladrillo visto y techumbre de uralita, muy austeros y con un gran depósito en un extremo que servía, supuse, para acumular agua o pienso.

Pensé que una plantación ilegal de marihuana o una granja de cerdos podían ser también buenos sitios para esconder a alguien. Como teníamos los micrófonos abiertos y la localización activada, iba informando a Solius, que cada vez respondía lo mismo:

—Tomo nota de la ubicación.

Ella tampoco observó ningún movimiento extraño ni encontró ningún lugar particularmente sospechoso, así que al cabo de un par de horas de búsqueda, como habíamos pactado, regresamos al punto de encuentro acordado, la plaza de la iglesia de Vila-roja.

—Basta por hoy —dijo la inspectora nada más bajar del coche, que había aparcado frente a la iglesia—. He dado la orden de mantener durante toda la noche los controles en la entrada y la salida del pueblo, en la masía y en la bodega. Y otra unidad irá circulando por la carretera. No tengo más efectivos. Si esto fuera Barcelona otro gallo cantaría, pero es lo que hay.

Sabía que tenía razón, que poco más podíamos hacer hasta que amaneciera, lo que sucedería poco antes de las siete, es decir, al cabo de unas cinco horas.

—Por cierto, ¿has cenado? —preguntó de pronto Solius, con un tono inesperadamente jovial.

—No, claro que no. He quedado contigo a las ocho y te han llamado cuando estábamos caminando, ¿recuerdas? Y en Madrid comer antes de las ocho tiene otro nombre.

—¿Merendar?

—O tapear, pero desde luego cenar no.

—¿Y tienes hambre? Yo estoy a punto de desmayarme.

No estaba seguro de qué contestar, porque cuando me concentro en el trabajo mi cuerpo se olvida de comer y de beber. Solo cuando me relajo siento de nuevo apetito y puedo disfrutar de la comida. De todos modos, tenía claro que no me apetecía regresar a casa. Cualquier plan me parecía mejor que dar vueltas y vueltas en la cama sin poder conciliar el sueño.

—¿Hay algo abierto por aquí a estas horas? —pregunté, presuponiendo la respuesta.

—Qué va, López, esto es el campo. Aquí a la una y pico está todo el mundo en su casa. Menos los guiris, claro, que en esta época se cuecen a base de bien en las discotecas de la costa.

—¿Entonces?

—Entonces ¡sorpresa! Acompáñame.

La seguí por una calleja estrecha y mal iluminada que bordeaba la iglesia y desembocaba en una pequeña plaza. La atravesamos y entramos en una calle un poco más ancha. Solius se paró delante de una casa medianera de fachada modesta y sacó un manojo con al menos una docena de llaves. Escogió una, la introdujo en la cerradura y, haciéndome un gesto con el dedo en la boca para que no hiciera ruido, entró y me indicó que la siguiera.

Dejamos a la izquierda unas escaleras que debían de subir al piso superior y avanzamos casi a tientas por un pasillo hasta llegar a un espacio más amplio, que solo cuando la inspectora encendió la luz reconocí como la cocina. Cerró la puerta detrás de mí y dijo:

—Ya podemos hablar, pero no muy alto, que mis padres están durmiendo en el piso de arriba.

—¿Esta es la casa de tus padres?

—Exactamente.

Se quitó el chaleco y el cinturón con el arma reglamentaria, la linterna y los grilletes, y los dejó colgando en el respaldo de una silla. Con movimientos sigilosos y ágiles, sacó dos platos de un armario, dos copas de otro, unos cubiertos de un cajón y un par de servilletas del inferior, y me lo dio todo apilado señalando con el mentón la mesa. Mientras yo lo colocaba, abrió la nevera, inspeccionó durante unos segundos su interior como si buscara pistas de un delito y, con un gesto de incontenible satisfacción, extrajo una fiambrera de vidrio y una botella de vino mediada. Me dio la segunda y metió la primera en el microondas durante apenas un minuto. Cuando la sacó, anunció ceremoniosamente:

—Albóndigas con sepia: un mar y montaña clásico del Empordà. Yo diría por el aspecto que las ha hecho a mediodía. Solo les he quitado el frío. En verano están mejor templadas.

A continuación llevó el recipiente a la mesa, repartió el contenido en los dos platos, agarró medio pan redondo de payés cortado que descansaba sobre la encimera y se sentó.

—No vas a probar una cosa mejor en tu puñetera vida.

—¿Las ha hecho tu madre?

—La misma. Ríete tú del Arguiñano ese.

No sé si fue el hambre, que se me despertó de pronto, pero aquellas albóndigas con sepia me parecieron sublimes, lo mejor que había probado en mucho tiempo.

—¡Joder, Solius, están de muerte!

—¡Te lo he dicho! —gritó entre susurros—. Moja pan, que es lo mejor.

Permanecimos unos minutos en silencio, mejor dicho, gimiendo de placer cada vez que tomábamos un bocado.

—¿Has probado el vino? Es un tinto hecho solo con garnacha negra, sencillo y rotundo, sin sofisticaciones, como esta tierra. Lo hace un vecino de mis padres. Mucho mejor que los de Mas Vidal.

Noté resquemor en sus palabras y me acordé del enfrentamiento que tuvo con Arnau Vidal un par de días antes, cuando encontramos el cadáver del padre en una de las cubas de maceración de la bodega. Había algo allí que le pesaba en el ánimo, lo notaba. Decidí tentar la suerte y, con la ayuda de un último trago de vino, explorar ese terreno.

—El otro día noté cierta animadversión entre tú y Arnau Vidal. ¿Has tenido algún problema personal con él?

—Ese es un tema delicado, López, no sé si todavía

nos tenemos suficiente confianza como para hablar de eso.

—Entiendo —reculé—. No pasa nada.

La inspectora miró los dos platos, vacíos ya y casi limpios después de haberlos rebañado con sendos pedazos de pan de payés, y pareció calibrar hasta dónde estaba dispuesta a contarle su vida aquella noche a un casi desconocido como yo.

—Es una larga historia —empezó, levantando poco a poco sus grandes ojos y sonriendo con un deje de amargura.

—Tenemos hasta que amanezca —la animé, aunque sin empujarla, pues sospechaba que podía ser contraproducente.

Se echó hacia atrás en la silla, tomó aire y lo expulsó en una larga exhalación.

—Mis padres fueron durante muchos años los *masovers* de la masía de los Vidal. ¿Cómo se dice *masover* en castellano?

—Supongo que masovero.

—Pues eso. Mi padre era el encargado de mantenimiento, el hombre para todo, y mi madre, la cocinera.

—Ahora entiendo lo de las albóndigas.

—Sí, la mujer cocina que te mueres, ¿verdad? Tiene muy buena mano.

—Doy fe.

—El caso es que viví en la casa de los masoveros con mis padres desde que nací hasta los veintitantos. Me pusieron de nombre Mercedes en honor a la señora, la que fue mujer de Mateu Vidal, la madre de Arnau, que por aquel entonces todavía vivía. Más adelante, cuando tuve la capacidad legal para hacerlo, me lo cambié por Mercè, porque casi todos mis amigos tenían nombres catalanes. Pero crecí como Mercedes, o Merche o Merceditas, como me llamaban las monjas del colegio al que iba y los señores, o sea, los Vidal. No puedo decir que nos trataran mal, pero existía una barrera de clase muy clara, una distancia que ellos se encargaban de mantener e incluso de remarcar de vez en cuando.

Hizo una pausa. Noté que había tocado un tema importante para ella y le dejé espacio para que se fuera acercando a su ritmo a la cuestión por la que le había preguntado. No me importaba que fueran más de las dos de la madrugada. Seguía sin tener sueño y la compañía de Solius me resultaba amigable.

—Crecí en ese ambiente —siguió—, constatando cada día que ellos eran los amos y nosotros los sirvientes, porque más que empleados éramos eso, sirvientes. Y no solo mis padres. Casi todo el pueblo trabajaba de una forma u otra para los Vidal: en las viñas, en el jardín, en el restaurante, en las otras empresas que tienen en la comarca… Ellos eran, literalmente, los amos, y no solo de las tierras y los negocios, sino del pueblo entero y sus habitantes, que les rendían una especie de pleitesía que a mí me parecía humillante.

Tomó un trago más de vino y yo la imité.

—Cuando acabé el instituto en Figueres me fui a estudiar Derecho a Girona. En un par de años pasé de ser una cría a echar este cuerpazo que ves aquí. —Me guiñó un ojo—. Y entonces Arnau Vidal empezó a fijarse en mí. Te hablo de hace veinte años. Él todavía no se había casado. Yo tenía veintiuno y él, treinta y ocho.

—Una diferencia de edad considerable.

—Sí, aunque para mí eso no era un problema. De hecho, me halagaba que un hombre mayor se fijara en mí. Cuando empecé a conocerlo en la intimidad me pareció un hombre fuerte, honesto y con una mentalidad muy diferente a la de sus padres: abierto, generoso y con ideas sociales muy avanzadas. Me hablaba de convertir las empresas familiares en cooperativas y de eliminar las barreras de clase. ¡Me enamoré hasta las trancas!

Aquello no me lo esperaba. Traté de disimular mi sorpresa para no distraer a la inspectora y evitar que interrumpiera el relato, en el que parecía ya inmersa.

—Al principio nos veíamos en un piso que tenía Arnau en Girona porque no queríamos que las familias se enteraran, especialmente la suya. Sabíamos que no aprobarían nuestra relación. Si nos encontrábamos por la ciudad simplemente nos saludábamos. Aquello es pequeño y casi todo el mundo se conoce. Si alguien nos hubiera visto juntos en actitud afectuosa, no habría tardado ni un minuto en ir con el cuento a los padres de Arnau. Pero cuando llevábamos un tiempo me cansé del secretismo y le exigí que lo hiciéramos público. Él, que creo que también estaba enamorado, aceptó y habló con sus padres, que como era de esperar se opusieron a hacer oficial nuestra relación. El padre, Mateu, fue el más contundente. Le dijo a Arnau: «Puedes encamarte las veces que quieras con la hija de los *masovers*, pero ni en broma te casarás con ella. Y si se te ocurre desobedecerme, te desheredo». Yo estaba convencida de que el amor de Arnau hacia mí era tan fuerte que aquello no lo detendría, pero obviamente me equivoqué. Qué inocente fui, ¿verdad?

Me limité a mirarla y a asentir. ¿Quién no ha sido inocente alguna vez? ¿Quién no ha creído en alguien y se ha llevado una decepción? ¿Quién no ha soñado con un futuro ideal y se ha topado con la cruda realidad?

—La alta burguesía es así, López, al menos en Cataluña. Parecen muy modernos porque se mezclan con el populacho, pero a la hora de la verdad, es decir, cuando está en juego el patrimonio, solo se relacionan entre ellos.

—Algo así me han explicado —apunté, recordando el retrato histórico de mi vecino Ovidi—. ¿Y qué pasó entonces?

—Él insistía en mantener la relación, pero yo me negué. Me di cuenta de que no estaba dispuesto a renunciar a su posición social y a sus privilegios de clase por mí. Era un buen hombre, y seguramente sigue siéndolo, sobre todo comparado con su padre y su abuelo, pero en aquel momento me pareció un cobarde con unos ideales inconsistentes por los que no estaba dispuesto a luchar ni a sacrificarse. De un día para otro se me cayó del pedestal, como suele decirse. Y lo dejé.

Tal vez ahí estaba, especulé, el origen de la desconfianza de Arnau Vidal hacia los Mossos. Debía de pensar, ahora que Solius ocupaba un cargo importante, que no estarían muy por la labor de ayudarlo, o bien que actuarían sin la diligencia e imparcialidad que se les supone a las fuerzas del orden público.

—¿Y qué hiciste luego? —quise saber.

—Me fui a Barcelona para acabar Derecho y alejarme de Vila-roja y de Girona. Dejé incluso de visitar a mis padres los fines de semana. Luego, por resumirte la historia, me licencié, entré en la academia de los Mossos en Mollet del Vallès, hice las oposiciones, conseguí una plaza en Barcelona, me casé, no tuve hijos, me divorcié y, hace tres o cuatro años, cuando mis padres se jubilaron y se compraron esta casita con sus ahorros de toda la vida, pedí el traslado a Girona para estar cerca de ellos. Son mi única familia.

—¿Y desde que volviste has mantenido alguna relación con los Vidal?

—Ninguna. No les guardo rencor, pero tampoco puedo decir que haya sentido la muerte de Mateu Vidal. Ni la de su mujer hace unos años. Y, antes de que me lo preguntes —irguió ligeramente la espalda y prosiguió—, te diré que tampoco sufro particularmente por lo que le pueda pasar a Arnau. No le deseo ningún mal, pero tampoco le tengo ningún aprecio especial. Lo cual, dicho sea de paso y por dejar las cosas claras, no me va a impedir hacer todo lo posible como policía por encontrarlo y por atrapar a sus secuestradores y llevarlos ante un juez.

—Estoy seguro de eso, inspectora.

—Eso espero.

Se produjo otro silencio, al cabo del cual nos miramos y sonreímos. Me caía bien Solius. Después de lo que había escuchado no estaba seguro de que fuera la persona más adecuada para llevar aquel caso, pero ¿quién era yo para juzgarlo, teniendo en cuenta mi situación profesional en aquel momento de mi vida?

—Estaría bien dormir tres o cuatro horas antes de seguir, ¿no te parece? —propuso entonces la inspectora.

—Sí, tienes razón.

—Yo me voy a quedar aquí, no me vale la pena coger el coche y volver a Girona. ¿Quieres quedarte?

La miré a los ojos y traté de dilucidar si su invitación llevaba aparejada otro tipo de propuesta. No estoy seguro de lo que habría hecho de haber sido así, pero no tuve ocasión de comprobarlo. La inspectora se levantó y, guiñándome otra vez un ojo, añadió:

—Hay un sofá muy cómodo en el salón.

Eran ya las tres cuando me subí a la moto y encaré la carretera que llevaba a Vilademont. Al cabo de pocos metros comprobé que los Mossos, efectivamente, habían establecido un control a la salida de Vila-roja. No me hizo falta parar, ya que al acercarme uno de los agentes me reconoció y me indicó que siguiera. Me saludó llevándose la mano a la sien, supuse que más por costumbre que por deferencia.

Recorrí la distancia hasta Vilademont con la visera del casco levantada, sintiendo el agradable fresco de la noche en la cara. Cuando llegué a casa encontré en el suelo de la entrada una bolsa de tela. La abrí y saqué un libro de su interior. Mire la portada: *Órdenes del amor*, de Bert Hellinger. En la primera página, un papel con una nota escrita a mano: «Gracias por el paseo en moto y por la comida. Espero que te guste. O al menos que te sea útil. Ángela».

Seguía sin tener sueño, así que abrí la ventana de la habitación para que entrara un poco de aire y me eché en la cama vestido. Me puse las gafas para la presbicia, primer signo de la decadencia poscuarenta, abrí el libro que me había dejado Ángela y empecé a leer la introducción. Tuve que releer las primeras líneas dos veces para entender lo que decía. Cuando llegué al final del primer párrafo, un par de frases me llamaron la atención: «El amor ciego, sin conocimiento, ignora los órdenes y, en consecuencia, nos hace errar en nuestro camino. En cambio, donde el amor conoce y respeta estos órdenes, también puede traer el fruto que nosotros anhelamos». ¿A qué órdenes se refería? ¿Y qué significaba ignorar o respectar esos órdenes?

No entendía gran cosa, pero seguí leyendo hasta dar con otro pasaje que me pareció interesante: «En la red familiar existe una necesidad común de vinculación y de compensación que no tolera la exclusión de ninguno de sus miembros. De lo contrario, aquellos que posteriormente nacen en el sistema inconscientemente retoman y prosiguen la suerte de los excluidos».

¿Había sido excluido algún Vidal de su «red familiar»? ¿Estaba Arnau Vidal repitiendo «la suerte» de alguno de sus antepasados? Y en el caso de los León/Léon, ¿había sido Carles León uno de esos excluidos? ¿Estaba su nieta, Jacqueline, tratando de devolverlo al lugar que merecía? ¿Hasta dónde estaba dispuesta a llegar para conseguirlo?

De pronto empecé a sentirme cansado. Mi último pensamiento antes de cerrar los ojos y quedarme dormido fue que al día siguiente llamaría a Jacqueline Léon para quedar de nuevo con ella. Mi intuición, que cada vez reclamaba más protagonismo en mi vida, me decía que tenía que seguir tirando de aquel hilo.

9

Nos convertimos en adultos cuando aceptamos que la vida consiste en tomar decisiones, y maduramos del todo cuando somos capaces de asumir las consecuencias de esas decisiones. Decisiones importantes como estudiar una carrera, casarnos, comprar un piso o tener hijos. También decisiones cotidianas, aparentemente intrascendentes, pero que pueden cambiarnos la vida con el transcurso de los años. Como consecuencia de esas decisiones pasan cosas que nos obligan a reaccionar y corregir, si es que todavía es posible, o bien a aceptar que ya no hay vuelta atrás y que lo único que está en nuestra mano, y no siempre, es adaptarnos a la realidad.

¿Qué hace que tomemos unas decisiones u otras? Hasta ahora pensaba que eran tan solo dos factores:

lo que sabemos sobre la vida en el momento de tomar la decisión (la experiencia) y lo que esperamos obtener con esa decisión (la expectativa). Ahora sé que hay más. Están las circunstancias, que son todo ese conjunto de elementos que conforman nuestra realidad exterior en cada momento, nuestro entorno. También las creencias que nos inculcan desde pequeños, que condicionan nuestra forma de vernos y de ver el mundo. Por último, en un nivel más sutil y difícilmente detectable a primera vista, están aquellos mandatos familiares o sociales sobre qué somos y cómo *debemos* ser.

Si hay algo que desde pequeño ha estado presente en todas mis decisiones es ese «debemos». Es curioso, porque el verbo «deber» se puede entender como estar obligado a algo, pero también como tener una deuda. Cuando actuamos llevados por el deber, lo hacemos para cumplir con una obligación, pero también para saldar una deuda. ¿Qué sentido de la obligación o qué deuda pendiente me llevó a convertirme en policía? No estoy seguro. Seguramente hay algo que tiene que ver con mi padre, que también fue policía, o con mi madre, que siempre nos inculcó, a mis hermanos y a mí, aquello de «antes la obligación que la devoción». No los culpo. Ellos también fueron educados en el deber y tan solo hicieron de cadena de transmisión, seguramente sin ser del todo conscientes de ello.

Al convertirme en policía, juré cumplir fielmente mis obligaciones como tal, sobre todo defender la Constitución, uno de cuyos artículos, el 15, dice así: «Todos tienen derecho a la vida y a la integridad física y moral, sin que, en ningún caso, puedan ser sometidos a tortura ni a penas o tratos inhumanos o degradantes». Nunca había faltado a aquel juramento, lo cual había tenido consecuencias en mi relación con Marisa y en mi papel como padre. ¿Debía corregir aquello? ¿Estaba a tiempo de hacerlo o ya no tenía otra opción que acatar humildemente la realidad?

Llamé a Marisa aquel viernes por la mañana, nada más abrir los ojos y después de dormir apenas tres horas, para explicarle que estaba trabajando en un caso y que, dado que las cosas se habían complicado, no podría ocuparme de las niñas aquel fin de semana. La avisaba con poquísima antelación, ya que habíamos acordado que vendrían aquel mismo día por la tarde. Lo peor, con todo, no era eso, sino que llovía sobre mojado.

Me esperaba una reacción airada. Su voz, en cambio, reflejó más resignación que enfado.

—Eres de lo que no hay. ¿Y sabes qué es lo peor?

Que ya me lo esperaba. No he hecho planes porque en el fondo sabía que pasaría esto.

—Lo siento, Marisa, de verdad. Es que anoche se complicó el caso inesperadamente.

—La excusa de siempre, con la diferencia de que ahora ya no te creo. ¿No se supone que te dedicas a hacer DNI y trabajas de ocho a tres? ¿No es por eso por lo que te fuiste de Madrid al quinto pino, dejándome al cargo de nuestras hijas, porque querías vivir más tranquilo?

—Es un último encargo, un último favor que le hago a Ramiro para cerrar esta etapa.

—No vas a cerrarla nunca. Es más, no vas a cambiar nunca.

—Sí, Marisa, voy a hacerlo. Tengo que hacerlo. Por mí y por las niñas.

Decidí jugar fuerte y añadí:

—He decidido que voy a ir a terapia.

Se produjo un silencio tenso al otro lado, tras el cual Marisa cambió de tono y preguntó:

—¿Has conocido a alguien?

—¿Cómo?

—No te hagas el tonto. ¿La has conocido ahí o ya la conocías antes de separarnos?

—¡Pero qué dices! No he conocido a nadie.

—Sí, claro, y yo me chupo el dedo. Toda tu vida renegando de los loqueros, como tú los llamas, y ahora dices que vas a ir a terapia. Ni que fuera tonta. Aunque te digo una cosa: ya me da igual lo que hagas. Ni estamos juntos ni volveremos a estarlo. Lo único que me importa es que cumplas con tus hijas y no les crees un trauma. Si es que no se lo has creado ya.

—No hay nadie, Marisa, te lo juro.

—¡No jures más, por Dios, no jures más!

Sobrevino otro silencio, este un poco más largo. Sospeché por un momento que la línea se había cortado o que Marisa había colgado. Hablé con la esperanza de que siguiera al otro lado:

—Mira, en cuanto acabe este caso iré a Madrid, recogeré a las niñas y me las traeré aquí a pasar una semana.

—Lo que tú digas.

—¿Están contigo ahora?

—Todavía están durmiendo. Ahora las despertaré para llevarlas al colegio.

—Vale, diles por favor que las quiero.

—Ya se lo dirás tú cuando las veas.

Y, ahora sí, colgó.

Después de la llamada fui a desayunar al bar de Ángela. La encontré de pie junto al hombre que hablaba solo, que como siempre ocupaba su mesa en una esquina, fumaba y bebía una cerveza, sin mayor consideración por el hecho de que eran apenas las ocho de la mañana. Lo acompañaba esta vez, en la misma mesa, otro hombre un poco más joven, también con una barba poblada aunque menos canosa, que debía de rondar los cincuenta y pocos. Guardaba cierto parecido físico con el otro.

Cuando Ángela me vio, al otro extremo de la terraza, en aquella mesa pegada a la pared que empezaba a ser la mía, se acercó.

—¿Qué te pongo?

—Ponme un cortado con poca leche, pero no largo de café.

Ángela sonrió cuando puntualicé:

—Tres cuartas partes de café y una de leche en vasito pequeño.

—¿Lo del vaso es para ver el color?

—Sí.

—Ya nos vamos conociendo, ¿eh?

Cuando se marchó llamé a Solius. Ella también se saltó el protocolario saludo mañanero.

—Mi gente lleva desde la primera luz del día dando vueltas, pero ni rastro.

—La buena noticia —apunté— es que no está muerto, al menos que sepamos.

—Vaya, López, te has levantado optimista hoy, ¿no? Debe ser porque has dormido más que yo.

—No te creas.

—Claro, como no quisiste quedarte en el sofá de mis padres…

Me pregunté si me estaba lanzando una indirecta o solo bromeaba. No supe discernirlo.

—Bueno, vamos a seguir con la búsqueda —concluyó al ver que no le seguía el rollo—. Acaba de volver de Menorca la mujer de Arnau Vidal. La pobre va arriba y abajo como una peonza. Se fue después del funeral de su suegro y ahora ha tenido que volver por el secuestro de su marido. He quedado con ella para explicarle la situación. Si hay alguna novedad te informo. ¿Qué vas a hacer tú?

—Creo que iré al hospital a hablar con Manel, a ver si recuerda algo más. Y le haré otra visita a Jacqueline Léon. Intuyo que no me contó todo lo que sabe.

—De acuerdo. Si hay alguna novedad nos llamamos, ¿vale?

—Por supuesto, inspectora.

Colgué y busqué en el móvil el teléfono de la dueña de Celler León. Descolgó de inmediato. Su voz apenas se escuchaba entre un ensordecedor ruido de viento. Deduje que iba en el descapotable.

—Estoy viajando con mi marido desde Lyon, calculo que llegaremos a la bodega hacia las doce —me comunicó asépticamente.

—De acuerdo, ¿le va bien si nos vemos allí a esa hora?

—Como quiera, agente.

Miré el reloj: las nueve menos cuarto. Me lo podía tomar con calma. Le envié un mensaje a Ventura: «Esto se ha complicado, anoche desapareció Arnau Vidal, seguro que ya te lo ha dicho tu contacto». Respondió al instante: «Me ha llegado la noticia. Vaya tela». No quería que me pidiera más detalles, así que cerré de inmediato con un segundo mensaje: «Hoy tampoco iré a la comisaría, pero el lunes espero estar ahí». Su respuesta fue breve: «Yo también lo espero».

Llegó Ángela con el cortado. Por el color oscuro supe que tenía la proporción perfecta. Desde que estaba en Cataluña tenía que puntualizar mucho las medidas, pues existía la costumbre, a diferencia de en Madrid, de ponerle demasiada leche al café.

—¿Y esas ojeras? —preguntó Ángela dejando el cortado en la mesa—. No me irás a decir que estuviste leyendo el libro de Hellinger hasta tarde, ¿no?

—Lo empecé, pero no pasé de la introducción.

—¿Tan aburrido te pareció?

—Bueno, es que no entendía nada. Por ejemplo, ¿qué es eso de los órdenes del amor?

—Lo explica más adelante, pero te haré un resumen.

Miró hacia la barra, le hizo una seña a su hija, una chica de unos veinte años con cara de permanente desgana que parecía no haber heredado ni una brizna de la vivacidad de su madre, y se sentó junto a mí.

—Resulta que, según ese hombre, Bert Hellinger, para que las relaciones en los sistemas familiares sean sanas y todo vaya bien se debe respetar una serie de normas que él llama órdenes del amor. Son tres, pero vamos a quedarnos de momento solo con el primero, que por lo que me has contado es el que te puede ayudar con el caso de los Vidal.

—Habla bajito, por favor, que es una investigación en curso.

—Ah, sí, perdona.

Puso los codos en la mesa y acercó su cara a la mía. Estábamos a apenas un palmo el uno del otro. Retomó la explicación con voz susurrada:

—Como te decía, el primero de esos órdenes es el de pertenencia. Significa que todos los miembros de un sistema familiar, y eso incluye a todas las generaciones que nos precedieron, tienen derecho a pertenecer a él, incluso si ya han fallecido. Todos deben tener su sitio. Si se excluye a alguien de alguna forma o se lo deja de reconocer, por vergüenza o por lo que sea, eso provoca un desequilibrio en el sistema.

—¿Y qué pasa entonces?

—Pues que el propio sistema se encarga de reincluirlo en alguna generación posterior a través de otro miembro, que se hace cargo de esa persona olvidada.

—Eso suena un poco esotérico, ¿no te parece?

—Sí, pero no todo se puede demostrar científicamente. Hay cosas que pasan que la ciencia todavía no puede explicar.

Aquella afirmación me pareció cuestionable, pero no quise entrar en un debate. Solo me interesaba saber si aquello de las constelaciones y los sistemas familiares podía darme alguna pista que me ayudara a averiguar quién había matado a Mateu Vidal y secuestrado después a su hijo Arnau.

—¿Podría ser entonces que Jacqueline Léon se estuviera haciendo cargo de la desgracia de su abuelo y hubiera decidido vengarse de los que provocaron su huida a Francia y la pérdida de sus tierras?

—Podría ser. Aunque, por lo que me cuentas, ella está actuando de una forma constructiva y luminosa.

—¿Qué quieres decir con eso de «luminosa»? Suena a Mr. Wonderful —me atreví a bromear.

—¿Sabes que eres un poco burro, López? —replicó ella sin perder la sonrisa—. Pues luminoso quiere decir bonito, amoroso... Qué sé yo. No parece que esa mujer quiera perjudicar a otros para conseguir su beneficio. Al menos por lo que me contaste.

—Eres muy inocente, Ángela, no te puedes fiar de la apariencia de la gente.

—Pues prefiero ser inocente que andar desconfiando de todo el mundo, como tú.

—Es mi trabajo. Si confío demasiado en los demás, los malos se van de rositas.

—Ese es tu problema, López.

—¿Cuál?

—Que te cuesta mucho confiar. Por eso quieres tenerlo todo controlado. Pero no todo se puede controlar.

Tenía un par de horas hasta la cita con Jacqueline, tiempo más que suficiente para hacerle una visita a Manel, el chófer de Arnau Vidal. El médico de urgencias nos había dicho que se quedaría veinticuatro horas en observación, así que todavía debía de estar ingresado.

Cuando llegué a su habitación, me lo encontré vestido de calle y discutiendo con una enfermera.

—Le repito —escuché que decía ella— que si se va es bajo su total responsabilidad.

—Lo entiendo —respondió él mientras firmaba un papel sobre la mesita auxiliar.

Se giró para entregárselo a la enfermera, y entonces me vio.

—Buenos días, ¿te encuentras mejor? —saludé tuteándolo, ya que por algún motivo no me salía hablarle de usted.

—Sí, ya estoy bien —contestó secamente.

—Necesitaría hablar un momento contigo.

Dudó. Se tocó el vendaje de la cabeza e hizo un gesto de dolor. Luego se echó una pastilla a la boca y se la tragó con un poco de agua que quedaba en un vaso sobre la mesita.

—Vale —aceptó—, pero mejor abajo, en la cafetería.

Salimos de la habitación y me dejé guiar por Manel, que parecía conocer el edificio. Bajamos en silencio en el ascensor y caminamos igualmente en silencio hasta la cafetería del hospital. Allí él se pidió un café y yo otro cortado, esta vez sin especificar las medidas, pero advirtiendo al camarero que le pusiera poca leche. Nos sentamos en una mesa junto a una cristalera que daba a la calle. Se lo notaba tenso; más aún, enfadado. Parecía que quería decir algo, así que me mantuve a la espera hasta que habló.

—Menuda cagada, ¿no? —escupió finalmente—. Fue un fallo de principiante.

Deduje que se refería a su actuación durante el episodio de la tarde anterior. Sus siguientes palabras, que sonaron a justificación, lo confirmaron.

—Llevaba todo el día muy tenso con lo del funeral, las autoridades, la familia y todo ese lío. Y en aquel momento, como estábamos llegando a la casa, me relajé. No parecía que ocurriera nada extraño. Es normal que haya tractores por todas partes en esta época del año.

—¿Has podido recordar algo más de lo que sucedió?

—No, solo lo que os expliqué a la inspectora y a ti. Fue todo muy rápido. No pude ver a nadie.

Evitaba mirarme a los ojos y mantenía su prominente cabeza, más llamativa aún con el vendaje, girada en un ángulo de casi noventa grados hacia la cristalera y la calle.

—Manel —traté de atraer su atención—, tú eres una de las personas de confianza del señor Vidal y lo acompañas a todas partes. Seguro que oyes mil conversaciones telefónicas mientras vais en el coche arriba y abajo. Entiendo que te debes al secreto profesional, y en circunstancias normales no te preguntaría esto, pero como sabes la situación no tiene nada de normal...

Me miró finalmente y le lancé la pregunta que hacía rato me rondaba por la cabeza:

—¿Sabes si alguien puede tener interés en hacer daño a tu jefe, alguien que tenga asuntos pendientes con los Vidal en general o con él en particular? Me refiero a temas empresariales, políticos o del tipo de que sea.

Volvió a apartar la mirada y a tensar su angulosa mandíbula. Parecía que observaba la calle, pero en realidad no miraba a ningún sitio.

—No paro de darle vueltas a eso desde que me he despertado —dijo tras unos instantes—. No estoy seguro, pero tengo una sospecha. Creo que Enric, el hermano pequeño del señor Vidal, podría tener algo que ver con todo esto.

Cuando uno lleva tiempo investigando y resolviendo todo tipo de delitos, especialmente de sangre, hay pocas cosas que puedan sorprenderle, pero lo cierto es que no me esperaba aquel giro. Aunque, bien mirado, tenía sentido. No es infrecuente que en familias pudientes surjan disputas entre hermanos que acaben en situaciones violentas.

—¿Tienes algún indicio o alguna prueba de eso?

—No, nada sólido. Es solo una sospecha.

—¿Y en qué te basas para sospechar de él?

—Primero, en que la relación entre los dos hermanos ha sido difícil desde siempre. El señor Vidal es el mayor y por tanto el *hereu*. No sé si lo sabes, pero en Catalunya muchos terratenientes siguen legando las tierras al varón de mayor edad para evitar que se las repartan y se dividan. Y creo que en el caso de Mateu Vidal, por cosas que he ido oyendo, esa es la voluntad que figura en su testamento. Su idea era dejar las tierras, y en concreto Mas Vidal, solo al mayor de los hermanos. Y al resto, otras propiedades inmobiliarias, algunos negocios turísticos y participaciones en grandes empresas.

—Si es así, todos recibirán su parte del pastel, ¿no? ¿Dónde está el problema?

—El problema es que Enric Vidal quiere la parte de las bodegas, sobre todo Mas Vidal, que es la más grande y la más emblemática. Los vinos son su gran pasión.

Pero su padre no confiaba en él, lo consideraba demasiado impulsivo para llevar un negocio como este, que requiere de una visión a largo plazo. Siempre mostró predilección por Arnau. Enric ha vivido toda su vida a la sombra de su hermano mayor, que ha sido el responsable, el aplicado, el digno heredero. Él se ha quedado con el papel de díscolo, de informal, de rebelde sin causa.

—¿Y crees que ha podido matar a su propio padre y secuestrar a su hermano para poder quedarse con la bodega?

—Él directamente no, pero puede habérselo encargado a alguien. Por aquí corren mafias capaces de hacer un encargo de ese tipo por cierta cantidad de dinero. Y él tiene acceso directo a ellas. Estuvo metido en temas de drogas durante un tiempo.

—Pero para quedarse con la bodega tendría que matar también a su hermano, ¿no?

—Sí, así quedaría como el primer y único varón. Las hermanas medianas no cuentan, son mujeres. Él sería el *hereu*.

—¿Y realmente lo ves capaz de eso?

Volvió a mirarme, serio, grave.

—Uno no sabe de lo que es capaz hasta que se dan las circunstancias propicias.

En eso tenía razón. Lo había comprobado en numerosas ocasiones a lo largo de mi vida como policía.

—¿Sabes dónde puedo encontrar a Enric Vidal? —inquirí.

—Ayer por la tarde estaba en la bodega y participó en las reuniones con el capataz y con el enólogo. En esta época siempre está aquí.

—Pero nos dijiste que en la masía no quedaba nadie, solo tú y tu jefe.

—Y así es. Enric nunca se aloja en la masía familiar, tiene su propia casa en Vinyet. Siempre ha preferido ir por su cuenta.

—¿Conoces la dirección?

—Sí, ahora te la envío.

Nos levantamos y le estreché la mano.

—¿Qué vas a hacer ahora? —le pregunté.

—He hablado con la inspectora y me ha dicho que envía un coche a recogerme. Iré a ayudar en la búsqueda del señor Vidal. Conozco bien la zona.

—De acuerdo. ¿Puedes decirle lo mismo que me acabas de contar a mí?

—Lo haré.

—Gracias.

El día era especialmente caluroso. De camino a Celler León, con el termómetro de la moto marcando casi cuarenta grados, fui dándole vueltas a la conversación con el chófer. Estaba claro que lo del hermano era una opción que hasta el momento no habíamos contemplado y que podía tener sentido. Las disputas entre hermanos, bien por una herencia, bien por simples y primitivos celos, han dado lugar, desde aquello de Caín y Abel, a muchos derramamientos de sangre. En eso los seres humanos no somos muy originales. Ya me lo había dicho Ovidi: desde el inicio de los tiempos, unos desean lo que tienen otros y tratan de conseguirlo como sea, por las buenas o por las malas, dialogando o a porrazos. Y eso no es muy diferente dentro de las familias. Decidí, por tanto, que valía la pena explorar aquella vía y que, en cuanto acabara de hablar con Jacqueline, llamaría a Solius para comentarlo y ver cómo actuar.

Aunque llegué unos minutos antes de las doce, el Aston Martin ya estaba en el aparcamiento. Dejé la moto justo a su lado, ocupando una de las escasas sombras que quedaban libres. Me quité el casco, los guantes y la chaqueta y me quedé un rato de pie tratando de recuperarme del bochorno. Luego entré en la recepción y di gracias al cielo por la invención del aire acondicionado. El alivio, sin embargo, duró poco.

—La señora Léon le espera en su chalet. Tiene que volver a salir, cruzar el aparcamiento y llamar a la puerta de la casa que encontrará enfrente.

Atravesé penosamente el desierto abrasador en que se había convertido el aparcamiento e hice lo que me habían indicado. Salió a recibirme, ladrando como una alarma, un pomerania demasiado escandaloso para su tamaño. Detrás apareció su dueña tratando de aplacar a la fiera.

—Milou, pequeñín, deja tranquilo al agente López, que viene en son de paz. —Y a continuación, dirigiéndose a mí—: Porque es así, ¿no?

—Sí, por supuesto.

—En ese caso puede pasar. Estaremos mejor dentro.

El perrillo me olisqueó un poco los pies, me miró en contrapicado y decidió que era inofensivo o poco interesante, ya que se giró y volvió a entrar en la casa mostrándome el lomo. Lo seguí hasta el interior, donde la temperatura era muy agradable. Supuse que alguien había conectado el aire acondicionado mientras venían en el coche o que tenían uno de esos sistemas domóticos que permiten controlarlo todo desde el móvil. La casa era de construcción reciente y debía de contar con ese tipo de avances. Como si me leyera la mente, Jacqueline

Léon me lo explicó mientras me invitaba a tomar asiento en unos sofás de cuero blanco y líneas rectas:

—Construimos la casa al mismo tiempo que la bodega, y nos la hizo el mismo arquitecto. Estamos a la última en temas de domótica y sostenibilidad energética.

—Sí, ya veo.

—Necesitábamos un sitio donde alojarnos en Vinyet. Mi abuelo tenía una masía no muy lejos de aquí, Mas León, pero ahora no queda ni una piedra. Lo que hay en su lugar son vides plantadas por los Vidal. Los conoce, ¿verdad?

La mujer tenía talento no solo para la perífrasis, sino también para la ironía. Un dominio del castellano poco común en una extranjera.

—Si me permite, quería preguntarle justamente por eso. —Aproveché el hilo—. Y, más en concreto, por cómo puede estar tan segura de que esas tierras eran de su abuelo.

—Lo sé porque me lo contó él mismo.

Puse cara de póquer, esperando una explicación. Recordaba que la vez anterior me había mencionado que su abuelo había fallecido cuando ella era muy pequeña. Era imposible que recordara nada de lo que le hubiese dicho.

—Durante una parte de su vida —se decidió a contar—, mi abuelo Carles escribió una especie de dietario. Son media docena de libretas manuscritas con letra *abigaggada* —dijo, y se detuvo un momento—. Perdone usted la pronunciación, pero hay palabras del español que me encantan y no puedo resistirme a usarlas, por más que me cueste y las pronuncie fatal.

Asentí e hice un gesto invitándola a seguir.

—Yo desconocía la existencia de esas libretas hasta que mi padre murió y me legó, además de todo su dinero, un baúl con cosas de mi abuelo que llevaban décadas abandonadas en un trastero. De pronto, ahí estaba su letra y una parte esencial de la historia de su vida. Empecé a leerlo con la ayuda de mi marido, que es de Perpiñán, porque está escrito en catalán. No puede imaginarse lo mucho que lloré. Fue como si me hablara directamente a mí a través del tiempo.

—Entiendo.

—Sus anotaciones arrancan en 1925, cuando lo miden como quinto y se empieza a plantear qué quiere hacer con su vida. Es entonces cuando conoce a Narciso Vidal. Y acaban en el invierno del treinta y seis, cuando lo reclutan y tiene que ir al frente a combatir. No es un relato de todo lo que le sucede, pero sí de algunos hechos importantes para él, cosas sobre las tierras, las cosechas y los eventos familiares.

—¿Y en el dietario hace referencia a la finca que ustedes reclaman ahora?

—Sí, con bastante detalle. Era un hombre de campo, pero formado y viajado. Además, los viñedos eran su gran pasión. Bueno, hasta que los nacionales lo empujaron a emigrar y se quedó sin ellos. Cuando llegó a Francia se limitó a sobrevivir y a sacar adelante a su hijo. Debió de ser muy duro renunciar a sus sueños de juventud y al futuro que podía haber tenido de no ser por la guerra.

—¿No se planteó quedarse?

—Se había significado mucho como líder republicano local, y luego había combatido en varias batallas, la última la del Ebro. Sabía que si se quedaba lo fusilarían. Además, estoy segura de que mis abuelos no querían que su hijo Miquel creciera en una España fascista.

—¿Nos permitiría usted leer el dietario de su abuelo, señora Léon? Entiendo que es algo muy íntimo, pero tal vez pueda ayudarnos con la investigación de la muerte de Mateu Vidal.

El pomerania se acercó, saltó al regazo de Jacqueline y se me quedó mirando fijamente. Ella también. Por un momento creí que me leería el pensamiento y adivinaría que le estaba ocultando un hecho importante: Arnau Vidal había desaparecido la tarde anterior y todavía no lo habíamos encontrado. La información le acabaría llegando, pero prefería no revelársela todavía.

—El original está en una caja fuerte en Lyon —respondió—. No obstante, tuvimos que escanearlo para presentarlo como prueba durante el proceso judicial contra la familia Vidal. Le puedo enviar hoy mismo por correo electrónico el PDF, si es tan amable de facilitarme su dirección.

—Por supuesto. Ahora mismo se la envío.

—Aunque debe tener en cuenta que el diario está escrito mayoritariamente en catalán, solo de vez en cuando lo mezcla con el castellano.

—Sí, no se preocupe, estoy trabajando en coordinación con los Mossos d'Esquadra. Eso no es problema.

Le envié un mensaje con mi dirección de correo para que me lo pudiera remitir cuanto antes. Cuando levanté la vista del móvil, tanto Jacqueline como el perro seguían mirándome sin pestañear. Parecían esperar algo de mí que yo no estaba haciendo.

—¿Le puedo ayudar en algo más? —me apremió la francesa—. Acabo de llegar y tengo varios asuntos que atender, como podrá imaginar. Este fin de semana tenemos que seguir con la vendimia.

—Sí, sí, claro. Una última cosa. Por lo que usted

conoce de los Vidal y de su entorno, ¿sabe de alguien con quien tengan algún conflicto importante?

—Excluyéndome a mí, supongo.

Asentí, más para facilitar el diálogo que porque realmente la hubiera descartado como sospechosa.

—Pues no sabría decirle. Según se cuenta por aquí, hace años habría habido muchos candidatos, pero en la actualidad las cosas son diferentes. Arnau Vidal tiene otra forma de proceder, digamos que más civilizada que la de sus antepasados.

—Entonces ¿no se le ocurre nadie?

—Tal vez debería usted mirar en la propia familia Vidal.

—¿Se refiere usted al hermano pequeño, Enric?

—Tal vez.

Era la segunda persona aquella mañana que lo sugería como posible sospechoso.

—¿Qué le hace pensar que él podría estar implicado en la muerte de su padre?

—Bueno, por aquí dicen que está *tocat de l'ala*, una expresión que se usa para referirse a las personas que actúan de forma alocada o *iggeflexiva*. —Ya me iba acostumbrando a su rotacismo y empezaba a pasarme desapercibido.

—Lo cual significa...

—Que no está muy bien de la cabeza, por decirlo más claro.

—Entiendo.

Me miró inquisitivamente, esta vez con evidente impaciencia.

—Perdone, no le robo más tiempo, señora Léon. Gracias por su atención. Y por permitirnos acceder al dietario de su abuelo.

Esperé a que dejara el perro en el suelo para levantarme, darle la mano y salir de nuevo al calor tórrido de aquel día de finales de agosto en el Empordà.

Antes de subirme a la moto envié un mensaje a Solius: «¿Alguna novedad? ¿Comemos juntos en el bar de Vilademont y nos ponemos al día?». Respondió rápido, antes de que me pusiera los guantes: «Sí, en media hora estoy ahí. Tengo cosas que contarte». Vi también en ese momento que me había entrado un mensaje de Manel con la dirección de Enric Vidal. La abrí en Google Maps y comprobé que estaba en Vinyet, no muy lejos de Celler León. Por un momento valoré la posibilidad de ir y pillarlo por sorpresa, en caso de que estuviera en casa, pero me pareció mejor comentar el tema antes con la inspectora. Tal vez ella tenía alguna información interesante sobre él o prefería hacer las cosas de otra manera. Al fin y al cabo, yo no era el organizador de aquella fiesta, solo un invitado inesperado al que habían aceptado por compromiso.

Cuando llegué al bar de Vilademont, *mi* mesa estaba ocupada. De pie en medio de la terraza, me quedé mirándola como un niño al que le acaban de quitar la pelota. Ángela se acercó.

—Vas a tener que empezar a trabajarte tu obsesión con el control, López.

—¿No puedes pedirles que se cambien de mesa?

—Podría, pero no sería muy adecuado.

No tuve más remedio que ocupar una mesa en un lateral de la plaza, de espaldas a una hilera de coches aparcados. Ángela me acompañó pacientemente hasta que me senté, momento que aprovechó para dejar un papel doblado sobre el tablero de contrachapado.

—Es el teléfono de Joan Garriga, el máximo experto mundial en constelaciones familiares. Lo conozco porque asistí a un taller suyo en Barcelona y tuvimos buen rollo. He pensado que te iría bien llamarlo. Para el caso de los Vidal y para tus temas.

—¿Mis temas?

—Sí, la necesidad de control, la ansiedad, el insomnio… ¿Sigo?

—No, mejor no.

—Vale. ¿Te traigo una cerveza? Con el calor que hace hoy es lo mejor.

—Buena idea. ¿Tienes Mahou?

—Tengo.

—¿Muy fría?

—Congelada.

—Eres genial.

—Lo sé.

Se fue con su sonrisa XXL en dirección a la barra y me dejó con la duda de si quedarme allí o cambiar de mesa. Tenía a mi espalda un coche aparcado, con un espacio de acera libre por el que podía pasar alguien. Si tiraba la silla y la mesa hacia atrás hasta quedar pegado al coche, impediría el paso pero quedaría fuera de la sombra que proporcionaba el toldo. Además, sería un poco extraño, pues invadiría la acera y sobrepasaría el límite lateral de la terraza. Por otra parte, si me sentaba en la silla de enfrente sería aún peor, porque daría la espalda al resto de las mesas y, por tanto, a las personas que estaban en ellas. También pensé en hablar con los ocupantes de *mi* mesa y contarles la historia, con ciertas trazas de realidad, de que era un policía en misión especial y necesitaba aquella mesa para vigilar la llegada de alguien importante para el caso. Al fin y al cabo,

Solius estaba a punto de aterrizar y vendría ataviada con algún distintivo de los Mossos, ya fuera el uniforme completo o el chaleco de la DIC, lo cual daría a mi relato bastante verosimilitud. Cualquiera de las soluciones, no obstante, pasaba por llamar la atención y molestar a alguien, algo que prefería evitar.

Decidí, por tanto, quedarme donde estaba y, como en mis meditaciones mañaneras, tratar de convivir con lo que viniera, ya fuera incomodidad, inseguridad o angustia. En realidad, pensé, no había ningún peligro en quedarme donde estaba. Eran otros los que estaban en situación de riesgo, como Arnau Vidal, que a aquellas horas seguía en manos de sus secuestradores. O Solius, que sin duda debía de estar recibiendo presiones del gran jefe de la policía autonómica para que encontrara al empresario y para que la noticia no saltara a los medios. Mi vida, por tanto, estaba bien. Vilademont, y en concreto el bar de Ángela, era un lugar apacible y seguro donde, más allá del calor agobiante de aquel día de verano, nada desagradable podía sucederme.

—¡Tenías razón, López! —soltó Solius nada más llegar.

Me pilló dándole el primer sorbo a la Mahou congelada con los ojos entrecerrados por el placer, de modo que no pude preguntar en qué se suponía que tenía razón. Ella tampoco dio más detalles. En lugar de eso, añadió:

—Coge la cerveza y vamos dentro. Esta mesa no me gusta.

Caminó entre los comensales con su ímpetu *tramuntano* y yo la seguí como pude, la botella de cerveza en una mano y la copa en la otra. Entramos, saludó a Ángela y a su hija, a las que sin duda conocía de otras ocasiones, y se dirigió a un rincón de la sala. Vi de reojo que la televisión emitía un partido de la selección española de baloncesto, pero nadie lo miraba. Solo había en el interior una pareja con pinta de suizos o alemanes disfrutando del menú del día: doce euros, una risa para ellos.

—Aquí podremos hablar con calma —dijo tomando asiento con la espalda pegada a una de las paredes de una esquina.

Yo hice lo propio en la silla que daba a la otra pared, formando con la inspectora un ángulo recto abierto hacia la sala interior del bar. Parecía que no era el único allí que tenía manías con la ubicación de las mesas y las sillas.

—A ver, ¿por dónde empiezo?

Se incorporó sobre la mesa, apoyó los antebrazos y estiró el cuello hacia delante. Su expresión era risueña. Nadie que no supiera lo que había hecho la noche anterior inferiría, observándola, que había dormido poco más de tres horas. A mí, en cambio, las ojeras me llegaban al suelo.

—¡Ah, claro, por lo más importante! —exclamó—. Todavía no hemos encontrado a Arnau Vidal. Llevamos buscándolo desde que amaneció, pero seguimos sin una triste pista. O lo tienen muy bien escondido en un zulo o se lo han llevado lejos de Vila-roja.

Hice un gesto como para opinar.

—Espera, espera, no digas nada. —Bajó un poco la voz, casi no distinguía sus palabras entre los gritos de euforia del locutor que retransmitía el partido—. Voy con la buena noticia. Hemos ampliado, como me sugeriste, el perímetro de la búsqueda, de los tres a los cinco kilómetros alrededor de la bodega. ¿Y sabes qué hemos encontrado?

—¿Tengo que responder?

—No hace falta —sonrió y, como si le hubiera tocado la lotería y no quisiera que nadie excepto yo lo supiera, añadió en una exclamación contenida—: ¡Hemos encontrado el lugar donde los asesinos retuvieron a Mateu Vidal y le hicieron el tatuaje!

Justo en aquel momento, sin darme tiempo a reaccionar, llegó Ángela, que nos miró sin su habitual sonrisa. Parecía contrariada.

—Hola, Mercè. Veo que ya conoces a nuestro nuevo vecino.

—¡Sí! Es como si nos conociéramos de toda la vida, ¿verdad, López? —Se giró hacia mí—. Tenemos ya una relación bastante seria: es nuestra segunda comida juntos en menos de veinticuatro horas. ¡Y ya ha estado en casa de mis padres!

Me guiñó un ojo, un gesto que se estaba convirtiendo en habitual. No dije nada. Me limité a escoger un primero y un segundo de la hoja de papel con el menú. Cuando volvimos a estar solos, la inspectora empezó a darme detalles.

—Se trata de una barraca de piedra seca. Las utilizaban los payeses para guarecerse cuando llovía y les pillaba trabajando en sus tierras. Y los pastores. Seguro que las has visto, hay bastantes por estos montes.

—Sí, el otro día vi un par, cuando salí a correr.

—En su interior hemos encontrado las ropas que debía de llevar Mateu Vidal en el momento en que lo secuestraron y un cartucho de tinta casi vacío de los que utilizan los tatuadores, según me han explicado los de la Científica después de una primera inspección.

Se lo han llevado todo para empezar a analizarlo, aunque viendo el cuidado con que han actuado hasta ahora los asesinos no tengo muchas esperanzas de que encuentren huellas.

—¿Dónde está exactamente la barraca?

—Justo en el límite norte de los viñedos de Mas Vidal, en un pequeño olivar que, según hemos comprobado, es propiedad de la Diputació de Girona. A medio camino entre Vila-roja y Vinyet, a unos cuatro kilómetros de la bodega, más o menos. O sea, que tu intuición o tus cálculos o lo que sea han resultado acertados.

Por un momento me alegré, contagiado por el entusiasmo de Solius, pero contuve mis emociones, ya que la alegría enturbia el raciocinio tanto como la decepción o la ira. Además, me preocupaba la ausencia de pistas que pudieran conducirnos al paradero de Arnau Vidal, nuestro objetivo más apremiante. El reloj estaba en tiempo de descuento, y si no dábamos pronto con él tal vez lo que acabaríamos encontrando sería su cadáver.

—Parece bastante claro —aventuré, mientras Solius daba cuenta de unos espaguetis a la carbonara que nos acababa de traer Ángela, inusualmente seria— que los asesinos conocen muy bien el territorio, yo diría que incluso la casa y la bodega de los Vidal, porque han actuado con mucha discreción, evitando que los vieran tanto los trabajadores que estaban el domingo en las viñas como los policías que estos días patrullan por la zona.

—Así es.

—Eso me lleva a pensar que debe de ser gente que conoce muy bien la zona.

—Cierto.

—Y también me lleva a pensar en alguien que, además de conocer como nadie la zona, podría verse beneficiado tanto de la desaparición de su padre como de la de su hermano.

—Sí, Manel ya me ha contado vuestra conversación en el hospital.

—Lo curioso es que no solo Manel me ha hablado de Enric Vidal como posible sospechoso, también lo ha hecho Jacqueline Léon.

—Bueno, ella puede haberlo dicho para desviar la atención. Yo no la descartaría.

—No lo estoy haciendo, pero ella no obtiene ningún beneficio de la desaparición de Arnau; en cambio, su hermano pequeño sí. Se convertiría en el heredero, según tengo entendido.

—En el *hereu*, sí.

—Dueño y señor de Mas Vidal, entre otras muchas propiedades.

—Sí, ¿y sabes qué es lo mejor?

—No, pero me lo vas a decir ahora mismo.

—Que esta mañana, cuando he informado a la mujer de Arnau Vidal de la desaparición de su marido, también me ha insinuado la posibilidad de que Enric esté de alguna forma detrás de lo que está pasando. Dice que últimamente estaba muy agresivo con el padre y el hermano, y que los había sorprendido discutiendo varias veces a voz en grito, al parecer por temas relacionados con la herencia. Me ha contado que Mateu Vidal había decidido dejarle el cien por cien del negocio de los vinos a Arnau porque no confiaba en Enric, y que este se lo tomó muy mal.

—Pues ya son tres personas apuntando hacia él. Son muchas.

—Sí, por eso he ordenado esta misma mañana que lo vigilen. Y he hecho lo mismo, por cierto, con Jacqueline Léon. Como te decía, no podemos descartar nada.

—¿También controlarás sus comunicaciones?

—El juez no lo autorizará, al menos de momento. No tenemos nada sólido todavía, ni contra él ni contra ella.

—Eso en mi unidad no era un problema.

—Pero no estás en tu unidad, López. Y aquí de momento mando yo, con el permiso del *major*.

Podía llamar a Ramiro y pedirle que pinchara las llamadas y los correos de Enric Vidal y Jacqueline Léon. Le habría resultado bastante fácil. No era algo legal, por supuesto, pero sí sencillo cuando se contaba con los medios y los contactos adecuados. No obstante, si la inspectora prefería seguir los caminos legalmente establecidos, no pensaba inmiscuirme.

—¿Lo conoces? —pregunté.

—¿A quién, a Enric Vidal?

—Sí.

—Lo traté bastante durante una época, antes de irme a estudiar a Girona. Él vivía en la masía con su familia y yo en la casa de los masoveros con la mía, como te expliqué anoche, así que inevitablemente nos veíamos a menudo. Un tío guapo, y además con pasta, así que te puedes imaginar lo que ligaba. Pero a mí nunca me interesó.

—Te iban más mayores.

—*Touchée* —encajó, mientras atacaba el segundo plato, un contundente codillo al horno con patatas.

—¿Y qué pasó?

—Lo enviaron a Estados Unidos a estudiar durante

unos años. Ya sabes: las mejores universidades privadas, clubes exclusivos con derecho reservado de admisión, fiestas en las que se conocen los cachorros de la élite para perpetuar su poder... En fin, todo eso. Pero en lugar de encumbrarlo, aquello lo maleó. Cuando volvió, dejó de vivir en la masía y empezó a frecuentar malas compañías. Lo peorcito de la comarca. Se lo veía a menudo en los prostíbulos de La Jonquera con mafiosos y traficantes. No lo sé de primera mano, pero por lo visto se metía de todo e iba la mayor parte del día colocado. Se pasó años entrando y saliendo de clínicas de desintoxicación. Y parece ser que tanta droga le ha frito unas cuantas neuronas, porque dicen que hace cosas raras.

—¿Qué tipo de cosas?

—No tengo más información, López. Piensa que hasta hace una semana me importaba poquísimo la vida de los Vidal. Más aún, no quería verlos ni en pintura.

Nos comimos el segundo en silencio, dándole vueltas a nuestros recientes descubrimientos. Solius leyó algunos mensajes en su móvil y tecleó otros. El siguiente paso parecía claro.

—¿No crees que tendríamos que hacerle una visita?

—Por supuesto. Me acaban de informar de que está en la bodega.

—¿Prefieres ir con la subinspectora Sans?

Lo pensó un momento y negó con la cabeza.

—No, mejor lo calentamos un poco tú y yo, y luego que ella lo interrogue oficialmente cuando toque. Nos vemos allí dentro de una hora. —Miró el reloj, un iWatch con correa blanca—. O sea, a las cuatro y media. Antes tengo que pasar por la comisaría de Figueres y ver cómo va la búsqueda.

—De acuerdo.

Se levantó y se fue del bar como había llegado, como un vendaval.

10

Consulté el correo en el móvil y vi que había llegado el mensaje de Jacqueline Léon con las páginas del dietario de su abuelo escaneadas. Mientras me tomaba un café eché un vistazo a la primera entrada, pero no entendía bien la letra. Además, estaba redactado en un catalán un poco antiguo y se me escapaba la mayor parte del significado. Decidí que después de la visita a Enric Vidal iría a casa de mi vecino para pedirle que me ayudara con la traducción. Si él no podía o no quería, hablaría con Solius, pero, aunque no conocía mucho a Ovidi, estaba seguro de que le entusiasmaría la idea. Un dietario tan antiguo podía ser un testimonio de cierto valor documental, y eso, para alguien como él, que parecía amar la historia de su país (aunque no tanto la docencia de la historia), podía ser una golosina irresistible.

Pensé en aprovechar aquellos minutos para llamar al experto en temas familiares del que me había hablado Ángela, pero dudé. No estaba seguro de que valiera la pena. Tal vez podía ayudarme a entender un poco mejor la psicología de la señora Léon y sus posibles motivaciones, pero la línea de investigación sobre Enric Vidal parecía mucho más consistente. Aun así, los años que llevaba ayudando a resolver crímenes me habían enseñado que no había que descartar ninguna hipótesis sin explorarla previamente. Desplegué el papelito con su número y llamé.

—¿El señor Joan Garriga?

—Sí, dígame.

—Verá, me llamo López y soy policía. Estamos investigando un caso de asesinato y una de las líneas de investigación apunta a una posible venganza familiar. Me han dicho que usted es el máximo experto en el tema.

—¿En venganzas?

—¡No, no, en asuntos familiares!

—Sí, ya me imagino. Solo bromeaba, perdone.

Al menos el hombre parecía tener sentido del humor.

—En cualquier caso —siguió—, lo de máximo experto es mucho decir.

—¿Podríamos vernos en algún momento? Me han dicho que está usted en Barcelona, ¿no?

—Estos días estoy en la Costa Brava, tengo una casa aquí.

—Ah, perfecto. Yo estoy cerca de Figueres.

—Ah, pues no estamos lejos. Yo en El Port de la Selva. A una media hora de Figueres.

—¿Le iría bien quedar mañana a primera hora?

—¿Qué entiende usted por primera hora, señor López?

—Bueno, teniendo en cuenta que es verano, ¿le parecería bien a las nueve?

—Mejor a las diez, si no le importa.

—De acuerdo, mañana sábado a las diez de la mañana. ¿En su casa?

—Uf, no, está llena de gente. Amigos, familia, amigos de la familia, familia de los amigos... Suerte que el lunes me voy a Argentina a impartir unos talleres. Ya no soporto tanto barullo, me estoy haciendo mayor.

—¿Entonces?

—Mejor en el Cafè de la Marina. No tiene pérdida, está en el centro de El Port.

—De acuerdo, allí estaré.

Me levanté, pagué y, cuando ya salía del bar, me

crucé con Ángela en la puerta. Le comenté que había quedado con Garriga y le pregunté si le apetecía venir conmigo. Pensé que le haría ilusión la propuesta, pero contestó, arrugando visiblemente el entrecejo:

—¿No prefieres ir con tu amiga la inspectora?

—¿Cómo?

—Nada, nada, déjalo. Mañana tengo mucho trabajo, es fin de semana. Ya nos veremos.

Iba todavía pensando en la extraña reacción de Ángela y me pasé el desvío a la bodega. Cuando quise darme cuenta estaba ya en el centro de Vila-roja, parado en el único semáforo del pueblo y preguntándome dónde podía dar la vuelta. Acabé metiéndome por las callejuelas estrechas de la parte antigua y cometiendo al menos un par de infracciones hasta dar con el camino correcto.

Cuando llegué a Mas Vidal, el coche de los Mossos en el que solía desplazarse la inspectora ya estaba en la puerta, aparcado en batería junto a un Porsche Panamera gris mate al que me quedé admirando durante un minuto largo. Aunque mi sueldo como policía, todavía más escuálido desde que había perdido los complementos de la UOE, no me permitía ni siquiera soñar con un coche como aquel, o como el Aston Martin descapotable de Jacqueline Léon y su marido, nada me impedía contemplarlo cuando la vida me lo ponía ante los ojos.

Solius me esperaba ya en la recepción, cómodamente a salvo del calor sahariano de aquel día.

—Diez minutos de retraso, agente López —dijo a modo de saludo—. Se te está pegando el ritmo ampurdanés.

—Disculpa, inspectora, estaba siguiendo tu consejo y haciendo un poco de turismo por la zona —repliqué, evitando dar más detalles.

La recepcionista, después de la consulta pertinente vía teléfono interno sobre la posibilidad de que Enric Vidal atendiera una visita policial imprevista, nos condujo a una sala de reuniones y nos pidió que esperáramos allí. A los dos nos llamó la atención la cristalera a media altura que ocupaba toda la longitud del espacio y que permitía contemplar, desde una posición elevada, la gigantesca cámara donde reposaban los barriles de roble con el vino. Había cientos de ellos amontonados a diferentes alturas, con distintas anotaciones sobre su superficie que parecían escritas con tiza.

Nos sentamos y esperamos un buen rato hasta que entró Enric Vidal: cincuenta y tantos bien llevados, alto y delgado, abundante cabello entrecano, vestido con un polo de marca ajustado, bermudas blancos y náuticos, los brazos y la piel del rostro exageradamente morenos. La imagen no habría desentonado entre el público, o incluso entre los participantes, de una regata en el puerto de Palma de Mallorca. Saludó con un seco «Buenos días», se sentó y, sin esperar presentaciones ni mayores protocolos, mostrando sin disimulo que le incomodaba aquel encuentro inesperado y quería finiquitarlo cuanto antes, soltó con evidente enfado:

—¿A qué se debe esta visita? ¿Han encontrado ya a mi hermano?

—No, todavía no, señor Vidal. —Tomó la iniciativa Solius.

—¿Entonces?

—Bueno, esperábamos que usted pudiera ayudarnos a encontrarlo.

—Ah, ¿sí? ¿Cómo?

—Por ejemplo, diciéndonos cuándo fue la última vez que lo vio.

No respondió inmediatamente. En lugar de eso, se giró hacia mí y me miró con desconfianza, como calibrando qué hacía allí un tipo de cuarenta y tantos, vestido de paisano y con cara de pocos amigos, en lugar de un *mosso* con su uniforme reglamentario y una expresión servicial en el rostro. Seguro que habría preferido lo segundo.

Volvió de nuevo a mirar a la inspectora.

—Mira, Mercedes, si has venido a tocarme los cojones, te advierto que no estoy para hostias. Tenemos un follón de mil pares de narices, con tu gente revoloteando todo el día por aquí y los de la prensa acosándonos. Para colmo, con tanta poli a la vista muchos jornaleros tienen miedo y se niegan a seguir trabajando en la vendimia. Cada día que pasa perdemos dinero.

Estaban claras sus prioridades. El reciente asesinato de su padre y la extraña desaparición de su hermano mayor no parecían estar entre ellas.

La inspectora se incorporó sobre la mesa para dar más énfasis a lo que iba a decir:

—Señor Vidal —insistió en el tratamiento formal, a pesar de que el otro ya la había tuteado—, usted y yo sabemos lo que pasa con esos jornaleros. Y también sabemos que si se niega a colaborar puedo llevármelo ahora mismo esposado y hacer que algún fotoperiodista lo inmortalice entrando en la comisaría de Figueres. ¿Quiere que juguemos a eso o prefiere responder a nuestras preguntas?

—No te atreverás. Es un farol.

—¿Lo probamos?

—¡Bah, no me hagas reír! Por mucha placa que lleves y mucho logotipo de los Mossos d'Esquadra en el chaleco, solo eres Mercedes, la hija de los *masovers*. Y yo soy quien soy. Puedo llamar ahora mismo a tu jefe para que te ponga firme. ¿Quieres ver cómo lo hago?

Pensé que había llegado el momento de intervenir. Aunque no era el papel que más me gustaba, ya me estaba acostumbrando a hacer de poli bueno cada vez que iba de pareja con la inspectora. Al parecer, los miembros de la familia Vidal tenían una inusitada facilidad para sacar la fiera que llevaba dentro.

—Perdone la intromisión, señor Vidal —intervine—, pero necesitamos saber qué estaba haciendo usted ayer por la tarde para reconstruir las circunstancias de la desaparición de su hermano. Eso podría ayudarnos a encontrarlo.

Enric se echó hacia atrás el cabello, que le caía sobre los ojos. En la muñeca lucía un Patek Philippe de estilo deportivo que yo no habría podido comprar ni con el sueldo de dos años. Pensé que no respondía en absoluto al arquetipo de burgués catalán, discreto y poco dado a la ostentación. Al contrario, parecía que necesitaba exhibir su posición y su poder en cada gesto, en cada palabra y en cada detalle, de una forma tan desmesurada que en algún momento se asemejaba a una caricatura de sí mismo.

Tomó aire y lo expulsó entre dientes.

—Estuve toda la tarde aquí, con Arnau —dijo dirigiéndose a mí, con una rabia contenida que parecía próxima a desbordarse—. Estuvimos reunidos con el capataz para tratar de solucionar los problemas de personal que acabo de explicarles. Y luego también nos vimos con el enólogo. Si no estás muy encima del proceso en estos momentos clave, pueden aparecer mil problemas que se carguen la añada.

—¿Qué hizo cuando su hermano se marchó?

—Me fui a mi casa.

—¿Salieron juntos?

—Sí. Él iba delante en su coche con el chófer hasta que tomamos la carretera. Entonces los adelanté.

—¿Observó algo extraño, alguien que los siguiera o algún movimiento inusual en los alrededores de la bodega?

—¡Por supuesto que no! Si hubiera notado algo ya se lo habría comunicado a la policía.

—O a lo mejor no —terció Solius.

—¿Estás insinuando algo, Mercedes?

La inspectora respondió inclinándose todavía un poco más sobre la mesa.

—¿Es cierto que su hermano y usted han discutido recientemente por la herencia de su padre?

Enric Vidal echó su silla hacia atrás y se levantó de golpe, como activado por un muelle. Me recordó a esos payasos de circo que salen de una caja cuando se quita la tapa.

—Esta conversación acaba aquí —dijo, y con un tono más amenazante que informativo añadió—: Si volvemos a hablar tendrá que ser con cita previa y con la presencia de mis abogados.

Dicho eso, abandonó la sala sin despedirse y dio un portazo que habría hecho temblar la pared de no ser porque era de hormigón.

Cuando salimos de la bodega, Solius se disculpó.

—Lo siento, López, sé que tenía que haberlo llevado de otra manera. Tanta chulería me saca de mis casillas.

—Él tampoco te lo ha puesto fácil. —Traté de ser comprensivo, aunque sabía que ella tenía razón—. Es un pijo arrogante de manual. El problema es que sabe el poder que tiene.

—¿Qué piensas?

—¿Sobre si puede ser el culpable?

Asintió.

—Parece capaz de hacerlo, sobre todo si cuenta con la ayuda adecuada. Y desde luego tiene dinero para comprarla.

—Más que de sobra.

—Además, diría que tiene algunas trazas de psicopatía, más en concreto de narcisismo. La forma de vestir y de moverse, la prepotencia, la mirada altiva…

—Totalmente de acuerdo.

—Y no parece muy afectado ni por la muerte del padre ni por la desaparición del hermano. No digo que eso lo convierta en culpable, claro, pero da que pensar.

—De acuerdo también. Esta misma tarde le pediré al juez que me deje investigar sus cuentas corrientes e intervenir sus llamadas. No sé si accederá, porque los jueces a veces se la cogen con papel de fumar, pero hay que intentarlo.

—Si no, ya sabes que tienes una alternativa. Mi exjefe estaría encantado de meter baza.

—De momento vamos a respetar los conductos

oficiales. Y mientras tanto seguiremos vigilándolo. Si es culpable, tarde o temprano se saldrá del guion.

—De acuerdo. ¿Y ahora?

—Ahora me voy a revisar el operativo de búsqueda del otro Vidal, a ver si podemos hacer algo más. ¡Y yo que pensaba que me había librado de esta familia para siempre!

—¿Te acompaño?

—No, tú descansa, tengo a todos mis efectivos desplegados por la zona. Bastante estás haciendo ya para no ser tu película.

—Ya sabes que estoy a tus órdenes.

—¿Ah, sí? A ver, dilo otra vez, que me ha gustado escucharlo.

¿Estaba coqueteando, como me había parecido que hacía la noche anterior, o solo se divertía? ¿O quizá las dos cosas?

De nuevo me quedé sin saberlo, porque, sin darme tiempo a reaccionar y después de guiñarme una vez más el ojo, se metió en el coche policial y salió derrapando, expulsando a través del acelerador la rabia acumulada durante la conversación con Enric Vidal.

Ovidi me había dicho que vivía en la misma calle que yo, más en concreto en el número dos. Decidí probar suerte. Pasé primero por mi casa, cogí el portátil y caminé, siguiendo el orden inverso de los números, hasta llegar al inicio de la calle. Su casa hacía esquina y daba a una plaza rectangular con tres grandes almeces y varios coches aparcados a su sombra. Llamé al timbre y salió acalorado.

—Uf, no soporto estos días de verano —soltó a modo de saludo—. ¿Qué se te ofrece, vecino? ¿Te puedo ayudar en algo?

—Sí, es un tema que tiene que ver con el caso de los Vidal. ¿Puedo pasar?

—Ah, sí, claro, entra, entra. —Se hizo a un lado para dejarme pasar—. Seguro que es más interesante que la tesina que estoy corrigiendo.

Entré en un recibidor de techos bajos, decorado con un estilo rústico elegante, y Ovidi me indicó que lo siguiera escaleras arriba.

—Cuidado con la viga, no te vayas a dar en la cabeza —me advirtió—, las casas de pueblo tienen estas pegas.

Llegamos a su despacho, empapelado completamente de estanterías repletas de libros. No había ni un solo hueco vacío. Los volúmenes se acumulaban en vertical y en horizontal formando un *Tetris* perfecto. De hecho, debía de faltarle espacio, ya que en el suelo y sobre la mesa de madera maciza de su escritorio había numerosas pilas de libros, incluso ocupando dos sillas auxiliares y un sillón orejero estratégicamente situado junto a la única ventana de la habitación. El espacio tenía aires de biblioteca monacal, salvo por el ordenador Apple, que destacaba sobre la mesa de trabajo.

—Perdona el desorden —se disculpó—. Mi mujer me obliga a ordenar esto de vez en cuando, pero, como está de viaje con nuestra hija, aquí impera el caos. Se han ido una semana con toda mi familia política. Pero siéntate, siéntate —me invitó, mientras sacaba un montón de libros de una silla y los sumaba al montón de la otra, quedando la pila resultante en un delicado equilibrio—. No te he ofrecido ni un vaso de agua. ¿Quieres tomar algo? ¿Un café, un armañac?

—No, no te preocupes, he tomado café, gracias.

—Bien —dijo entonces, acomodándose en su sillón frente al ordenador—, tú dirás.

El monitor era grande y tuve que escorarme para poder mirarlo a la cara.

—Verás, tengo escaneado una especie de dietario escrito en los años veinte y treinta del siglo pasado por un viticultor del Empordà, concretamente de Vinyet.

—Ah, sí, Vinyet. Desde siempre se hacen allí unas garnachas excelentes.

—El autor es el abuelo de la actual propietaria de Celler León. Él se llamaba Carles León y ella, Jacqueline Léon. —Traté de pronunciarlo a la francesa, para que se apreciara que el acento cambiaba sutilmente de lugar—. Al parecer, en este documento Carles León habla de su relación con Narciso Vidal y de unas tierras que eran de su familia, y que el segundo se habría apropiado tras la Guerra Civil. Eso es, al menos, lo que denuncia la nieta, que reclama la propiedad.

—¡Ah, muy interesante! Entiendo que nuestra conversación de ayer tenía que ver con eso, ¿no?

—Así es. El caso es que está escrito en catalán, creo que en un catalán lleno de localismos y muy diferente del que se usa actualmente. Por eso necesito tu ayuda. Y también porque cuatro ojos ven más que dos.

—¿Y qué esperas encontrar?

—No estoy seguro. Tal vez algún indicio o alguna clave que nos permita entender por qué alguien odiaba tanto a la familia Vidal como para hacer lo que han hecho.

Me refería al asesinato de Mateu Vidal, pues no me pareció prudente contarle nada de la desaparición de Arnau. Todavía no se había hecho oficial ni había aparecido en los medios de comunicación.

—¿Lo llevas en tu portátil?

—Sí —contesté, levantándome y colocando mi silla al lado de la suya—. Por cierto, esto que te pido es un encargo profesional, por tanto te lo retribuiré. No sé todavía cómo, porque no he tenido ocasión de hablarlo con las personas responsables, pero por supuesto no quiero abusar de tu confianza.

—No te preocupes, López, *ja ho trobarem*. Lo que quiere decir, antes de que me lo preguntes, que ya nos pondremos de acuerdo. Además, estas cosas me encantan. ¿Quieres que empecemos ahora?

—Si no es mucha molestia para ti.

—*Gota!**

Apartamos unas pilas de libros para hacer sitio a mi portátil, que coloqué entre nosotros dos, aunque más a la vista de Ovidi. Abrí el documento escaneado, un PDF de algo más de doscientas páginas, y situé el cursor en la primera entrada, que databa del 22 de abril de 1925.

---

* Localismo ampurdanés que en este contexto significa «en absoluto».

—¿Necesitas que vaya escribiendo la traducción o solo que te traduzca en voz alta?

—Traduce a medida que lees, así avanzaremos más rápido. Si encontramos algo que nos llame la atención, te pediré que lo pongamos por escrito, ¿te parece?

—De acuerdo, ahí vamos.

Se quedó mirando la pantalla un buen rato, sin decir nada. Lo miré y vi que torcía un poco el gesto.

—¿Algún problema?

—No, no, es que está escrito *tal com raja*,* sin mucha atención por la corrección gramatical. Y además contiene bastante vocabulario de la zona. Y, por si eso fuera poco, la letra es diminuta y apretada, y cuesta bastante entenderla.

—¿Crees que podrás?

—Sí, sí, no te preocupes. He leído manuscritos mucho más antiguos y complicados. Tal vez se me escape alguna palabra, pero intentaré deducir el significado por el contexto.

Dicho esto, empezó a traducir la primera entrada:

* Tal como sale.

Ayer fue un día especial. En la fiesta de los quintos de Figueres conocí a Narcís Vidal, de los Vidal de Vilaroja. Me extrañó que estuviera allí. Las familias ricas como la suya libran a sus hijos del servicio militar pagando una módica cantidad. Cuando le pregunté sobre esto, me dijo que él no es un cobarde y que quiere estar preparado para servir a su patria si hace falta. No quise entrar en detalles, no me gusta la política ni los líos que genera. Donde me siento a gusto es en el campo. Luego vino otro quinto, amigo de Narcís. Se presentó como Jordi de Can Plensa. Vive cerca de Vilademont. Nos caímos muy bien y estuvimos toda la noche los tres juntos bebiendo y sacando a bailar a las mozas. Descubrimos que tenemos muchas cosas en común: los tres somos *hereus* y nuestras familias respectivas tienen tierras con cereal y vid. Cuando ya amanecía, nos quedamos solos sentados en las escaleras de la iglesia de Sant Pere. Estaban todos los establecimientos cerrados, incluso los de alterne. La tramontana que se acababa de levantar nos quitó de golpe la borrachera. Narcís nos miró y nos dijo: «Yo voy a hacer algo grande en esta vida». Jordi y yo gritamos a la vez: «¡Vamos a hacer algo grande!». Entonces una vecina salió por una ventana y nos lanzó un cubo de agua.

—¿Eso de Can Plensa dónde está? —pregunté a Ovidi.

—Ni idea.

—Ahí dice que está cerca de Vilademont.

—Sí, pero es la primera vez que lo oigo. Mejor dicho —puntualizó—, sé que Plensa es un apellido catalán, creo que de Lleida, pero aquí en el Empordà no conozco a ningún Plensa ni ningún lugar que se llame Can Plensa.

—Vale, sigamos. Quizá lo explique más adelante.

Después de unas cuantas entradas poco relevantes, en las que hablaba básicamente de la explotación de la finca familiar, con datos cuantitativos sobre el clima y las cosechas, me llamó la atención una del 13 de junio de 1928:

Padre ha aceptado plantar más superficie de vid y quitar algo de cereal. No es lo más rentable, pero confía en nuestro proyecto de elaborar grandes vinos al estilo francés, incluso de embotellar una parte en lugar de venderlo todo *a doll*. Es un sueño que comparto con Narcís y con Jordi desde que nos conocimos en la fiesta de los quintos, y que estoy seguro de que vamos a hacer realidad. De momento vamos avanzando Jordi y yo, ampliando el número de parcelas dedicadas a viñas, porque

Narcís está en Madrid. Dentro de unos días vendrá y le preguntaré cómo están las cosas en Mas Vidal.

—Espera. —Se detuvo Ovidi—. Esto creo que necesita una explicación. He dicho «a doll» porque no me ha salido la expresión en ese momento, pero creo que se podría traducir como «a granel»; o sea, sin envasar, directamente del barril o de la tinaja. Es la forma en que se vendían los vinos en aquella época en casi todo el mundo. Solo los vinos más selectos, como algunos de Burdeos, de la Borgoña o de la Champaña, se embotellaban. ¿Puedo hacerte un apunte histórico para darte contexto?

—Vale, pero que no sea muy largo, por favor.

—¡Nada, nada, cuatro pinceladas!

Me daba un poco de miedo que Ovidi se desviara, pero lo veía disfrutar y quería tenerlo a mi favor.

—*Anem a pams.** No sé si sabrás —arrancó con tono docente— que la vid y el vino entraron en la península ibérica por el puerto de Emporion, que estaba justamente en esta comarca, no muy lejos de donde nos encontramos tú y yo ahora. Los comerciantes griegos lo trajeron, y luego los romanos lo

* Vamos por partes.

potenciaron. Hay abundante constancia documental de los vinos de los territorios que ellos llamaban Emporiae. Pero no te asustes, no voy a hacerte un repaso desde el siglo IV antes de Cristo hasta hoy. Simplemente es para que veas que a tradición vitivinícola no nos gana nadie. Lo que pasa es que a finales del siglo XIX, en concreto en 1879, llegó un bichito parecido al pulgón llamado filoxera que se cargó la mayor parte de las vides plantadas en Cataluña. En el Empordà, en aquel entonces había una gran superficie dedicada a las viñas, campos y campos, muchos de ellos aquí, cerca de Vilademont, pero se vio reducida drásticamente a causa de esa plaga. Después, con los años, las viñas se fueron recuperando un poco gracias a que se plantaron nuevos tipos de cepa. En la época en que escribió el dietario este tal Carles León ya volvía a haber algunos propietarios que dedicaban una parte de sus tierras a la vid, y hoy en día, más o menos un siglo después, hay bastantes bodegas en la zona, agrupadas bajo la denominación de origen Empordà.

—Muy interesante —elogié, y en verdad me lo parecía, pero no podía olvidar que había una persona secuestrada y unos asesinos sueltos que por algún motivo la tenían tomada con los Vidal y cuya identidad desconocíamos—. ¿Podrías seguir con la traducción?

—Claro. A ver, la siguiente entrada es de 1930. Que, por cierto, es el año en que acaba la dictadura de Primo de Rivera, por seguir aportando contexto.

Narcís ha vuelto de Madrid y ha aceptado ser padrino de Miquel. Hoy se ha celebrado la misa y lo han bautizado en la iglesia de Vinyet. Luego hemos celebrado el convite en la masía y ha sido muy emotivo. Hay algo en Narcís, sin embargo, que no me gusta. Lo noto cambiado desde que pasa tanto tiempo en la capital. Me ha contado que se está metiendo mucho en política y que ha hecho muchos contactos con la derecha española y con sectores empresariales reaccionarios. Creo que todo viene porque la familia de Montserrat, su futura mujer, está muy metida en esos círculos. Son muy religiosos. Yo no quiero entrar en política ni en religión, pero me cuadran más las ideas republicanas. De los tres, el que menos opina de estos temas es Jordi. Él siempre hace caso de lo que le dice Narcís, es como su escudero. En el bautizo estaba todo el tiempo detrás de él, como si fuera su sombra. Es todo corazón, pero a veces pienso que debería crearse su propia opinión sobre las cosas. En fin, ojalá esto de la política no nos distancie ni estropee nuestro proyecto. Me causaría mucha tristeza.

—¿Te explico cómo estaba la situación política en España en 1930 o prefieres que siga?

—Sigue, Ovidi, por favor. El documento tiene más de doscientas páginas. No acabaremos nunca.

—Vale, vale, pues traduzco la siguiente. Es de abril de 1931. Por cierto, y solo para que conste, es el mes en que se proclama la Segunda República española.

Entre los tres tenemos ya plantadas más de doscientas *vessanes*, lo cual da para empezar a pensar en una gran bodega. Nuestra finca, la de Mas León, es la más grande, tiene ochenta y cinco, delimitadas en dirección norte por el pueblo de Vinyet, en dirección sur por la carretera de Portbou, hacia el oeste por el Camí del Pla y hacia el este por la riera de Santa Eugènia. Después están las setenta de los alrededores de Vila-roja que pertenecen a Narcís y a su padre. El resto, la parte más pequeña, unas cincuenta *vessanes*, son ahora de Jordi, pues su padre murió la pasada Navidad, y están en los alrededores de Can Plensa.

—Déjame mirar una cosa —se interrumpió un momento Ovidi, que consultó un diccionario voluminoso que tenía sobre la mesa, a su derecha—. Ah, sí, aquí está. La *vessana* es la medida de superficie que se empleaba en estas tierras por aquel entonces. Equivale exactamente a 2.178 metros cuadrados. Y la traducción al castellano, como acabo de comprobar, es «besana». Haciendo un cálculo rápido y *grosso modo*, entre los tres debían de tener unas cuarenta y cinco hectáreas de viñas, que para la época no estaba nada mal, sobre todo para una sola bodega.

—Entiendo.

—Es muy interesante la descripción que hace de la finca de Mas León, porque quizá no tenía escrituras y aquella era una forma de dejar constancia escrita de la propiedad. Hace un siglo muchas tierras no estaban registradas ni había papeles ni nada por estilo. Se compraban y se vendían con un apretón de manos. ¿Sigo?

Tuve una intuición y decidí, en contra de lo que solía ser mi método de actuación, hacerle caso.

—Sáltate todo lo que no mencione a Narcís o a Jordi, o a alguna otra persona de sus respectivas familias.

Ovidi me miró con indisimulada decepción. Para él, todo aquello era una especie de chuchería intelectual y no tenía ninguna prisa por acabársela. Yo, en cambio, necesitaba atajos. Seguía temiendo que de un momento a otro sonara mi móvil y la inspectora Solius me comunicara que acababan de encontrar el cadáver de Arnau Vidal.

Mi vecino se mantuvo unos minutos largos leyendo en silencio, hasta que al fin dio con algo y tradujo en voz alta:

15 de noviembre de 1932

Hoy han venido Narcís y Jordi a comer a la masía. Hemos celebrado que Montserrat, la mujer de Narcís, está embarazada. Dicen que le pondrán Mateu. Luego nos hemos quedado solos los hombres y Narcís se ha puesto muy serio. Nos ha explicado que su padre le ha prohibido asociarse conmigo en el proyecto de la bodega porque me han visto en un acto en favor de Esquerra Republicana en Figueres, y que no puede hacer nada porque las tierras todavía no están a su nombre. Al parecer, el padre le ha prometido que, tras casarse con Montserrat, le dará los viñedos, pero todavía no lo ha hecho. Narcís ha dicho que tenemos que esperar. No me lo he tomado bien. Le he explicado, y es verdad, que yo no estoy apoyando a Esquerra, que solo quería estar al día de lo que pasa, y que él, en cambio, sí ha tomado partido y apoya abiertamente a la derecha monárquica y antirrepublicana de Madrid. También le he dicho que estaba faltando a la promesa que nos habíamos hecho los tres y a un compromiso entre amigos, además de futuros socios. Cuando he preguntado a Jordi qué pensaba él, se ha quedado mirando a Narcís. Parece un perro enamorado de su amo. No sé qué tiene en la cabeza. Hará lo que el otro le diga. Creo que al final tendré que sacar adelante yo solo la bodega. Qué pena, la política lo corrompe todo.

Eran ya las diez y solo habíamos revisado cien páginas, más o menos la mitad. Ovidi estaba fresco como una rosa, pero yo necesitaba moverme, salir a caminar o a hacer algo, lo que fuera menos estar sentado en una silla delante de un ordenador. Tomé una decisión: hablé con mi vecino, le pregunté si tenía un USB y, mientras le grababa ahí el PDF, le hice jurar por su hija que no iba a hablarle a nadie de aquel documento, al menos hasta que el caso Vidal estuviera resuelto.

—Hay vidas en juego, Ovidi. ¿Puedo contar con tu discreción?

—*Pots pujar-hi de peus!**

* ¡Por supuesto!

Supuse que aquello era un sí y salí de la biblioteca-despacho con mi portátil bajo el brazo, no sin antes indicar a mi vecino que me llamara, fuera la hora que fuera, si encontraba en el diario algún indicio de que las diferencias entre Narcís Vidal y Carles León tomaban tintes violentos, o bien si se narraba algo que pudiera dar lugar, aunque fuera dos generaciones más tarde, a algún tipo de venganza. También le pedí que tratara de averiguar algo más del tal Jordi de Can Plensa. No había que dejar cabos sueltos.

Lo dejé concentrado en la pantalla de su ordenador como si no hubiera mundo más allá de aquel rectángulo, con la mirada absorta que le había visto alguna vez a mi hija mayor cuando se enganchaba a un videojuego. Ni siquiera hizo amago de acompañarme a la puerta.

Hasta que no salí de la casa de Ovidi no descubrí que en su estudio no había cobertura. En cuanto puse el pie en la calle empezaron a saltarme las alertas de mensajes. Había tres de Ramiro, el primero en su habitual tono jocoso y el último en el tono imperativo, también habitual, de cuando las cosas no se hacían a su gusto y ritmo. En resumen, venía a decir que lo tenía olvidado y que el ministro le había preguntado por el asunto, y había quedado como un «lelo» al no poder darle la última hora.

También tenía dos de la inspectora Solius, el primero con un escueto «*No news...*» y el segundo, enviado justo a continuación, igualmente breve: «*... bad news*». La llamé, pensando que aunque no hubiera noticias al menos sí me daría alguna información actualizada, lo que me permitiría a su vez informar a Ramiro con algo más de detalle.

—De Arnau Vidal —contó— seguimos sin saber nada. He hablado con su mujer, que asegura que no ha recibido ninguna comunicación pidiendo un rescate ni nada parecido, con lo cual no podemos hablar todavía de secuestro. He tenido que convencerla para que se quedara en el hotel que tiene la familia junto al campo de golf de Vila-roja. Ella y su hijo mayor, que también ha venido, insistían en dormir en la masía, los muy inconscientes. Allí, en la verja de entrada, se ha quedado como retén una dotación nuestra, y dentro de la casa, Manel, el chófer, que ha insistido en que alguien tenía que estar en el interior para proteger la propiedad.

—Entendido.

—Lo más importante es que el juez ha accedido a que investiguemos las cuentas de Enric Vidal e intervengamos sus comunicaciones, lo que estamos haciendo ahora. En el caso de Jacqueline Léon, no nos lo ha autorizado, porque es ciudadana francesa y dice que hasta que no tengamos indicios más claros no se arriesga a tomar una medida como esa. Pero la tengo vigilada y de momento no ha hecho nada sospechoso.

—Bueno, algo es algo.

—Sí. En cuanto a la ropa y al cartucho de tinta que encontraron en la barraca de piedra, nada de nada. Ni una huella ni una pista que nos permita avanzar. El cartucho es de una marca muy común, seguramente comprado en Amazon. Lo que sí hemos conseguido es identificar el modelo de tractor que utilizó el asesino para transportar a Mateu Vidal por entre las vides, que seguramente es también el que atravesaron en el camino para poder secuestrar a Arnau. Es bastante común, de la marca Ebro. Ya no se fabrican, pero hasta hace unos años eran muy populares. Hay una treintena en la zona localizados con nombre y apellidos. Luego te envío el listado para que lo tengas.

—Gracias. Por cierto, ¿cómo lo llevas? Tienes voz de querer matar a alguien.

—¿Quieres la verdad o una respuesta edulcorada?

—No soy de respuestas edulcoradas.

—Pues la verdad es que estoy hasta los ovarios.

Hace tiempo que tengo asumido que lo de trabajar hasta horas intempestivas me va en el sueldo y en el cargo, pero es que no tengo un puto momento para mí. Además, esta tarde se ha filtrado la noticia de la desaparición de Arnau y hemos salido hasta en TV3. Supongo que no lo has visto, ¿no?

—No, la verdad es que no.

—Y por si fuera poco, no paran de presionarme desde arriba para que lo encontremos. ¡Como si no lo estuviéramos intentando! Tengo a todos los efectivos de Girona en el tema. Incluso le he pedido a algunos de los míos que interrumpan sus vacaciones para ayudarme. Se han cagado en mis putos muertos, y con razón.

—Te entiendo.

—Cuando acabe con esto haré como tú, dedicarme a hacer DNI.

—Eso ya lo tenemos pillado los de la Policía Nacional. Tendréis que inventaros otra cosa.

—Pues a expedir licencias de caza o permisos para coger setas o lo que sea.

—Va, descansa un poco, mañana lo verás todo diferente.

—Eso espero, López, eso espero.

Era ya demasiado tarde para cenar, pero demasiado pronto para dormir. Decidí pasear un rato antes de meterme en casa. Después de un día de calor bochornoso empezaba a refrescar y corría una brisa ligera y balsámica. Caminé alrededor del pueblo por senderos de tierra apenas iluminados por una luna creciente aún muy delgada. Me reconfortó el olor a hinojo que desprendían los márgenes de los campos, que también debían de acoger con alivio aquella tregua: ni viento demoledor ni calor achicharrante.

Habría agradecido un cigarro en aquel momento, pero había dejado de fumar hacía un par de años. El tabaco tiene eso: es perjudicial para la salud, pero muy útil como punto de apoyo en determinados momentos, una especie de tabla de salvación emocional cuando no sabes qué decir, qué hacer o cómo gestionar lo que te está pasando. Te da una sensación de seguridad, de control, de estar haciendo algo, de tener algo de lo que ocuparte o a lo que agarrarte. Una sensación falsa, claro, pero reconfortante.

En aquel punto de la investigación, no teníamos todavía ninguna tabla de salvación a la que agarrarnos, ninguna pista sólida sobre quién podía haber asesinado a Mateu Vidal, ninguna sospecha consistente más allá de la pura especulación. Estábamos lanzando bengalas en plena noche por si alguna, con suerte, iluminaba un camino. Y mientras, el reloj iba corriendo y un hombre (buena o mala persona, no era el momento de determinarlo) estaba en manos de otros que ya habían demostrado que eran capaces de matar.

Siguiendo un sendero, ayudándome a ratos de la linterna del móvil porque ya había oscurecido, subí hasta lo alto de una loma. Desde allí observé, en la distancia, las luces de Vila-roja, en particular la que iluminaba el campanario de su iglesia. Se apreciaba también, en medio, una gran superficie oscura donde dormían los viñedos de Mas Vidal. A la izquierda, más lejos, se divisaban las luces de otro pueblo que por la ubicación debía de ser Vinyet. En aquel territorio se habían forjado un siglo atrás los sueños de tres jóvenes que aspiraban a hacer algo importante en la vida y que querían hacerlo juntos. Luego, se habían producido disputas que habían desembocado en batallas, en traiciones, en desengaños, en muertos y en heridos, en huidas precipitadas, en exilios sin retorno, en pérdidas y en ganancias. Solo el sueño de uno de los tres, Narcís, o Narciso, se había cumplido. El de Carles se había visto violentamente truncado, mientras que el de Jordi era un misterio.

En aquella comarca, que casi podía abarcar de una

sola mirada desde aquel punto alto, Dios, o quien fuese que gobernara el universo y decidiera la suerte de los seres humanos, había desplegado el juego de la vida y unos habían ganado y otros habían perdido. Ahora se libraba una nueva batalla, con nuevos protagonistas y nuevos motivos para el enfrentamiento. ¿O quizá seguían siendo los mismos protagonistas y las mismas y viejas rencillas?

Cuando regresaba a casa, sin prisa, me topé de pronto con un jabalí parado en medio del camino, como la noche anterior. Era también grande y se quedó igualmente quieto, atravesado y con el morro apuntándome. Esta vez iba sin la moto, que de alguna forma sentía como un escudo protector, y durante una milésima de segundo dudé entre echar a correr o coger un pedrusco del suelo para lanzárselo en caso de que me atacara. Pero no hice ni una cosa ni la otra. Me quedé yo también inmóvil, iluminándolo con la linterna del móvil, mirándolo a los ojos hasta que torció el morro y siguió caminando campo a través.

Fui el resto del trayecto inquieto. Solo cuando alcancé las calles de Vilademont, convenientemente iluminadas, respiré tranquilo. Al ir a abrir la puerta de mi casa, encontré en el suelo un papel doblado con un mensaje escrito a mano y, al final, un número de móvil.

Era de Ángela: «¿Sigue en pie lo de ir mañana juntos a El Port de la Selva?».

Aunque era tarde, pensé que todavía estaría despierta. Grabé su número en mi móvil y le escribí un mensaje: «Te recojo a las nueve en el bar».

11

La primera cosa que hice nada más abrir los ojos fue mirar el móvil, como tantos millones de personas en el mundo. En mi caso, esperaba tener noticias de Solius, a ser posible que habían encontrado con vida a Arnau Vidal y que habían identificado al homicida de su padre. Pero seguramente era esperar demasiado. También tenía curiosidad por saber si Ovidi había dado con algún dato interesante durante su lectura del dietario de Carles León, algo que pudiera apoyar de alguna forma mi hipótesis de la venganza intergeneracional como móvil de los crímenes. Pero tampoco había mensajes de mi vecino, que según la aplicación de mensajería se había conectado por última vez a las 4.32 de la madrugada.

Antes de levantarme y ducharme me quedé unos

minutos en la cama sin moverme. No se escuchaba absolutamente nada ni a nadie en la calle, ningún movimiento, ningún coche, ningún eco de pasos. El mundo parecía haberse detenido aquel sábado de agosto en aquel rincón del mundo. Con los ojos cerrados sentí aquel silencio y aquella tranquilidad, que por un instante lograron apaciguar el ruido habitual de mi mente.

El tañido de la campana de la iglesia marcando las ocho y cuarto me sacó de aquella paz inusual, fugaz como todas las paces, que no son más que frágiles y efímeras treguas entre guerras. Recordé que tenía una cita a las diez y que antes tenía que recoger a Ángela en el bar, así que abrí los ojos y salté de la cama.

Antes de salir de casa, tras calzarme las zapatillas deportivas y mientras tomaba el segundo café, envié un mensaje a la inspectora preguntando si había novedades. En lugar de responder, me llamó, cosa insólita en alguien menor de cincuenta años.

—Eres un poco *boomer*, Solius —la pinché nada más descolgar—. Ahora no se lleva esto de llamar.

—No me provoques, López, que no tengo el chichi pa farolillos.

—Vaya, hacía tiempo que no escuchaba esa expresión. ¿Seguro que eres de Girona? Yo te hago más de Carabanchel.

—Te has levantado *torracollons* hoy, ¿eh?

—Ya sabes que todo es desde el cariño interpolicial.

—Seguro.

Tomé un último sorbo de café y, con las llaves de la moto ya en la mano, esperé a que me contara las últimas noticias antes de abrir la puerta de la calle.

—Sobre Arnau Vidal no te puedo decir nada nuevo. Seguimos dando vueltas, ampliando cada vez más el círculo, pero tengo la sensación de que esta vez no se han quedado cerca. Han debido de asustarse al ver que encontrábamos su escondrijo.

—Es probable.

—Pero sobre Enric Vidal sí hay algo interesante.

Se quedó callada. Sentía su respiración agitada al otro lado de la línea.

—¿Me lo vas a contar o estás esperando a que te suplique?

—No estaría mal verte suplicar. Me cuesta imaginármelo.

—Va, cuenta.

—Pues resulta que ayer por la tarde nuestro amigo, después de la visita que le hicimos, se quedó un rato más en la bodega, salió hacia las ocho y se fue directo al Hotel Vila-roja, que es donde se ha alojado provisionalmente la mujer de Arnau, como te comenté. Es el único hotel de cinco estrellas que hay en la zona, está al lado de un campo de golf. Que también es de los Vidal, por supuesto.

—¿El campo?

—El campo, el hotel, la urbanización que está alrededor y hasta el aire que se respira por allí.

—Entendido.

—Bueno, el caso es que se fue directo al restaurante del hotel, que es donde estaban cenando la mujer de Arnau Vidal y su hijo mayor, que también ha venido de Menorca. Y, según cuentan mis agentes, tuvieron una discusión bastante aparatosa en el mismo comedor. Enric dijo algo, su sobrino perdió los nervios, se levantó y casi lo echa a patadas. Se ve que el chico es todo un hombretón, igual de ancho que de alto.

—Pues vaya con la moderación catalana.

—Supongo que están de los nervios con todo lo que está pasando, porque no es normal que esta gente monte escenas en público. La idiosincrasia catalana, y más en el caso de la alta burguesía, manda que los trapos sucios se tienen que lavar en casa y con la máxima discreción.

—Creo que es así en muchos hogares y culturas, Solius.

—Supongo, pero no voy a entrar ahora en un debate antropológico, porque tengo un lío que no me lo acabo. —Inspiró profundamente y siguió—: El caso es que, después de la escenita, Enric se fue a su casa en Vinyet, que a diferencia de la masía se ve que es una construcción de lo más moderna en las afueras del pueblo, rodeada de muros altos y con cámaras de vigilancia en todas las esquinas. Mis chicos se las vieron y desearon para encontrar un hueco donde colocarse sin ser vistos y poder continuar con el seguimiento.

—¿Y entonces? —apremié a la inspectora, ya que eran casi las nueve y Ángela debía de estar esperándome en el bar.

—Entonces, hacia la medianoche, vieron que un coche de alta gama con los cristales tintados se acercaba a la casa. El portón se abrió y entraron rápidamente, pero mis agentes tuvieron tiempo de ver el modelo y la matrícula. ¿Y sabes quién es el propietario?

Solius tenía tendencia a hacer preguntas retóricas y yo tenía prisa, una mala mezcla, pero me armé de paciencia y esperé.

—Pues un tal Aziz Ouahbi, que antes de que lo googlees te diré que no lo encontrarás en ninguna parte, porque es un mafioso de origen marroquí muy discreto y muy listo que controla todo el tráfico de hachís en Figueres y alrededores. Con el permiso de los gitanos, claro, con los que ha tenido varios rifirrafes últimamente, aunque estos trabajan más el tema de la marihuana. Por cierto, tenemos un problemón con eso en el Empordà, no sé si lo sabes...

—Solius, que te vas por las ramas.

—Ah, sí, perdona. El caso es que si yo tuviera que encargarle un trabajo sucio a alguien de la zona y dinero suficiente para pagar al mejor, este tipo sería el proveedor ideal. Es todo un profesional del crimen y controla a toda la comunidad marroquí de Figueres, que es bastante grande. Dicho sea todo sin ningún tipo de xenofobia, porque lo que me importa es el respeto o la falta de respeto a la ley, no el nombre ni la procedencia de nadie. Solo por dejarlo claro.

—Queda claro. ¿Y entonces?

—Acabo de hablar con el abogado de Enric Vidal, porque él no me ha cogido el teléfono. Los he convocado en la comisaría de Figueres hoy para un interrogatorio formal. No tenemos nada sólido contra él, pero, teniendo en cuenta su carácter, si lo ponemos un poco nervioso puede que se le escape algo.

—Suponiendo que sea el culpable.

—Claro, López, estamos explorando posibilidades. Y de momento esta es la más verosímil, ¿no crees?

—De acuerdo. —Se me estaba echando el tiempo encima y todavía tenía que sacar la moto del patio—. ¿Quieres que esté en el interrogatorio?

—Lo haremos la subinspectora Sans y yo, no sería muy justificable que tú estuvieras en la sala. Pero me gustaría que lo vieras desde detrás del cristal y me dieras luego tu opinión. Cuando llegues a la comisaría, pregunta por Marçal, mi asistente. Él te llevará a la pecera.

—Hecho. ¿A qué hora?

—A la una. No podía ser a otra hora. He tenido que anular una cosa que tenía, pero es lo que hay.

—¿Algo importante?

—Sí y no. Era una cita en una clínica de reproducción asistida de Girona.

Hizo una pausa para ver cómo encajaba aquella información tan personal en medio de una conversación profesional. No supe qué decir.

—Se me está pasando el arroz, López —siguió por el terreno personal—, y como la Seguridad Social ya no me coge a mi edad, me he tenido que buscar la vida. Me cuesta la torta un pan, incluso he tenido que pedir un préstamo. Pero de momento nada. Aunque, la verdad, casi mejor que no funcione el tratamiento, porque una criatura sin padre y con una madre inspectora de los Mossos que tiene horarios imposibles seguro que acabaría con un montón de traumas. Tendría que pedir otro préstamo para pagarle el psicólogo.

—No me habías dicho que estabas intentando ser madre.

—Es que todavía no hemos llegado a ese nivel de intimidad, agente. Necesitamos todavía unas cuantas cenas más en casa de mis padres.

—Si cocina tu madre, cuando quieras.

—¡A trabajar, hostias! —exclamó de pronto, haciendo añicos el clima de intimidad—. ¡Que los de Madrid solo pensáis en beber y en comer!

No quise decirle nada a la inspectora de mi cita con Joan Garriga. No solo porque se me estaba haciendo tarde, sino también porque no veía la manera de justificar, manual policial en mano, aquella vía de investigación. Era cierto que todavía recaían sospechas sobre Jacqueline Léon, pero después de la desaparición de Arnau Vidal parecía menos probable su implicación, ya que con él tenía al menos una vía de diálogo para solventar el litigio que mantenían las dos bodegas. Pero, aun así, no creo que hubiese podido justificarle de ninguna manera el tema de las constelaciones familiares. De hecho, tampoco veía la manera de justificármelo a mí mismo, pero me sentía en cierta forma obligado a corresponder a Ángela y su interés en ayudarme.

Cuando la recogí en la terraza del bar estaba radiante. Se notaba que se había tomado su tiempo para arreglarse. Se puso el casco, subió apoyando un pie en la estribera, se agarró de mi cintura y me dirigí por la N-260 en dirección a la costa. Volvía a hacer mucho calor aquel día, pero con la moto en marcha y la visera del casco un poco abierta se podía soportar. Me sentía cómodo con Ángela de pasajera, pues se dejaba llevar y no hacía contrapeso en las curvas, como otras personas menos confiadas. Además, iba canturreando dentro del casco y tamborileando sobre mis riñones al ritmo que marcaba cada canción. Se la notaba relajada y feliz. Por un momento envidié aquella despreocupación, aquel dejarse llevar. Yo era incapaz: siempre estaba alerta, atento a cualquier imprevisto, tratando de controlarlo todo para que no se descontrolara nada. Un esfuerzo, por otra parte, casi siempre vano, porque la vida hacía lo que le daba la gana sin importarle lo más mínimo mis desvelos.

Después de atravesar el pueblo costero de Llançà, tomamos una carretera revirada que bordeaba el mar a poca altura, a no más de cien o ciento cincuenta metros sobre el nivel del agua, y ofrecía unas vistas espectaculares de una costa amablemente accidentada, con sus característicos bosques de pino desparramándose sobre calas enmarcadas en piedra. Llegamos a El Port de la Selva, un puñado de casas blancas frente a una bahía natural donde había media docena de veleros anclados. El tráfico en la entrada al pueblo, con un solo carril en cada sentido, era denso, nada que ver, según me contó Ángela mientras avanzábamos lentamente detrás de los coches, con la escasa afluencia de visitantes fuera de la temporada de verano. Era, al parecer, el típico pueblo turístico que multiplica por cinco o por diez su población en julio y agosto.

Aparcamos frente al puerto, a pocos metros del Cafè de la Marina, y después de despojarnos de casco, guantes y chaqueta entramos en la cafetería agradeciendo el aire acondicionado, pues el calor era allí, junto al mar, bastante más húmedo que en el interior. Ángela me señaló a un hombre de unos sesenta años acomodado en una silla, vestido con polo, bermudas y *espardenyes*, concentrado en un libro que sostenía con ambas manos. Cuando nos acercamos distinguí el título: *Más allá del bien y del mal*, de Nietzsche.

Ángela se adelantó y lo saludó. En cuanto el psicólogo alzó la mirada del libro y la vio, se le iluminó el rostro.

—¡Ángela, qué gusto verte! —Se levantó para besarla, cerrando el libro sin marcar la página y dejándolo sobre la mesa—. Pero ¿qué haces aquí? No te esperaba.

—He venido a acompañar al agente López. Somos amigos. Yo fui quien le sugirió que hablara contigo.

—¡Ah, claro, ahora lo entiendo todo!

Joan me lanzó una mirada fugaz y me dio la mano sin mucho interés. Su atención había pasado del libro a Ángela, a la que observaba como un niño frente al escaparate de una confitería. Me pareció, por su intercambio de miradas, que había habido alguna cosa entre ellos en algún momento, y sentí una inexplicable punzada de celos que espanté como se aparta un insecto molesto.

—Señor Garriga, ¿le parece bien que hablemos aquí o prefiere ir a algún otro lugar? —pregunté, más para reclamar su atención que porque realmente me preocupara la privacidad de la cafetería.

—Aquí está bien, si para usted es un buen sitio.

Le resumí la situación, por si no estaba al corriente de las noticias de los últimos días: la desaparición y el asesinato de Mateu Vidal, el domingo anterior, y la posterior desaparición, el jueves por la tarde, de su hijo Arnau, que seguía en paradero desconocido. Luego le informé, rogándole total confidencialidad, de la conflictiva relación de Enric Vidal, el hermano pequeño, con ambos; del litigio entre los Vidal y Jacqueline Léon por unos viñedos, y de la antigua relación entre Narcís Vidal y Carles León. Por último, me referí a la sugerencia de Ángela de que leyera un libro sobre constelaciones familiares para entender mejor qué elementos podían estar interviniendo en aquel mar agitado de relaciones familiares, y a mi incapacidad para entenderlo, seguramente por falta de contexto o de conocimientos del mundo del crecimiento personal o de la psicología.

—¿Y cómo puedo ayudarle? —se ofreció Joan, que aunque me escuchaba seguía mirando de reojo a Ángela y sonriéndole.

—Tengo entendido, por lo que me ha informado nuestra común amiga aquí presente, que las familias funcionan como una especie de sistema de relaciones y que, a veces, lo que les sucedió a nuestros antepasados condiciona nuestra forma actual de ser o de actuar, ¿es así?

—Bueno —carraspeó un poco para aclararse la

garganta—, explicarle en qué consisten las constelaciones familiares nos llevaría mucho tiempo, pero, por lo que me cuenta, creo que le irá bien saber que las personas a veces manifiestan lealtades hacia alguno de sus antepasados. Por ejemplo, hacia la forma de ser o de actuar de la madre, de un abuelo o incluso de un bisabuelo. También hacia las desgracias o los destinos difíciles de esos familiares. Las llamamos «lealtades invisibles», pues no responden a una decisión consciente de la persona. Bert Hellinger, que es el descubridor o formulador de las constelaciones familiares, lo denomina «amor ciego». Este puede hacer que una persona se haga cargo de algo que le pasó, por ejemplo, al abuelo: si sufrió, si fue asesinado, si asesinó, si robó, si tuvo un hijo ilegítimo, si fue infiel… Cualquier cosa que implique un intenso dolor emocional. En cierta forma, ese hacerse cargo significa justamente tomar la *carga* —hizo énfasis en esta palabra— de aquel abuelo y arrastrarla en el presente, repitiendo su destino y no pudiendo vivir con ligereza la propia vida.

No vi de qué forma se podía aplicar aquello al caso de los Vidal ni cómo podía ayudarnos a encontrar a Arnau, sin obviar el hecho de que, además, era todo muy impreciso y no parecía contar con una base científica. No obstante, mantuve a raya a mi yo analítico y decidí, ya que estaba allí, tratar de recabar la mayor información posible.

—¿Y cómo puede liberarse la persona de esa carga? —inquirí.

—De entrada poniendo conciencia, es decir, identificando los patrones de conducta propios y tratando de comprender de dónde vienen.

No entendí a qué se refería exactamente con aquello de «poner conciencia», así que traté de llevar la conversación hacia el terreno de los hechos concretos.

—¿Cree que alguien que se enterara de pronto de que en el pasado abusaron de su abuelo podría decidir vengarse en el presente haciendo daño a los descendientes del abusador?

—Podría ser, pero no sería una buena forma de solucionar las cosas. Y no me refiero a la cuestión legal o moral, sino, digamos, espiritual. La venganza no arregla el dolor del pasado ni de los antepasados, solo genera más dolor. De lo que se trata, al final, es de vivir bien en el presente, y eso pasa sobre todo por aceptar lo que le sucedió a ese antepasado, darle luz y acogerlo. Y hacerlo con amor, no con odio.

—Perdone mi ignorancia, pero ¿qué quiere decir con eso de «darle luz»?

Noté que Ángela, a mi lado, me miraba un poco avergonzada.

—Significa poner conciencia —explicó pacientemente el psicólogo, usando de nuevo aquella palabra cuyo significado no acababa de entender—. Sacarlo a la luz, observarlo y acogerlo. Lo que peor llevamos en los sistemas familiares son los secretos, lo que se esconde, lo que no se cuenta pero sigue estando ahí de alguna forma.

—Entiendo —asentí, aunque en realidad no estaba seguro de comprenderlo.

—Sacarlo a la luz —intervino Ángela, que quiso aportar su grano de arena a la conversación— nos libera en buena medida de la carga, ya que nos damos cuenta de que se trata de un asunto de nuestro antepasado, no nuestro. Entonces podemos soltar tranquilamente ese peso. ¿No es así, Joan?

—Lo has explicado muy bien —subrayó el aludido, que volvió a sonreír seductoramente y sin ningún disimulo a Ángela.

—De acuerdo. Y si es un secreto —insistí—, ¿cómo se descubre?

—Bueno, esa es la parte *mágica* del asunto, si es que se puede usar esta palabra —puntualizó Garriga—. Ese secreto queda de alguna forma en el inconsciente familiar, no desaparece con la muerte del antepasado.

—¿Y cómo se revela?

—Mediante una especie de ceremonia o ritual. Nos reunimos en grupo y la persona que quiere constelar, o sea, tratar algún asunto que siente como pendiente o que está produciéndole dolor en el presente, sale al escenario. Con la ayuda del guía, que suele ser un psicólogo, va sacando a escena a aquellas personas del sistema familiar que siente que necesita convocar. Para interpretarlas, el propio constelado o el guía van eligiendo a diferentes personas del grupo, y lo mágico del tema es que en el momento en que salen a escena se convierten en esos representantes, o sea, en el padre, en la madre, en un hermano, en un tío, en una abuela... No es que representen un papel, sino que *son* de alguna manera aquellas personas.

Se me quedó mirando con una sonrisa entre compasiva y resignada, como si me estuviera diciendo: «Sí, ya sé, esta es la parte que más te cuesta creer, pero tendrás que hacer un esfuerzo». Procuré que mi cara no reflejara incredulidad ni duda.

—Esos representantes —continuó— se mueven por la escena y hablan o callan, miran o interactúan con el resto. A partir de ahí, mediante preguntas que el guía va haciendo, surge una dinámica que en ocasiones, no siempre, revela situaciones del pasado no resueltas o fidelidades ciegas u otro tipo de desórdenes amorosos. ¿Conoce usted los órdenes del amor de Hellinger?

—Ángela me explicó algo ayer, pero no estoy seguro de haberlo comprendido —reconocí, incorporándome en la silla para darle a entender que estaba atento a sus explicaciones, aunque en realidad lo que pretendía era no decepcionar a Ángela.

—Es sencillo. Tan solo hay tres reglas u órdenes que deben cumplir los miembros de la red familiar para evitar que aparezcan estas dificultades o conflictos. El primero: todos los miembros del sistema familiar tienen derecho a pertenecer a este y a no ser excluidos. El segundo: se debe respetar una cierta jerarquía, de manera que el hijo no haga de padre ni la pareja de madre, por ejemplo. Y el tercero: tiene que haber un equilibrio en el dar y en el recibir. Si alguien solo da o alguien solo recibe, el equilibrio se rompe y aparecen los problemas.

—¿Qué tipo de problemas?

—Dificultades en las relaciones con la pareja, con los padres, con los hijos, con los hermanos, incluso con amigos o compañeros de trabajo. Me refiero a dificultades graves, no simples desencuentros.

—Entiendo.

—Pues es usted rápido. A mí me costó varios años —remachó, sonriendo con una amabilidad que pareció genuina.

De pronto tuve ganas de acabar con aquella conversación, que desde el punto de vista policial no estaba resultando nada productiva. No acababa de entender aquello de las constelaciones ni veía cómo nos podía ayudar en el caso. De hecho, el López que vivía en Madrid y trabajaba en la UOE habría descartado ese camino de buen principio y ni siquiera estaría allí hablando con aquel psicólogo. Lo hacía por Ángela y, sobre todo, porque mi nuevo yo había empezado a hacer cosas tan extrañas para el antiguo como escuchar sus intuiciones.

—Una última cosa, señor Garriga. ¿Recuerda a alguien que asistiera a alguno de sus... cómo los llama?

—¿Talleres?

—Eso es, talleres. ¿Recuerda a alguien que le planteara algún problema que tuviera que ver con su abuelo y con unos viñedos?

—Pues a bote pronto, no. Aunque es verdad que he impartido muchos talleres en los últimos años.

—Ya me imagino. ¿Sería tan amable de llamarme si recuerda algo?

—Faltaría más. ¿Al mismo móvil desde el que me llamó ayer?

—Al mismo.

Asintió, se giró hacia Ángela y yo desaparecí de la escena durante la siguiente media hora.

—¿Tienes tiempo para un baño? —preguntó Ángela justo antes de ponernos de nuevo los cascos.

—Creo que sí —respondí dubitativo—, pero no llevo bañador ni toalla.

—Podemos ir a una playa nudista —sugirió ella—. Hay algunas por aquí.

Me quedé un momento callado, valorando si era buena idea que nos bañáramos desnudos sin apenas conocernos. Por un lado me apetecía, por otro me parecía precipitado. Al final pudo más el deseo que la prudencia.

—De acuerdo.

—¡Genial! —exclamó mientras se ajustaba el casco—. Arranca, yo te indico.

Tomamos la misma carretera por la que habíamos venido, pero en dirección contraria, de vuelta a Llançà. Al cabo de solo tres o cuatro kilómetros, Ángela me señaló un desvío a la derecha. Después de bajar por una calle mal asfaltada y muy empinada, fuimos a parar a un camino de ronda, donde aparqué. Descendimos de la moto, nos quitamos los cascos y Ángela me indicó que la siguiera. Bajamos por unas rocas medio cubiertas de vegetación que llegaban hasta el mismo borde del agua. Allí vi que no había playa, sino tan solo una pequeña superficie de rocas desiguales frente a un entrante de agua transparente, algo parecido a una piscina natural abierta al mar. Miré alrededor y comprobé que, a pesar de ser un sábado de finales de agosto, no había nadie más que nosotros en aquel rincón idílico de la Costa Brava.

Nos miramos y, riendo, nos desnudamos rápido, amontonamos la ropa en el suelo de cualquier manera y saltamos al agua. Sentí de pronto una explosión de energía por todo mi cuerpo, como si hubiera estado encerrada durante mucho tiempo en algún rincón a la espera de ser liberada. Sin pensar ni plantearme el porqué, empecé a nadar a toda velocidad hacia la boya amarilla que marcaba el límite de la zona de baño. Noté que Ángela venía detrás, nadando también con una energía desaforada. Cuando alcanzamos la boya, nos miramos entre risas, como dos niños que han completado una travesura, y gritamos con todas nuestras fuerzas un «¡Aaah!» que no quería decir nada y lo decía todo.

Luego empezamos a nadar de vuelta, más tranquilos, los dos a la vez pero cada uno a su ritmo, disfrutando de cada brazada. Al llegar cerca de las rocas, como si ejecutáramos una coreografía ensayada, nos quedamos flotando boca arriba, los brazos y las piernas abiertos como los de una estrella de mar desparramada, mirando el cielo sin nubes y disfrutando de una paz que, al menos yo, hacía tiempo que no experimentaba.

Cuando volví a la verticalidad noté que hacía pie. Desde mi lugar observé a Ángela, todavía flotando boca arriba, confiada y entregada a la caricia primigenia del mar y el sol sobre su cuerpo desnudo. Seguía sonriendo, como si las olas le estuvieran susurrando una anécdota divertida al oído. Me acerqué y, al percibir mi presencia, se giró y trató también de hacer pie, pero el agua la cubría. La agarré por la cintura para mantenerla a flote y ella se apoyó en mis hombros. Nos miramos y, en un gesto inevitable, la acerqué a mí y la besé.

Fue un beso dulce y salado, tierno y desesperado. Un beso con muchas dimensiones y capas. Un beso que creció y se transformó en deseo y en excitación. Un beso que podía haber acabado en éxtasis de no ser porque, en un momento de miedo o de lucidez (o de ambas cosas a la vez), temí perder el control y me detuve. Me quedé bloqueado, no pude seguir. Ángela lo notó y ambos apartamos la cara.

—No estoy seguro de querer hacer esto —dije—. No hace ni seis meses que me divorcié... No sé.

Me miró, todavía con restos en la cara de la sonrisa juguetona de un momento antes.

—¿Y si te dejas llevar y lo pruebas?

—Es que temo hacerte daño, Ángela. Tengo la mala costumbre de hacer daño a los que me quieren.

Ángela se puso de pronto seria. Separó su cuerpo del mío y nadó hasta la plataforma de roca donde habíamos dejado la ropa. Se encaramó y, sin esperar a secarse, se vistió con prisa, dándome la espalda, como si se avergonzara ahora de mostrarme su cuerpo desnudo.

Cuando, ya vestidos los dos, conseguí que por fin me mirara, solo dijo una cosa:

—Mi hija está sola y es fin de semana. ¿Me puedes dejar en el bar?

Llegué unos minutos tarde a la cita en la comisaría de Figueres para no cruzarme con la subinspectora Sans. Esta me había visto ya en la escena de la desaparición de Arnau Vidal y sin duda se extrañaría de encontrarme de nuevo allí, coincidiendo además con el interrogatorio de un sospechoso. Como me había dicho Solius, pregunté por Marçal, y el agente, al que parecía incomodar mi presencia en la comisaría, me acompañó sin hacer preguntas ni comentarios al locutorio. Desde allí vi que Solius y Sans ya estaban sentadas de espaldas al cristal opaco y repasaban unos apuntes, sin duda preparando la estrategia. No oí lo que decían hasta que, un minuto después, entraron Enric Vidal y su abogado, se sentaron y Marçal abrió los micrófonos.

—Tomen asiento, si son tan amables —invitó la inspectora.

Enric Vidal se repantingó en una silla. Sonreía extrañamente relajado, no parecía que le inquietara lo más mínimo la situación.

—Bien, como ya le he explicado esta mañana —dijo Solius, dirigiéndose al abogado—, hemos requerido la presencia de su cliente, el señor Enric Vidal, en esta comisaría para hacerle algunas preguntas en relación con la reciente muerte de su padre y la desaparición de su hermano en extrañas circunstancias. La subinspectora Sans, aquí a mi lado, será la encargada de formularlas.

El abogado giró la cabeza hacia la subinspectora, pero Enric Vidal no dejó de mirar a Solius con una media sonrisa despectiva en la boca.

—Señor Vidal —arrancó la subinspectora—, ¿por qué fue usted ayer por la tarde a ver a su cuñada al Hotel Vila-roja?

El aludido se incorporó, se giró hacia ella y soltó con su usual altivez:

—¿Acaso tengo que pedir permiso a alguien para hablar con quien quiera?

—Nadie ha dicho eso. —La subinspectora mantuvo la calma—. Varios testigos presenciales aseguran que discutieron ustedes con cierta violencia.

—Bah, eso es una exageración. Tan solo le pregunté cómo se encontraba, pero al parecer tanto ella como su hijo estaban muy nerviosos y debieron malinterpretar mis palabras.

—¿Por qué cree que reaccionaron de esa manera a sus palabras?

—Pues porque están preocupados por la desaparición de mi hermano, como es lógico.

—¿Usted no lo está? —inquirió la subinspectora.

—Por supuesto, estoy muy preocupado.

Vidal gesticulaba más de la cuenta, pero aparentaba estar sereno. Sin duda había sido adiestrado por el abogado antes de entrar para que, sobre todo, no perdiera los nervios.

Como si hasta ese momento hubiera estado calentando, la subinspectora se incorporó un poco hacia delante y decidió lanzarse al ataque.

—¿Tiene alguna idea, señor Vidal, de dónde puede estar su hermano?

—¡Claro que no! Si la tuviera, ya se la habría comunicado a la policía, como es natural.

—¿Se le ocurre quién ha podido hacerlo?

—No tengo ni la más remota idea.

La subinspectora tomó aire para lanzar la siguiente pregunta:

—¿Tiene usted algo que ver con dicha desaparición?

El abogado puso una mano sobre el brazo de su cliente para evitar que respondiera a la provocación y se interpuso.

—Subinspectora Sans, mi cliente está hoy aquí, pudiendo haberlo evitado —remarcó este aspecto haciendo una breve pausa—, porque desea que no quede ningún tipo de duda sobre su predisposición a colaborar con la policía en la investigación del fallecimiento de su padre y de la desaparición de su hermano. Sin embargo, no está dispuesto en ningún caso a responder preguntas insidiosas y ofensivas como la que acaba usted de formular.

—Bien, entonces espero que la siguiente no le parezca insidiosa ni ofensiva: ¿por qué le visitó anoche en su domicilio el señor Aziz Ouahbi? ¿Qué tipo de relación tiene con él?

Vidal miró a su abogado y sonrió. Sin duda era una pregunta que esperaba. Y, sin duda, tenía la respuesta preparada.

—El señor Ouahbi es propietario de una empresa de selección de personal con la que Mas Vidal mantiene una relación comercial. En época de vendimia nos facilita mano de obra de la comunidad marroquí, que es su ámbito principal de desempeño.

Aunque no podía verles la cara, adiviné la decepción en los rostros de Solius y Sans. No parecía que esperaran aquella respuesta.

—¿Y le visitó anoche para hablar de cuestiones de personal? —insistió Sans, aunque ya dudosa y desarmada.

—Exactamente.

Vidal sonrió sin disimulo ante el evidente fuera de juego de la subinspectora, que se quedó mirando sus notas. Solius salió al rescate.

—¿Sabe usted, señor Vidal, que el señor Ouahbi

está siendo investigado por la policía y que tenemos serios indicios de que regenta negocios turbios relacionados con el tráfico de drogas y la extorsión?

—¡No me diga! —Vidal puso cara de falsa sorpresa, parecía disfrutar con su propia representación—. Me deja usted de piedra, inspectora. Sin duda reconsideraremos, a la luz de lo que me acaba de contar, nuestras relaciones comerciales, y absolutamente legales, como no podía ser de otra forma, con la empresa de ese señor.

Estaba claro que no tenían por dónde pillarlo y que aquel interrogatorio ya no daba más de sí, de modo que Solius, después de hacer un par de preguntas intrascendentes y de agradecerles educadamente su presencia (no había que olvidar que la conversación se estaba grabando y podía ser utilizada como prueba en un hipotético juicio), los despidió en la puerta de la sala de interrogatorios, donde un agente uniformado ya tenía instrucciones de acompañarlos a la salida.

La cara de Solius cuando nos encontramos en la puerta de la comisaría, al cabo de diez minutos, reflejaba más decepción que enfado.

—No tenía ninguna esperanza de que se declarara

culpable, claro, pero de ahí a que nos toree de esta manera...

—Solo le ha faltado saludar al tendido.

—En circunstancias normales me habría tomado más tiempo para investigar al marroquí, pero, teniendo en cuenta que seguimos sin dar con Arnau Vidal, tenía que arriesgarme.

—Sí, había que intentarlo.

—Lo malo es que ahora Enric Vidal llamará al *major* y se quejará. Y él, aunque confía en mí, me calentará las orejas y me dirá que vaya con más tiento. Como si lo estuviera escuchando.

—Me imagino.

—El único consuelo es que se nos ha abierto otra línea de investigación.

—¿Qué quieres decir?

—La subinspectora Sans ha sabido que Mateu Vidal estaba escribiendo sus memorias. Y ha hablado con el periodista que lo estaba ayudando.

—¿El negro?

—Sí, creo que lo llaman así.

—¿Y?

—Pues es interesante, porque al parecer más de uno sale trasquilado. O salía, porque tras su muerte no creo que se publiquen.

—Pero eso no explicaría la desaparición de Arnau, ¿no?

—A menos que él también conociera el contenido del libro.

—Sí, eso podría ser.

—El periodista en cuestión le ha pasado a la subinspectora el primer borrador en el que estaban trabajando. Hará una lista de los que aparezcan más perjudicados.

—¿Políticos?

—Políticos, empresarios, periodistas y otra gente de mal vivir, supongo. Me enviará la lista el lunes. Hoy ya se ha ido a su casa. ¡Menuda suerte!

La inspectora Solius tenía ojeras y parecía cansada. Era la primera vez que la veía así desde que la conocía. Sin duda, llevaba muchos días bajo presión y, por mucha energía que tuviera, era lógico que en algún momento se le agotaran las pilas.

Eran casi las dos, así que se me ocurrió una forma de animarla.

—Te invito a comer —propuse—. ¿Te apuntas o temes que nuestra relación se afiance demasiado?

Me devolvió una sonrisa divertida.

—Mira, López, me gusta tanto nuestra relación que te presentaría a mi madre. Seguro que le caerías muy bien. Le encanta la gente que habla poco, así ella puede hablar todo lo que quiere.

—Pero...

—Pero me esperan en Girona. Tengo una cita a las cuatro.

—¿Algún ligue?

—¡Qué más quisiera! —Soltó una carcajada tan estruendosa que varios agentes que estaban en la puerta de la comisaría se giraron hacia nosotros—. Es aquello de la clínica de reproducción asistida que te he comentado esta mañana. Al final me han podido cambiar la hora de la cita. Así que me marcho ya, a ver si me da tiempo de pasar por mi apartamento a cambiarme y comer algo rápido antes de la visita. Hablamos luego.

Sin más explicaciones se subió al coche patrulla, junto a su inseparable asistente. Arrancaron y recorrieron apenas diez metros antes de frenar y detenerse de nuevo. La inspectora bajó la ventanilla y me hizo un gesto para que me acercara. Cuando estuve a su lado, me hizo bajar la cabeza a su altura. Luego me dijo en voz muy baja, como si me estuviera revelando un secreto:

—Si quieres comer bien de verdad ve a Ca l'Apotecari, en el centro de Vila-roja, a cincuenta metros de la iglesia. Después de mi madre son los que mejor cocinan de todo el Empordà.

El restaurante estaba, efectivamente, a tiro de piedra de la iglesia de Vila-roja. La fachada de la casa era humilde, revocada con mortero y sin pintar, aunque el arco que reforzaba la entrada, achatado y de ladrillo visto, le confería personalidad. El interior reflejaba las muchas vidas que debía de haber tenido aquella casa de pueblo antes de ser un restaurante, con un suelo de baldosas enlucido, un estante bajo de madera labrada cubierto de calabazas pintadas y una alacena iluminada, amén de varios taburetes con asiento de esparto frente a una barra de madera. La señora que me atendió desde detrás de esa barra, que debía de tener al menos ochenta años, me aseguró, sin un ápice de emoción en la voz, que había tenido suerte, ya que por lo general en agosto había que reservar con semanas de antelación.

Una camarera me acompañó hasta una mesa para dos idealmente ubicada en una esquina, bajo un techo abovedado que, en lugar de la típica *volta catalana* de ladrillo, lucía una curiosa superficie de mortero acanalado. Pregunté a la camarera por el sentido de aquel original elemento decorativo y me explicó con mucha amabilidad que aquellas estrías eran producto de los encofrados antiguos, que se hacían con cañas. Antes de que se marchara le pedí el mejor vino rosado que tuvieran, que resultó ser un Terra Remota Camino 2020. Tenía ganas, después de una semana de tensiones y mal dormir, de soltar un poco el control, de probar a dejarme ir, como me había sugerido Ángela. Pensé en ella y regresó a mi mente el baño de aquella mañana. Era la primera mujer a la que besaba después de la separación de Marisa y la primera que había deseado en aquellos largos seis meses. Hasta aquel momento no me había ni siquiera planteado esa posibilidad. Había encerrado con veinte cerrojos el deseo y lo había desterrado a algún lugar recóndito de mi cuerpo. Sin embargo, aquella mañana había vuelto de golpe, y con él las ganas de disfrutar de todos los placeres carnales, incluida la comida.

Las anchoas de L'Escala con pan de coca untado con tomates *de penjar* resultaron espectaculares, pero el arroz de Pals caldoso con bogavante fue para olvidar de golpe todos los males del mundo, que no son pocos, y entregarse sin resistencia alguna al gozo del cuerpo. ¿Cómo puede un arroz absorber el sabor del mar en cada grano y entregártelo en la boca en forma de explosión oceánica? Disfruté de cada cucharada, que fui emparejando con generosos tragos de rosado.

Percibí, sin duda avivado por los vapores etílicos, un sentimiento creciente en el pecho: me estaba empezando a enamorar de aquella tierra, de sus paisajes, de su gente, de sus vinos, de su comida.

Ya estaba abordando la segunda botella de Terra Remota cuando sonó mi móvil. Era Ovidi.

—*Lopes*, ¿podemos hablar por aquí? ¿Es seguro? —dijo en un susurro, como si estuviéramos en una película de espías.

—Claro, no te preocupes. Aunque en estos momentos estoy en una especie de éxtasis gastronómico y etílico. No sé si podré entender lo que me expliques.

—*Estem arreglats!**

—Pero no te preocupes, Ovidi, cuéntame. ¿Has descubierto algo interesante en el dietario?

—Bueno, para mí sí, muchas cosas. Habla constantemente de cómo gestiona la explotación agrícola de su familia, del clima, de las cosechas, de la cantidad de cereal o de uva que recogen, etcétera. También de algunos hechos puntuales que suceden en el pueblo o en el país. Todo relacionado con los negocios o con hechos históricos. A nivel más personal, lo único que menciona el tal Carles León son las bodas, los naci-

* ¡Estamos apañados!

mientos o las defunciones, pero lo hace de una forma casi testimonial, dejando constancia de los eventos, pero sin implicarse emocionalmente. Solo expresa alguna emoción cuando habla del proyecto de la bodega que quiere crear con sus dos amigos, Narcís Vidal y Jordi Plensa.

—¿Se apellida Plensa?

—Sí, se refiere a él más adelante con nombre y apellido: Jordi Plensa. En concreto cuando habla en detalle de dónde están sus tierras y las variedades de uva que ha plantado.

—¿Y explica algo más de la relación entre los tres?

—Sí, justamente lo hace en la última entrada, por eso acabé tardísimo anoche.

—Lo siento, Ovidi. Como te dije, veré cómo retribuirte por el trabajo.

—¡Oh, no te preocupes! Estas cosas me encantan.

Me parecieron entrañables, quizá también por efecto de aquel delicioso rosado ampurdanés, la dedicación de Ovidi y el desinterés con el que me estaba ayudando en aquella línea de investigación que, más que probablemente, no iba a llevarnos a ningún sitio.

—¿Y qué dice esa última entrada?

—Carles León cuenta cómo se separan los tres amigos y se rompe en pedazos su sueño de crear una gran bodega juntos. Sucede en noviembre de 1936. Explica que lo han llamado a filas y se tiene que ir al frente. Señala también que Narcís Vidal, al que ya llama Narciso, se ve obligado a huir con su familia debido a que se hace público su apoyo económico a Franco durante el Alzamiento. Aunque eran los más ricos de la región, ya no estaban a salvo. Se marchó a Francia con la intención de entrar de nuevo a España por Irún y unirse al bando nacional en Burgos.

—¿Y Jordi?

—Es el único que se queda en su pueblo, que es también el nuestro, Vilademont. Su padre había muerto unos años antes y él se había quedado al cargo de su madre, su mujer y la hija recién nacida de ambos. Tenía que mantenerlas, además de cultivar las tierras para seguir alimentando a la población.

—Estaría bien saber qué pasó con Jordi después del 36, pero no parece que haya ninguna manera de averiguarlo, ¿no?

—Bueno, aquí está lo más interesante. Como te decía, el dietario va dejando constancia de bodas, bautizos y comuniones, lo cual nos aporta un dato interesante: Jordi Plensa se casó a mediados de 1934 y tuvo una hija más o menos un año después. Y si nació en 1935, podría estar viva todavía. Tendría ochenta y ocho años.

—Muy interesante.

—*Eh que sí?** Sabía que te lo parecería. Por eso he pensado que podríamos ir esta tarde al Registro Civil de Figueres a investigar un poco.

—Pero hoy es sábado, estará cerrado.

—El que lo lleva es amiguete y me debe algunos favores. He hablado con él hace un momento y me ha dicho que nos abrirá y que tendremos una hora para consultar papeles. Con discreción, eso sí, porque si alguien se entera se le cae el pelo.

—¿Y no sería más práctico hacer la consulta por internet?

—*Verge santíssima,*** *Lopes!* Veo que el vino se te ha subido a la cabeza.

—¿Por qué lo dices?

—Si fuera posible consultarlo por internet ya lo habría hecho. Los documentos antiguos que vamos a buscar no están escaneados, se encuentran en archivadores antiguos que casi nadie toca nunca. Menos algún historiador aburrido, como un servidor, que por su condición de académico tiene acceso a ellos.

—Bien por ti, Ovidi.

* ¿A que sí?
** ¡Virgen santísima!

—¿Quedamos entonces allí a las seis?

No tenía muchas esperanzas en que aquello diera algún fruto, pero tampoco tenía nada más interesante que hacer aquella tarde de sábado.

—De acuerdo. Envíame por aquí la dirección.

Colgué y me quedé mirando la cazuela de hierro fundido donde un momento antes había un mar de arroz con pedazos de bogavante, tratando de procesar al mismo tiempo la comida y la información que me acababa de facilitar Ovidi. Antes de lograrlo se me acercó la camarera y me preguntó qué quería de postre. Mi primer impulso fue decirle: «No puedo más», pero por algún motivo inexplicable las palabras que salieron de mi boca fueron otras.

—¿Qué me recomiendas?

—La coca de crema regada con chocolate, sin duda.

—De régimen, ¿no?

La mujer rio.

—Adelante —acepté—, de perdidos al río.

—¿Y un poco de garnacha dulce para acompañar?

—¡Por supuesto!

Cuando salí del restaurante, el atracón, el alcohol y el calor se confabularon para provocarme un sopor mortal. Por suerte, quedaba más de una hora para la cita con Ovidi. Me tumbé en un banco de piedra frente a la iglesia de Vila-roja, puse una alarma en el móvil y, desarmadas al fin todas mis prevenciones y mi obsesiva necesidad de control, me quedé profundamente dormido.

12

La realidad tiene la mala costumbre de ser más prosaica que la imaginación. Cuando Ovidi me habló de documentos antiguos, dibujé en mi mente un sótano de pasillos estrechos y sombríos, puertas con goznes chillones y salas con hileras interminables de estanterías atiborradas de legajos polvorientos, medio carcomidos por los insectos y el tiempo. También, alternativamente, imaginé un altillo oscuro al que se accedía por una escalera empinada, casi impracticable, y donde se acumulaban en aparente caos baúles cubiertos de telarañas, libros viejos, maletas de cartón llenas de fotografías en blanco y negro y cientos de antiguallas todavía por clasificar. Pero no, aquellos documentos del Registro Civil, cuyas oficinas ocupaban una parte del edificio de los juzgados de Figueres, estaban embutidos, con escaso respeto por su valor histórico, en dos archivadores metálicos cerrados con sendos candados y ubicados en una esquina del *office*, entre la máquina expendedora de agua y un pequeño aseo.

A pesar de todo, al llegar a las oficinas Ovidi mostró la actitud de un Indiana Jones rejuvenecido a punto de entrar en una gruta secreta sembrada de peligros. Saludó entre susurros a su amigo, me presentó como «un agente en misión especial que está investigando un importante crimen» y juró por todos sus antepasados que antes de una hora abandonaríamos la oficina, cerraríamos la puerta sin hacer ruido y saldríamos del edificio procurando que nadie nos viera.

Cuando estuvimos solos frente a los archivadores, mi vecino se quedó de pie pensando, como si tuviera que tomar una decisión trascendental sobre qué camino seguir, si el de la izquierda o el de la derecha. No quise interrumpirlo, pero para mis adentros pensé que, si la información que buscábamos estaba en alguno de aquellos dos armarios, no debía de ser tan difícil encontrarla. Ovidi, ajeno a mi impaciencia, estudió el asunto como el ajedrecista que valora mil movimientos antes de ejecutar una jugada. Finalmente eligió el de la izquierda, se acercó midiendo los pasos e introdujo en el candado una combinación procurando que yo no la viera.

El interior del armario sí se parecía un poco a lo que mi imaginación, avivada por el recuerdo de las películas de aventuras de mi infancia, había supuesto: legajos de documentos color sepia tirando a marrón amontonados en horizontal, sin demasiada preocupación por su conservación futura y repartidos en media docena de estantes. Estiré el brazo para agarrar uno de ellos, pero un grito sordo me detuvo:

—¡Chisss, nooo, esperaaa!

Ovidi sacó del bolsillo del pantalón unos guantes de látex y me los alargó. Él ya llevaba los suyos puestos.

—A ver, *Lopes*, vamos a coordinarnos.

Por un momento pensé que diría la clásica frase: «Sincronicemos nuestros relojes».

—Por desgracia —prosiguió—, nadie se ha tomado la molestia de ordenar estos documentos, ya sea por años, por nombres o por poblaciones. Es lo que tiene este país, que desprecia todo lo que tenga más de un año de antigüedad. Así nos va. Francia es otra cosa, y está a solo media hora en coche de aquí. Te pueden caer mejor o peor los franceses, pero nadie les puede negar que cuidan su patrimonio y que...

—Ovidi, tenemos una hora y ya han pasado quince minutos. ¿Podemos dejar las disertaciones para otro momento?

—Vale, vale —acató—. A ver, el tema es que en este armario tenemos documentos que van de 1931 a 1940. Deberíamos poder encontrar, en caso de que todavía existan, el acta de la boda de Jordi Plensa y el certificado de nacimiento de su hija. Lo cual no va a ser fácil, porque la mayor parte de los archivos antiguos del Registro Civil saltaron por los aires durante los bombardeos de 1939. Esto que ves aquí es lo poco que queda de aquella época. Por cierto, ¿sabías que Figueres fue una de las ciudades de Cataluña que sufrió más bombardeos durante la Guerra Civil? Hasta dieciocho. Hay quien ha llamado a Figueres la Guernica catalana. Los más crueles fueron los de la aviación italiana de febrero de 1939, cuando mucha gente ya huía hacia Francia. Se calcula que se cargaron el veintiséis por ciento de los edificios de la ciudad y que mataron al menos a trescientas personas. En 1943 todavía salían cadáveres de los escombros.

Estuve a punto de recordar a Ovidi lo de prescindir de las disertaciones, pero su cara de horror, como si estuviera reviviendo allí mismo aquellos momentos tan dramáticos, me frenó. Dejé respetuosamente que volviera al presente a su ritmo, cosa que por fortuna hizo enseguida.

—*Anem per feina!** Ah, una última cosa.

—Dime.

—Fíjate bien en qué orden están los documentos cuando los saques y vuelve a dejarlos igual.

—Pero si acabas de decirme que no están ordenados.

—Digamos que están en un desorden identificado, que es un nivel un poco más gestionable que el caos total.

Empezamos a sacar montones de papeles y a echar un vistazo a los títulos y los nombres para descartarlos sin perder mucho tiempo. La mayoría estaban escritos a máquina y presentaban anotaciones a mano, así como sellos que, supuse, debían de ser los oficiales de entrada al registro en su momento. Algunos conservaban un color blanco roto todavía claro, mientras que otros se habían oscurecido tanto que apenas se podían leer. Me pareció increíble que nadie se hubiese tomado la molestia de escanearlos y clasificarlos. Además de una dejadez administrativa, el hecho reflejaba un desprecio inadmisible hacia las personas que se mencionaban allí,

* ¡Pongámonos a trabajar!

muchas de las cuales desaparecerían definitivamente de la memoria colectiva el día que aquellos papeles envejecieran del todo y no hubiera forma de leerlos.

Tras media hora larga de búsqueda silenciosa e infructuosa, empecé a cansarme y a impacientarme. Nos quedaban todavía dos estantes de los seis que tenía el armario. Superado con dificultades el sopor posalmuerzo, hizo acto de presencia un intenso dolor en las sienes que se parecía mucho a los síntomas de una resaca.

Dejé momentáneamente la búsqueda y fui al aseo para refrescarme la cara. Se me ocurrió entonces una idea: tal vez Jacqueline Léon poseía alguna información sobre el tal Jordi Plensa. Sin duda había tenido noticias de su existencia hacía algunos años, cuando leyó por primera vez el dietario de su abuelo, y entraba dentro de lo posible que sintiera curiosidad por saber quién era el otro amigo de su abuelo, y también de Narciso Vidal, con el que compartía el sueño de montar una gran bodega.

La llamé. Descolgó al segundo tono, pero apenas me oyó debido a los ladridos de su minúsculo pero escandaloso pomerania. Tuve que repetirle quién era.

—Ah, agente López, ¿qué tal? ¿Hay alguna noticia nueva sobre el paradero de Arnau Vidal?

Había preferido no contársela en mi última visita, pero por supuesto la noticia había llegado a sus oídos.

—Me temo que no. Los Mossos siguen buscando, pero hasta ahora sin éxito.

—Lo siento.

Parecía sincera. Aunque Solius insistía en mantener la vigilancia sobre ella, me parecía poco probable que fuera la autora de aquellos ataques contra los Vidal.

—La llamo por otra cuestión. ¿Tiene dos minutos?

—¿Se refiere a dos minutos reales o a esos «dos minutitos» que te dicen los encuestadores telefónicos cuando quieren atraparte? Es que acabamos de regresar de la bodega e iba a darme una ducha.

—Serán solo dos, máximo tres, se lo prometo.

—Pues dispare.

—Hemos leído el dietario —no era del todo cierto que yo lo hubiera hecho, pero aquel plural podía abarcar a Ovidi y su colaboración especial— y nos ha llamado la atención que aparece otro amigo de su abuelo, Jordi Plensa.

—Así es.

—¿Sabe quién era y qué pasó con él?

—No sé más que lo que cuenta mi abuelo en el diario. En su momento traté de encontrar información sobre él y sobre Can Plensa, sobre todo porque sospechaba que tal vez Narciso Vidal le hizo a él lo mismo que le hizo a mi abuelo, es decir, quitarle sus viñedos, pero no encontré ninguna información ni ningún rastro de su existencia. Es como si alguien se hubiera tomado la molestia de borrar del mapa aquella casa y la memoria de aquella familia.

—¿Cree que Narciso Vidal le quitó sus tierras a Jordi Plensa?

—Bueno, si mira usted el mapa de los viñedos que actualmente tiene Mas Vidal en el Empordà, verá que hay un par de fincas de cepas viejas en el término municipal de Vilademont, limítrofes con el de Vila-roja. Lo sé porque en su momento, antes de presentar la demanda, tuvimos que investigar a fondo este tema. Y eso no deja de ser sospechoso, teniendo en cuenta que, según el dietario de mi abuelo, Can Plensa estaba en los alrededores de Vilademont.

—Ya veo.

—¿Y sabe qué es lo más curioso y al mismo tiempo lo más terrorífico? —Se quedó en silencio unos instantes, como midiendo lo que iba a decir a continuación—. Que sea tan fácil arrasar con la memoria de una persona, de una familia y de una casa, borrarlas del mapa y que parezca que nunca han existido.

Le agradecí una vez más su atención, colgué y miré a Ovidi, empeñado en luchar contra aquella fragilidad de la memoria y contra el carácter fatalmente perecedero de los documentos que atestiguan, al menos, algún retazo del pasado. Me sentí triste de pronto, consciente como nunca antes de la fugacidad de todo y de todos.

Miré el reloj. Apenas nos quedaban unos minutos del tiempo que nos habían concedido. Cuando ya iba a proponer a mi vecino que abandonáramos aquella tarea imposible y diéramos por concluida aquella visita furtiva al Registro, escuché de pronto un grito contenido pero jubiloso:

—*Sí, senyor!* Aquí está el certificado de nacimiento de la hija: «María Josefa Plensa Ferriols, nacida el 18 de julio de 1935 en Can Plensa, perteneciente al municipio de Vilademont, partido de Figueras, provincia de Gerona».

Ponderé el hallazgo de Ovidi, pero, imbuido todavía de pesimismo, objeté:

—Vete a saber ahora si está viva y, en caso de que lo esté, si conserva la memoria.

—Lo primero es fácil.

Ovidi salió del *office* y se acercó a la zona de trabajo del Registro Civil, donde debían de sentarse habi-
tualmente los funcionarios. Eran apenas tres escrito-
rios con otros tantos ordenadores de sobremesa y
muchas bandejas con papeles de diferentes colores. Se
sentó frente a uno de los ordenadores, tecleó durante
unos minutos y al fin anunció:

—No hay certificado de defunción, así que está
viva. No sé en qué estado de salud física y mental, pero
al menos está viva. Y puedo decirte más cosas.

Se me empezó a contagiar algo del entusiasmo de
Ovidi, aunque seguía sin tener esperanzas de que
aquello pudiera llevarnos a algún sitio.

—Se casó en 1963 y tuvo dos hijos: Francisco Moreno Plensa, nacido en 1965, y José Moreno Plensa,
nacido en 1967.

Pensé en escribir a Ventura y pedirle la dirección de
la mujer, pero era sábado por la tarde y, además de haberle tocado bastante las narices durante aquella semana
desatendiendo mis obligaciones en la oficina de Documentación y forzando a una compañera a sustituirme,
no tenía suficiente confianza con él como para moles-
tarlo fuera del horario laboral. Preferí pedírsela a Solius,
que me devolvió enseguida un mensaje con un signo de
interrogación. Contesté que ya se lo explicaría.

Después de eso, recogimos a toda prisa, pues ya nos habíamos pasado un cuarto de hora del tiempo disponible. Ovidi, que hasta hacía un instante se había mostrado como un intrépido investigador sin temor a nada, de pronto empezó a sudar y se transformó en un burócrata preocupado por cumplir con el horario acordado. Salimos de las oficinas del Registro y del edificio sigilosamente, como si en lugar de estar del lado bueno de la ley fuésemos vulgares ladrones. Cuando llegamos al aparcamiento de detrás de los juzgados, mi vecino se secó el sudor de la frente con el dorso de una mano y empezó a respirar más tranquilo. Justo en ese momento me llegó la respuesta de Solius: «María Josefa Plensa Ferriols vive en la avenida de Maria Vilallonga 1 de Figueres. En la residencia geriátrica Vilallonga».

Compartí el dato con Ovidi que, recuperando el espíritu aventurero, me comunicó que la residencia estaba a diez minutos caminando y que lo siguiera. Atravesamos Figueres a paso rápido y llegamos, efectivamente, en menos de un cuarto de hora, pero el esfuerzo fue en vano, ya que no nos dejaron hablar con Josefa Plensa. Eran más de las siete y el horario de visitas se había acabado. Además, no éramos familiares y, aunque pude acreditar mi condición de policía nacional gracias a un carnet viejo que llevaba en la cartera, la enfermera fue contundente: «Si les rompemos los horarios, después vienen los problemas. Y los problemas nos los comemos nosotras, no ustedes».

Regresamos hasta el aparcamiento donde Ovidi tenía su coche y yo mi moto, esta vez dando un paseo tranquilo por las animadas calles de la zona peatonal de Figueres, llenas de franceses que estaban de compras. Mi vecino insistió varias veces en que fuéramos al día siguiente para hablar con Josefa Plensa. La verdad era que, a la espera de lo que pudieran averiguar Solius o la subinspectora Sans, no tenía ningún otro hilo del que tirar, así que acepté y quedamos a las diez del día siguiente en la residencia.

Antes de despedirnos le agradecí su ayuda. Al fin al cabo, durante las últimas veinticuatro horas se había entregado con fe y empeño a la investigación, como un buen policía o un buen detective. Como él mismo dijo con indisimulado orgullo antes de subirse al coche: «Si no fuera porque soy más de Maigret, diría que empiezo a parecerme al doctor Watson, ¿verdad?».

Al llegar a casa estaba todavía bajo los efectos resacosos de la comida en Ca l'Apotecari. Paseé la mirada por el interior de la nevera, pero nada me llamó la atención. Había sido un día largo y lo único que me apetecía era ir a correr un rato y despejar la mente.

Me calcé las zapatillas y, antes de salir, pensé en hablar con las niñas. Marqué el número de Marisa y esperé al menos diez tonos hasta que saltó el contestador. Volví a marcarlo, por si la primera vez no lo había escuchado o no había llegado a tiempo, pero volvió a responderme su voz grabada. Pensé entonces en dejarle un audio para que se lo pusiera a las niñas, pero estaba casi seguro de que no lo haría. Aunque no lo dijera abiertamente y disfrazara la rabia de resignación, sabía que estaba muy enfadada conmigo.

Cuando salí de casa, atardecía y la temperatura era por fin soportable, incluso se había levantado un poco de brisa que, tras pasar por entre las ramas de los pinos, las encinas y los almeces, refrescaba un poco el ambiente. Antes de irme de Madrid tenía la fantasía de que, al estar Figueres muy al norte en el mapa de España, el clima allí sería como el de Asturias o Galicia, pero nada que ver. En la costa, a unos veinte o veinticinco kilómetros de Vilademont, el clima era claramente mediterráneo, con temperaturas altas en verano y mucha humedad, y en el interior el calor podía alcanzar durante varios días los cuarenta grados, como estaba sucediendo aquella semana, y las lluvias escaseaban, pues la tramontana empujaba las nubes hacia el sur. A pesar de eso, empezaba a cogerle el gusto a vivir allí. Aquella hora de la tarde era mi preferida. Correr por los caminos que bordeaban los campos sin cruzarme prácticamente con nadie, dejándome acariciar por la luz cálida del crepúsculo, me provocaba la extraña y reconfortante sensación de estar en *mi* lugar.

Después de trotar durante media hora, me paré en lo alto de un cerro a contemplar la puesta de sol. El disco desapareció en un minuto, pero luego se sucedió un desfile de ocres, naranjas, rojos, añiles y morados. Hacía tiempo que no me estremecía observando un atardecer, seguramente desde el día en que esparcimos las cenizas de mi padre en los alrededores de su pueblo natal, cerca de Granada. Fue su última voluntad y la cumplimos: un puñado en este cortijo, otro en aquel olivar que había sido de la familia y el resto en el camino donde sufrió un accidente y, según explicaba a menudo cuando todavía tenía ganas de vivir, volvió a nacer milagrosamente.

Mientras contemplaba las últimas luces del día me invadió una pena abisal. Lamenté en lo más hondo de mi ser no haber sido capaz de comunicarme mejor con mi padre cuando todavía era posible, no haber sabido mostrarle quién era yo e interesarme por quién era él en realidad, más allá de roles circunstanciales y del cumplimiento del deber, de lo que se esperaba de nosotros como padre y como hijo, más allá de culpas que nunca se explicitaron pero que estaban siempre presentes, con la contundencia de los obstáculos infranqueables. Ni siquiera en sus últimos meses de vida, ya con el cáncer avanzado, fuimos capaces de abatir u horadar esos muros que nos distanciaban, que nos impedían mostrarnos, aceptarnos y querernos con la inevitabilidad de los vínculos de sangre.

Sentí la culpa de no haberlo acompañado en sus últimos días, a diferencia de mi madre y mis hermanos, que abnegadamente se turnaron para estar con él día y noche y no dejarlo solo frente a lo inevitable. Hasta que expiró y se llevó con él cualquier posibilidad de reencuentro o de reconciliación. Su muerte me enfrentó a la Gran Verdad, que las vidas humanas, aun las vividas intensamente, acaban decayendo y apagándose. Todo agoniza y concluye en algún momento: las relaciones, los matrimonios, la vida de las personas queridas, la propia vida. Y entonces ya no hay marcha atrás. Ya es tarde para todo.

Mientras iniciaba la vuelta a casa, ahora ya caminando, llamé a Solius.

—Déjame adivinarlo, López. Te ha gustado tanto Ca l'Apotecari que quieres que te recomiende otro restaurante.

Tras mi tortuoso viaje por las tinieblas de un pasado todavía reciente, el humor de la inspectora me devolvió al presente. Me animé a seguirle el juego.

—¿Cómo lo has sabido?

—Es que al entrar en los Mossos nos dan un curso de quiromancia y adivinaciones varias. Lo malo es que no acaba de funcionar con los delincuentes. Están tratando de perfeccionarlo. Por cierto, ¿quién es María Josefa Plensa, además de una señora mayor que vive en una residencia del centro de Figueres?

Le expliqué lo que había averiguado a partir de la lectura del diario del abuelo de Jacqueline Léon: la existencia de Jordi Plensa, el tercer amigo con el que Narcís y él aspiraban a crear una gran bodega; la ruptura entre ellos a causa de la Guerra Civil; el nacimiento de María Josefa Plensa en 1935, dato que nos hizo sopesar que todavía podía estar viva, y la visita frustrada a la residencia, que pensábamos repetir al día siguiente. No mencioné la consulta clandestina en el Registro Civil para no comprometer a Ovidi, ni tampoco la entrevista de aquella mañana con Joan Garriga, ya que era consciente de que, llevado por una simple intuición, estaba dedicando mucho esfuerzo a tirar de un hilo frágil e incierto.

—Tú sabrás, López, pero no parece que ese camino lleve a ningún sitio, ¿no?

—Podría ser —admití—, pero ya que he empezado tengo que acabar.

—Claro, tú no eres de los que dejan las cosas a medias, ¿verdad?

—Tengo muchos defectos, pero ese no.

Nos mantuvimos durante unos instantes en silencio, cada uno entregado a sus reflexiones. Me sentía cómodo con Solius, tanto en los diálogos como en los silencios. Sentía que no tenía que demostrarle nada, igual que cuando hablas con un amigo o una amiga de los de verdad, de los de toda la vida. Lo curioso era que no hacía ni una semana que nos conocíamos.

—Hay otra cosa que me preocupa —habló la inspectora—. Llevamos toda la tarde sin noticias de Manel, el chófer. La dotación que vigila la masía de los Vidal lo vio salir a última hora de la mañana con el Range Rover y no ha vuelto. Me parece extraño.

—¿Extraño o sospechoso?

—Todavía no lo he decidido. ¿Has tenido algún contacto con él hoy?

—No, ninguno. La última vez que lo vi fue ayer por la mañana, en el hospital. ¿Crees que puede estar detrás de los ataques a los Vidal?

—No sé. No se parece en nada al tipo que se puede ver en el vídeo de las cámaras de seguridad, eso desde luego. Tiene un físico completamente diferente: más alto, más ancho y con otros andares. Por otro lado, cuando secuestraron a Arnau Vidal le atizaron una pedrada en la cabeza, con lo que él tampoco pudo encargarse de eso.

—Aunque nunca se sabe.

—Exacto, nunca se sabe. No sería el primero que se autolesiona para parecer inocente. En cualquier caso, es muy raro que haya desaparecido de golpe. No está en la casa, y fue él quien insistió en quedarse allí para vigilarla. Y no responde a las llamadas.

—Sí, es extraño.

Volvimos a quedarnos callados, cada uno haciendo sus cálculos sobre lo que sería razonable esperar del chófer-segurata de Arnau Vidal en una situación como aquella.

—A lo mejor se ha mareado conduciendo, ha tenido un accidente y está en una cuneta o en un barranco

—sugerí, tratando de aportar posibles explicaciones—. ¿Has dado aviso para que busquen el coche?

—Sí, acabo de hacerlo.

—Pues de momento no se me ocurre nada más que podamos hacer, ¿no?

—Sí, tienes razón.

—Y sobre el paradero de Arnau Vidal seguimos sin saber nada, ¿no?

—Me han enviado más dotaciones de la central. Creo que el descerebrado de Enric Vidal ha llamado al *major* después del interrogatorio que le hemos hecho este mediodía para que acelere la búsqueda.

—Lo cual podría descartarlo como sospechoso. O, en caso de que en el futuro lo llamen a declarar, le podría servir para parecer inocente.

—Es muy rebuscado, pero sí. —La voz de Solius empezaba a apagarse, debía de estar cansada—. La cuestión es que hemos peinado ya hasta el último rincón en diez kilómetros a la redonda de Mas Vidal. O los secuestradores se lo han llevado muy lejos o estamos a punto de encontrarlos.

—Vale. Dejaré el móvil conectado toda la noche por si hay novedades. Y ahora descansa un poco, ¿de acuerdo?

—Sí, la verdad es que hoy lo necesito.

Nos despedimos y colgué. Luego aceleré el paso para llegar a casa antes de que fuera noche cerrada.

Me tumbé en el sofá y me puse una serie sobre personas que se citaban a través de una aplicación de móvil y vivían todo tipo de situaciones: flechazos, desengaños, noches mágicas, amistad cuando querían sexo, sexo cuando buscaban amistad. En uno de los episodios, una mujer en torno a los cuarenta, de aspecto bastante convencional, quedaba con un tatuador de largas patillas y look roquero tirando a metalero. En apariencia no tenían nada que ver la una con el otro, incluso sus mundos eran muy diferentes: ordenado y sensato el de ella, caótico y canalla el de él. Al principio la decepción era mutua y la cita parecía claramente abocada al fracaso, pero se daban la oportunidad de conocerse y descubrían que en realidad los dos buscaban lo mismo: afecto, compañía, tal vez sexo, pero sobre todo escucha y comprensión. Necesitaban ser vistos, comprendidos, reconocidos.

En otro capítulo, claramente inspirado en la película de Sofia Coppola *Lost in Translation*, un ejecutivo maduro conocía en el bar de un hotel a una actriz joven y, unidos por la necesidad de compañía, acababan pasando la noche juntos, una noche en la que se contaban la vida y compartían sus soledades. Una vez más, lo que buscaban ambos era lo mismo: sentirse acompañados y escuchados, ser *vistos*, en el sentido de que alguien, un otro atento y presente, se tomara el tiempo y el espacio para observar más allá de las apariencias, más allá del personaje que todos representamos cotidianamente. Alguien capaz de ver nuestros miedos y nuestras inseguridades sin juzgarnos ni exigirnos. Alguien ante quien poder mostrarnos vulnerables y en quien confiar.

Todo aquello me hizo pensar en Ángela. Eran las doce pasadas cuando decidí salir y acercarme al bar. La encontré en la terraza, ya sin clientes, colocando las sillas sobre las mesas para barrer y cerrar. Su hija estaba en el interior, recogiendo la barra. Me puse a su lado y, sin decir nada, fui colocando las sillas de la misma manera en que lo hacía ella hasta que solo quedaron las dos de aquella mesa que, en los escasos días que llevaba yendo al bar, había empezado a considerar mía. Como muchos otros animales, los seres humanos, especialmente los machos de la especie, tenemos la curiosa costumbre de marcar el territorio para evitar que otros lo invadan. Lo hacemos de forma sutil en casa, cuando nos sentamos siempre en el mismo lugar, o en los espacios públicos que frecuentamos. Es, en realidad, una forma más de buscar seguridad.

—¿Quieres tomar algo? —ofreció Ángela.

Negué con la cabeza. Podría haberle contado mi atracón del mediodía, cuyos iniciales efectos embriagadores se habían transformado en una acidez molesta, pero no había ido a verla para hablar, sino para escuchar. Ella entró en el bar y salió con una botella grande de agua con gas y dos vasos.

—Me he aficionado desde que estoy aquí, antes no sabía ni que existía el agua con gas.

El maquillaje de la mañana había desaparecido, como la estudiada indumentaria, que había dejado paso a una sencilla camiseta de tirantes y unos tejanos cortos, acordes con el intenso calor que había hecho aquel día y con su trabajo en el bar. Se la veía cansada, y su habitual sonrisa franca era ahora una mueca melancólica.

Me mantuve en silencio mientras bebió, dejándole espacio para que hablara si lo deseaba o siguiera callada. Optó por lo primero.

—Lo conocí en Ibiza en el verano de 2003. Yo era una dulce criatura que tenía justo la edad que tiene ahora mi hija Luz, o sea, veinte años. Una prima mía me consiguió un trabajo en un restaurante. ¡Estaba tan feliz! Piensa que yo venía de Palma-Palmilla, el barrio más pobre de Málaga, y de pronto me encontré trabajando de camarera en uno de los mejores locales de Ibiza, donde cada noche iba gente guapísima y riquísima a cenar. Al principio solo lavaba los platos, pero una chica se puso enferma y me sacaron a servir en la sala. Enseguida pillé el tema: se trataba sobre todo de sonreír, y yo siempre he tenido una sonrisa bastante agradable. Por aquel entonces estaba igual de delgada y de mona que Luz, así que pronto algunos clientes empezaron a invitarme a fiestas. Iba a todas partes a gastos pagados. No era una *escort* ni nada parecido. Simplemente era guapa y agradable, y a los ricos les gusta estar rodeados de gente guapa y agradable.

Se detuvo y se sirvió un poco más de agua. Miré la etiqueta: Vichy Catalán. Bebió y yo la imité. En un curso que nos impartió un neuropsicólogo cuando estaba en la UOE nos contaron que este tipo de gestos contribuyen a que tu interlocutor se sienta escuchado y a activar las neuronas espejo, relacionadas con la empatía.

—En una de esas fiestas lo conocí. Alto, moreno, guapísimo, con una sonrisa que te derretía, y unos ojazos... Tenía cinco años más que yo y una forma natural de moverse entre la gente de dinero, esa que solo tienen los que han sido «hijos de» toda su vida. Pero era diferente a sus amigos pijos. Vestía con un estilo más canalla: ropa oscura, pulseras de cuero, anillos, cadenas... También tenía *piercings* y un montón de tatuajes, y eso antes de que se pusieran tan de moda los tatuajes. La misma noche en que nos presentaron me entró sin cortarse un pelo, y a los cinco minutos ya supe que era el hombre de mi vida. Tuve una visión, una especie de certeza indiscutible, como si viera el futuro. ¿No te ha pasado nunca?

Negué con la cabeza. Siempre he sido controlador y esencialmente racional. Mi relación con la intuición era muy reciente, y todavía no estaba seguro de que fuésemos a llevarnos bien.

—Pues yo la tuve aquel día —continuó—. En las semanas siguientes nos vimos cada minuto que tuve libre. De día me recogía en su moto y me llevaba a alguna cala recóndita de la isla. Y por la noche, cuando yo libraba, me invitaba a cenar, íbamos a bailar y nos empastillábamos, como hacía todo el mundo a nuestro alrededor. Un par de veces me invitó a navegar en un barco con su grupo habitual de amigos pijos. Yo notaba que me miraban con una mezcla de deseo y desprecio, suponiendo que yo sería para Marcos el típico rollo de verano. Pero resulta que nos enamoramos. No solo yo, también él. Sus padres se opusieron, por supuesto. Esperaban algo mejor para su hijo, pero él no se plegó a sus exigencias. Era valiente y estaba dispuesto a renunciar a las comodidades familiares por estar conmigo, lo que me enamoró todavía más. Y entonces sucedió algo inesperado: me quedé embarazada.

Hizo un gesto hacia el interior del bar y en ese momento, como si la hubiera llamado, apareció Luz y se acercó a nuestra mesa. Era un poco más alta y delgada que Ángela, pero tenía sus mismos rasgos. No me costó imaginar cómo debía ser su madre veinte años antes.

—Me voy, mamá —anunció sin cambiar su cara de fastidio—. Te cojo el coche, ¿vale?

—¿Sales hoy?

—Sí.

—Ve con cuidado, cariño.

La chica se alejó sin cambiar el gesto ni despedirse ni dedicarnos más atención que la justa. Estaba en su mundo y para ella debíamos de parecer seres de otro planeta, seguramente del planeta «yo nunca seré como vosotros, viejos pringados».

—La llegada de Luz —siguió narrando Ángela— lo cambió todo. Sus padres, no sé si resignados o enternecidos, me acabaron aceptando. Nos casamos por lo civil y sin banquete, pero nos ayudaron a alquilar un buen piso en la parte alta de Barcelona. Yo no debía de caerles muy bien, pero estaban encantados con Luz. Era su primera nieta, porque los dos hermanos de Marcos, aunque eran mayores que él, no tenían hijos ni planes de tenerlos. El mayor era abogado y trabajaba con el padre en el bufete familiar, y la mediana estaba viviendo en París, bien situada en una consultora de temas medioambientales o algo así. Marcos era el pequeño y el rebelde. No había querido estudiar y siempre había ido por su cuenta. Tenía el proyecto de montar un local nocturno con unos amigos, pero iba pasando el tiempo y no se acababa de concretar. Yo veía que seguía tomando drogas y bebiendo mucho, pero, como era cariñoso conmigo y con la niña, no le di mayor importancia. En mi barrio de Málaga, tomar drogas y beber era lo más normal del mundo entre la gente de nuestra edad.

Se detuvo para tomar aire antes de entrar en la parte de la historia en que, se veía venir, el cuento de hadas iba a saltar por los aires.

—Una noche sonó el teléfono mientras dormía. Era su padre. Marcos estaba arrestado, acusado de tráfico de drogas, asociación ilícita y posesión de armas.

Aquella noche supe que el dinero que traía Marcos a casa, y que nos permitía vivir en un buen piso de la calle Doctor Roux de Barcelona, tener dos coches de alta gama, llevar a Luz a un parvulario privado y unos cuantos lujos más, no se lo daban sus padres, sino que venía del tráfico de drogas. Suerte tuvo de que su padre movió los hilos, pero aun así le cayeron ocho años, que acabaron siendo seis gracias a las reducciones de condena. Luz y yo tuvimos que dejar el piso y vender los coches para sobrevivir. ¿Qué te parece?

—Lo siento, Ángela.

—No, qué va, si el problema vino después, cuando salió de la prisión de Can Brians. Había cambiado completamente. Entró un joven rebelde y salió un hombre maleado. En lugar de rehabilitarse, tomaba más drogas que nunca y no paraba de trapichear. A Luz, que ya tenía nueve o diez años, apenas la veía, porque dormía de día y vivía de noche. Empezó a volverse violento. La primera vez que me pegó, Luz estaba en el colegio, pero la segunda lo vio todo. Ahí decidí que había tenido bastante, que aquel no era el hombre del que me había enamorado y que tenía que denunciarlo. Pero una cosa es decidirlo y otra muy distinta ser capaz de hacerlo. Me costó dos años más dejarlo del todo, y mucha terapia superar la ruptura. Afortunadamente, Luz y yo tuvimos en todo momento el apoyo de los padres de Marcos, que nos dejaron vivir en su segunda residencia, que no es otra que la casita donde vivimos ahora en Vilademont.

Hizo otra pausa y se secó con el dorso de una mano dos lágrimas que empezaban a descender por sus mejillas. Sentí el impulso de abrazarla, pero temí que lo malinterpretara y me frené.

—No sé, López —siguió—, creo que hay gente que tiene una especial habilidad para joderse la vida y para jodérsela a los que los rodean. Gente que lo tiene todo para ser feliz, pero que no sabe verlo y se empeña en ser desgraciada. Marcos era una de esas personas. Lo mataron poco después de separarnos. Una noche lo asesinaron a sangre fría unos sicarios de una banda que controlaba el tráfico de heroína en Barcelona. Había cometido la imprudencia de enfrentarse a ellos. Fue duro, pero, si quieres que te diga la verdad, fue también una liberación.

—Entiendo.

—Creo que sí que lo entiendes, López. —Se incorporó un poco, con la mirada aún más triste—. Por eso, cuando te vi hace unos días por primera vez en esta misma mesa, sentí algo especial. No te conozco ni conozco tu historia, pero siento que hay algo, una conexión especial entre nosotros.

Bajé la mirada, un poco avergonzado por aquella confesión espontánea.

—Pero creo que tú tienes que resolver todavía algunos temas importantes en tu vida —añadió—, y yo no voy a cargar con ellos. Tienes que resolverlos tú. Y no me refiero solo a la separación de tu mujer.

Volví a mirarla. No me conocía, pero efectivamente parecía saber mucho de mí.

—Mientras tanto —dijo, al tiempo que se levantaba y colocaba su silla sobre la mesa para dar por concluida la conversación—, aquí me tienes, por si algún día quieres que te escuche. Como has hecho tú hoy conmigo.

Me desperté sudando y con palpitaciones. La sábana, el cojín y todo yo estábamos empapados. Me incorporé y me senté en el borde de la cama, rezando para que al menos fueran las seis y quedara poco para que amaneciera, pero miré el móvil y eran solo las cuatro.

No podía seguir durmiendo en aquella piscina en que se había convertido mi cama. Me levanté, me sequé con la toalla del baño y saqué del armario un juego de sábanas limpio. Fue entonces cuando me asaltó la revelación, como si me cayera un rayo. Supe, justo en aquel momento y como se conocen las certezas incuestionables, que Manel, el chófer de Arnau Vidal, nos había engañado.

Desnudo y descalzo bajé corriendo al comedor, dando unos saltitos por la escalera que de haber sido otras las circunstancias podían haber resultado cómicos, y busqué el portátil en el salón, que era donde recordaba haberlo visto por última vez. Estaba, efectivamente, sobre el sofá, camuflado en la tapicería gris marengo. Lo abrí, introduje la contraseña y busqué el archivo de la grabación que me había pasado Manel en un USB y que había copiado luego en mi disco duro. Ahí estaban, en la esquina superior izquierda, la hora y la fecha: D208/11.33, domingo 20 de agosto, once horas y treinta y tres minutos. Esa era la hora de inicio de la grabación, que no recogía por tanto el momento en que se llevaron a Mateu Vidal de la masía, entre las 9 de la mañana, hora en que se había ido la asistenta, y las 11.33. En la parte inferior izquierda de cada una de las cámaras se podía ver, en un tamaño casi imperceptible, el logotipo de la empresa de seguridad: Sécular.

Paré la reproducción y abrí el navegador. La web de Sécular apareció al momento, así como su oferta base para todos sus clientes: un mínimo de cuatro cámaras de seguridad y la grabación de una semana de imágenes continuas, tanto en el ordenador o servidor que el cliente eligiera como en la nube, que podían ser más si se incorporaba un sensor en las diferentes cámaras para que se activaran solo cuando detectaban movimiento. Por tanto, la empresa no registraba únicamente las últimas cuarenta y ocho horas, como me había dicho Manel, una afirmación que, tal vez desentrenado después de mi marcha de la UOE o estresado por mi nueva vida o lo que fuera, había dado por cierta sin comprobar su veracidad. ¿Cómo se me había podido pasar por alto aquel detalle? ¿Cómo había podido olvidar que, precisamente, la mayoría de los crímenes se resuelven gracias a los detalles?

Estaba claro que Manel escondía algo y, vista su reciente desaparición, tenía toda la pinta de que estaba implicado de alguna forma en los ataques a la familia Vidal, como ejecutor, cómplice, colaborador o lo que fuese. Eso podía explicar, además, sus sospechosos fallos de seguridad, de los que sí había tomado nota y que me habían resultado extraños desde el principio.

Era urgente encontrar a Manel, aunque, si había huido el día anterior en el coche de Arnau Vidal, podía estar ya muy lejos. También era urgente pedir a la empresa Sécular la última semana de grabaciones de las cámaras de los Vidal antes de que borraran las imágenes del domingo 20, pues tal vez podían revelar quién o quiénes se habían llevado a Mateu Vidal de su casa y cómo lo habían hecho. Pero eran las cuatro y media de la madrugada del domingo y no podía hacer nada de todo eso. Me limité a dejarle un audio a la inspectora contándole mis averiguaciones y me quedé en un duermevela el resto de la noche.

13

Los que hemos sufrido insomnio sabemos que no hay nada peor que desvelarte durante la noche, dar mil vueltas en la cama sin poder conciliar el sueño y luego, cuando ya está amaneciendo, quedarte dormido. Porque entonces suena el despertador, que de forma optimista habías puesto a las siete y media, pensando que dormirías del tirón, o te llama alguien que a esa hora está funcionando ya a toda máquina. Y entonces te despiertas asustado, con mal cuerpo y con la sensación de no acabar de estar en este mundo ni en el otro.

No sé si Solius había dormido mucho, pero a juzgar por la energía de su voz a aquellas horas de la mañana de un domingo, después de una semana trabajando hasta horas intempestivas, diría que bastante más que yo.

—Acabo de escuchar tu mensaje, López. He ordenado que redoblen la búsqueda de Manel. ¿Por qué crees que ha huido?

—Bueno —dije, mientras trataba de quitarme el sueño a zarpazos, tumbado desnudo en la cama y con los ojos cerrados—, parece bastante claro que está implicado de alguna forma en los hechos de los últimos días. Tal vez tenía miedo de que nos diéramos cuenta de que nos estaba engañando.

—Pero ¿qué gana él con todo esto?

—Se me ocurren un par de opciones, pero sin un café no creo que sea capaz de explicártelas. —Me incorporé lentamente y empecé a bajar a la cocina.

—Pues lo haremos al revés: yo te cuento mi hipótesis y tú me dices cómo lo ves.

—Vale, pero espera un momento.

Llegué a la cocina, puse el teléfono en altavoz sobre la encimera de madera y empecé a preparar la cafetera italiana con movimientos torpes.

—Venga, dispara.

—A ver. Una posibilidad podría ser que, por su cuenta y riesgo, haya montado un plan para quitarse de en medio a todo el mundo y poder robar en la masía, suponiendo que tengan allí una caja fuerte o algo de mucho valor.

—Sí, esa es una de las opciones que se me ocurren, pero le veo un par de problemas. El primero es que Manel no es el del vídeo, ni tampoco el que se llevó a Arnau Vidal en el camino de entrada a la masía. Por tanto, debe de haber como mínimo otra persona en el ajo. Y no tenemos ni la más remota idea de quién puede ser.

—¿Y el segundo?

—Si su intención era solo robar, ¿por qué ser tan sádico y tirar vivo a un anciano a una cuba de vino para que se ahogue, por más que ese anciano no sea tal vez la mejor persona del mundo? ¿Y por qué molestarse en hacerle un tatuaje de reminiscencias bíblicas?

—Tal vez no solo quería robar, sino también vengarse por algo que le ha hecho la familia Vidal.

—Eso tendría más sentido.

El café empezó a subir y su aroma inundó la cocina, ejerciendo su efecto despertador sobre mi mente.

—Tengo otra hipótesis —lanzó la inspectora—. Enric Vidal es el cerebro del plan y, como necesita la ayuda de Manel para ejecutarlo, lo convence a cambio de una cantidad indecente de dinero.

—Seguimos teniendo los dos problemas de antes. Por un lado, hay alguien más que no sabemos quién es, pues dudo mucho que Enric Vidal se haya ensuciado las manos. Y por otro, sigo sin ver el porqué del ensañamiento.

—A lo mejor contaron con la ayuda de un tercero con más músculo que cerebro, que fue el que se cargó a Mateu Vidal y se llevó a Arnau. En el caso del anciano, quizá pensó que estaba ya muerto cuando lo arrojó a la cuba.

—¿Y lo del tatuaje?

—Tal vez lo hicieron para desviar la atención hacia Jacqueline Léon.

—Podría ser.

Nos quedamos en silencio, yo sorbiendo mi café, apenas manchado con un poco de leche del tiempo, y Solius forzando el engranaje de su cerebro para ver si se le ocurría algo más. Como no parecía que de momento tuviéramos más hipótesis ninguno de los dos, la inspectora decidió seguir con los trámites preceptivos.

—Luego hablamos, López. Voy a despertar a la subinspectora para ponerla al día. No me gusta joderle el fin de semana a una compañera, pero tiene que saberlo.

Me encontré con Ovidi en la puerta de la residencia Vilallonga y entramos juntos. La misma enfermera que la tarde anterior nos había echado con cajas destempladas, ignorando olímpicamente mi condición de policía, nos atendió aquella mañana con una amabilidad exquisita.

—Los hijos de la señora Josefina se han ido hace un momento —nos informó—. Estará contenta con tantas visitas.

Nos hizo pasar a una sala grande con mucha luz natural donde había media docena de mesas cuadradas. En una de ellas, ocupando uno de los lados pero sentada en una silla de ruedas, una señora menuda de cabello totalmente blanco y mirada inquieta nos estaba esperando.

—Aquí tiene su visita, Josefina. No se alargue que en media hora tenemos gimnasia. —Se giró hacia Ovidi y hacia mí y recuperó por un momento el tono marcial de la tarde anterior—. Y ustedes no me la cansen mucho, que luego no duerme bien y nos da la murga.

Nos presentamos y le conté a la anciana, sin entrar en muchos detalles, que estábamos allí porque Mateu Vidal había muerto unos días antes en circunstancias extrañas (no me pareció oportuno darle más detalles), que queríamos reconstruir el pasado de la familia Vidal para esclarecer las circunstancias de su muerte y que habíamos sabido que su padre, Jordi Plensa, había sido íntimo amigo del padre del fallecido, o sea, de Narciso Vidal. A medida que hablaba me iba dando cuenta de lo absurdo de la situación: había un asesino suelto por la comarca, un hombre desaparecido desde el jueves anterior (y no uno cualquiera, sino uno de los más ricos de España) y un sospechoso huido y en paradero desconocido, y yo estaba charlando en una residencia de la tercera edad con una anciana para intentar esclarecer unos hechos que habían pasado en aquellas tierras hacía más de ochenta años. Me arrepentí por un momento de haberme dejado llevar por un camino que no parecía conducir a ninguna parte.

La mujer, que no entendió nada de lo que le dije, se quedó mirando a Ovidi, esperando que aquel señor, algo más mayor y de aspecto jovial, le explicara en palabras que ella pudiera entender quiénes éramos y el motivo de la visita. Ovidi, que estaba a su lado y se dio cuenta de la situación, puso una mano sobre el brazo de la silla de ruedas y buscó las palabras adecuadas.

—Señora Josefina, estamos estudiando algunas de las terribles cosas que pasaron aquí durante la Guerra Civil. Hemos sabido, por unos documentos antiguos, que su padre, don Jordi Plensa, fue muy amigo de don Narciso Vidal, una figura destacada durante el franquismo, padre a su vez de don Mateu Vidal, reciente-mente fallecido. Si pudiera usted contarnos lo que recuerda de su padre, nos podría ser de mucha ayuda y se lo agradeceríamos mucho.

La mujer volvió a mirarme y se giró hacia Ovidi, en el que parecía confiar más.

—Todo eso pasó hace mucho tiempo.

—Lo sé, doña Josefina, lo sé. Y perdone que la molestemos con estas cosas. De verdad que no lo haríamos si no fuera importante. ¿Nos podría usted decir qué recuerda de su padre?

—Pues la verdad es que poca cosa. Él murió en el 42, cuando yo tenía solo seis o siete años. Pero además estuvo enfermo desde que acabó la guerra y pasó mucho tiempo en hospitales y sanatorios, así que lo traté muy poco. Las cosas que sé me las contaron mi madre y la gente del pueblo.

—Se refiere a Vilademont, ¿verdad?

—Sí, ahí es donde vivíamos mis padres y yo. Y donde me crie y donde viví toda mi vida. Hasta que ya no pude valerme por mí misma y mi hijo me ingresó aquí.

—¿Fue usted hija única?

—Sí, mis padres me tuvieron en el 35. Acabo de cumplir ochenta y ocho. Demasiados años y demasiados achaques. Tengo ganas ya de que el de arriba me lleve a su lado.

—No diga eso, mujer, si está usted estupenda.

—¡Sí, sí, estupenda dice! Tomo diez pastillas cada día: la de la tensión, la del colesterol, otra para el azúcar, el Sintrom…

—*Au va!* Que nos ha dicho la enfermera que tiene una marcha que no se la acaba. ¡Nos va a enterrar a todos!

La mujer rio con ganas. Realmente Ovidi estaba manejando muy bien la situación. Pensé que tal vez, al ser historiador, tenía práctica en hablar con personas mayores para tratar de recuperar sus recuerdos de tiempos pasados. Me eché atrás en el respaldo de la silla y dejé que siguiera conduciendo la conversación.

—¿Y qué le contó su madre sobre aquella época?

—¡Uf! —Se puso seria de pronto y arrugó la frente un poco más de lo que naturalmente estaba por el paso del tiempo—. Fueron años difíciles. Mi padre, como ha dicho usted, era muy amigo de Narciso Vidal al principio, pero cuando acabó la guerra la cosa cambió.

—¿Ah, sí? ¿Qué pasó?

—Por lo que yo sé, mi padre confiaba en que al acabar la guerra don Narciso lo protegería, incluso que pondrían en marcha un negocio de vinos que tenían apalabrado. Parece ser que mi padre no hablaba de otra cosa, era su gran ilusión. Él no había ido al frente y no tenía las manos sucias de sangre, ni se había significado a favor de la República. Al contrario, era un hombre de fe, como don Narciso. Ambos muy religiosos, de misa casi diaria. Además, don Narciso, como era sabido por todos, era un hombre de confianza de Franco, una persona con mucho poder en aquel momento. Pero cuando se instaló en Vila-roja, después de la guerra, no quiso saber nada de mi padre, como si no lo conociera. Una noche de mediados de 1939, según me contó mi madre, que siempre lo recordaba con angustia, una pareja de la Guardia Civil de paisano se presentó en nuestra casa, sacó a mi padre de la cama y se lo llevó en volandas. Lo tuvieron en el puesto de Figueres tres días y tres noches. Mi madre trató de hablar con don Narciso para que lo sacara de allí, pero no quiso ni recibirla.

A doña Josefina se le perdió la mirada en un punto impreciso detrás de Ovidi y se le humedecieron los ojos. Mi vecino la trajo de vuelta con delicadeza.

—¿Y qué pasó después de esos tres días, doña Josefina?

—Se lo devolvieron a mi madre destrozado. Le dieron tal paliza que lo dejaron medio muerto.

—¿Llegó a saber su madre por qué lo hicieron?

—No le dieron ninguna explicación. Ella supuso que algún vecino lo había acusado de ayudar a una familia republicana del pueblo a huir a Francia. Fíjese usted, se ve que les dio alimentos y ropa de abrigo para que pudieran atravesar los Pirineos en pleno invierno. Qué hijos de su madre...

Habían pasado más de ochenta años, pero aquella mujer, una de las cada vez más escasas personas que todavía guardaba alguna memoria de aquella época, parecía sentir el dolor como si no hubiera transcurrido ni una semana.

—¿Y después? —insistió suavemente Ovidi.

—Lo que vino después fue la ruina total. A mi padre le quedaron secuelas de la paliza y se gastó todo lo que tenía en pagar médicos y hospitales. Además, el nuevo alcalde franquista de Vilademont, que era un amigo falangista de Narciso Vidal, le impuso a mi padre una multa por no sé qué y tuvo que vender las viñas y la casa por una miseria para pagarla. Después de eso ya no levantó cabeza. Estuvo dos años arrastrándose de casa al bar y del bar a casa, bebiendo vino barato y emborrachándose cada día. Acabó mal de la cabeza, no se sabe si por la paliza, por la bebida o por las dos cosas. Yo creo que también fue por la tristeza de perderlo todo, incluidos sus amigos y sus sueños de juventud. Y en el 42 murió, dicen que de cirrosis, pero pudo ser de cualquier otra cosa. Por lo visto estaba en los huesos. Pobre papá.

Era enternecedor ver cómo aquella mujer, que casi no llegó a conocer a su padre y que lo había perdido hacía tanto, todavía podía sentir lástima por él e incluso llamarlo papá. Me hizo pensar de nuevo en mi padre, a quien había tenido cerca casi toda mi vida y al que nunca había dispensado muestra alguna de cariño, como tampoco él a mí.

—Señora Plensa —intervine, aun a riesgo de romper el momento de ternura—, ¿sabe usted a quién vendió su padre los viñedos y la casa?

Me miró sorprendida, casi asustada, como si descubriera de pronto que yo estaba allí o como si el recuerdo que le acababa de evocar le causara alguna clase de temor. Alargó una mano temblorosa hacia el vaso de agua que tenía delante, sobre la mesa. Ovidi se lo acercó y la ayudó a beber. Tragó con dificultad y volvió a mirarme. Al fin, con un hilo de voz que me obligó a incorporarme de nuevo para escucharla, habló:

—Yo nunca quise saber nada, y tampoco nadie del pueblo me lo contó nunca, ni siquiera mi madre, que bastante tenía con sobrevivir después de todo lo que pasó. Ella no le dio más vueltas y evitó meterse en líos. Porque ¿de qué sirve remover el pasado? Agua pasada no mueve molino, ¿verdad? Pero estas son otras épocas. Los jóvenes no tienen miedo y quieren saber. Así que hace unos meses mi hijo Pep empezó a preguntarme lo que yo recordaba sobre su abuelo y a buscar información por aquí y por allá. Y al final lo supo.

—¿Qué es lo que supo?

—Que los viñedos de mi padre se los quedaron los Vidal. Narciso Vidal se los compró a mi padre por una miseria.

Ovidi y yo nos miramos con sorpresa. Me vino a la cabeza lo que me había dicho la tarde anterior Jacqueline Léon, que sospechaba que tal vez Narciso Vidal se había quedado no solo con los viñedos de su abuelo, sino también con los de Jordi Plensa, aunque no había podido confirmarlo. Ahora sabíamos que sí, que se había aprovechado del poder que tenía y de la debilidad de su antiguo amigo para comprárselos a precio de saldo. Aquello nos abría una nueva vía de investigación.

—¿Sus hijos viven por aquí, doña Josefina? —inquirió con naturalidad Ovidi, sin duda pensando en ir a hablar con ellos para saber más.

—Mi Pep vive en Barcelona, pero el mayor, el Xicu, vive en Vilademont.

Bajó de pronto la mirada, como avergonzada.

—El Xicu no está bien, ¿sabe? El pobre ha acabado como su abuelo. Se pasa el día bebiendo y se le va la cabeza. Suerte que su hermano lo cuida.

Cuando salimos de la residencia eran poco más de las once y el calor apretaba con ganas. Llevábamos varios días de temperaturas altas, pero aquel iba camino de batir algún récord. A sugerencia de Ovidi, caminamos cien metros por una calleja en sombra y nos metimos en una cafetería llamada Maia, en una pequeña plaza próxima a la residencia. Respiramos con alivio al cerrarse las puertas correderas a nuestras espaldas.

La cafetería olía como seguramente huele el cielo de los golosos. Yo pedí un cortado y Ovidi, que dijo que no había desayunado por los nervios, se pidió un muestrario completo de bollería: un cruasán pequeño de chocolate, una ensaimada mini y un *brunyol*, un buñuelo típico del Empordà que al parecer se puede degustar durante gran parte del año, no solo en Cuaresma.

—Así que doña Josefina Plensa es la madre del Xicu... —murmuró Ovidi.

No sabía de quién me hablaba, así que lo miré interrogativo.

—¿Recuerdas a aquel hombre que está siempre en el bar de Ángela bebiendo y hablando solo en voz alta sobre política o sobre hechos de la historia de España? Pues ese es el Xicu —me aclaró, y acto seguido dio un buen mordisco a la miniensaimada.

Me sorprendió la revelación y, sobre todo, la repentina conexión entre aquel hombre peculiar, la señora mayor que acabábamos de visitar y los hechos narrados en el dietario de Carles León. Pero me faltaban datos.

—¿Y ese tal Pep?

—Su hermano. ¿Recuerdas que ayer en el registro te dije que Josefa Plensa tiene dos hijos, Francisco y Josep Moreno Plensa?

—Sí.

—Pues el Xicu es Francisco, el mayor, y Pep es Josep, el pequeño —aclaró—. Conozco desde hace años al Xicu, porque vive en Vilademont, pero a Pep, solo de vista. Sé que el padre los abandonó cuando eran pequeños y en la adolescencia les dio por las drogas a los dos. Pep consiguió salvarse de la tragedia. Se fue a Barcelona a estudiar y ahora es psicólogo.

Acabé de componer en mi cabeza el mapa genealógico de las diferentes familias, de los Plensa, los Vidal y los León/Léon, mientras Ovidi se acababa la miniensaimada.

—Lo que me ha parecido más interesante —apunté, cuando ya tuve el dibujo claro en mi mente— es que, según lo que nos ha relatado esta señora, Narciso Vidal traicionó a sus amigos y se acabó quedando con todo y montando la bodega, que era el sueño de los tres. Está claro que era el más ambicioso y el que estaba más convencido de que sería alguien importante, como escribe Carles León al inicio de su dietario.

—Y el menos escrupuloso —añadió Ovidi, limpiándose la cara de restos de azúcar glas—, porque no tuvo reparo alguno en aprovecharse de ellos para enriquecerse todavía más. Ya venía de familia rica, pero al parecer no le bastaba con lo que tenía. ¡Qué terrible es la avaricia! Está en el origen de casi todas las guerras.

—¿Crees que Narciso ya era así cuando conoció a Carles y Jordi en la fiesta de los quintos de 1925 o se volvió avaricioso y despiadado con el tiempo?

—Yo creo, López —apuntó Ovidi, atrapando con el índice y el pulgar de una mano la punta del cruasán de chocolate y acercándoselo a la boca con mirada glotona—, que no lo sabremos nunca. La naturaleza humana es insondable. Lo único que cuenta son los hechos. Y los hechos son que el ganador se queda con todo, como en aquella canción de *Mamma Mia!*

—¡Vaya, me sorprenden tus referentes!

—Un historiador tiene que tener referentes de todo tipo.

Ovidi masticó su presa con deleite mientras yo empezaba a atar cabos y barruntaba a partir de lo que nos había contado Josefina Plensa. Estaba claro que Narciso Vidal, llevado por una ambición sin límites, había traicionado no solo a Carles León, sino también a Jordi Plensa. Por tanto, Jacqueline no era la única que tenía motivos para estar enfadada con los Vidal o para pedirles cuentas del pasado.

Cuando Ovidi iba a atacar el *brunyol*, que sospeché que se había dejado para el final por ser su preferido, sonó mi móvil. Era Solius. Su voz apenas se escuchaba entre el sonido estridente de una sirena.

—¡López!, ¡¿estás sentado?! —gritó.

—Lo estoy.

—Acaban de encontrar a Arnau Vidal. Está en una finca de Celler León, en Vinyet.

—¿Vivo?

—Moribundo, por lo que me ha dicho mi gente. Estoy yendo hacia allí. Y hemos enviado una ambulancia.

—¿Qué quieres que haga?

—Ve tirando para Vinyet. Cuando llegue al lugar te envío la ubicación.

—De acuerdo.

Colgué y me quedé mirando a Ovidi, que se relamía como un niño o como un gato, rebañando con la lengua el azúcar del *brunyol* que se le había quedado en el labio superior, consciente como nadie de las miserias humanas y capaz, al mismo tiempo, de honrar sus glorias.

Cuando ya llegaba al viñedo, me crucé con un coche de los Mossos y la ambulancia, justo detrás, que acababa de recoger a Arnau Vidal y lo llevaba entre un estruendo de sirenas al Hospital de Figueres. Me eché a un lado en el camino estrecho de tierra para dejarlos pasar y luego seguí hasta llegar a una explanada donde había otros dos coches, uno de la policía autonómica, con un agente de pie a su lado, y otro que, aunque no estaba rotulado, también debía de ser del mismo cuerpo policial, pues llevaba sobre el techo una sirena. El agente era Marçal, el asistente de Solius. Me miró con su habitual recelo y me indicó con el brazo extendido el lugar donde habían encontrado al empresario.

Bajo un calor tórrido, caminé trabajosamente sobre el terreno irregular, entre dos hileras de vides verdes que, a juzgar por la ausencia de racimos, ya debían de haber sido vendimiadas. Llegué al lugar donde estaban de pie, con gesto circunspecto, la inspectora y dos agentes vestidos de uniforme, seguramente del equipo de la subinspectora Sans, que supuse que estaría en camino. Los tres miraban hacia un punto concreto de la hilera, justo entre dos cepas cuyas ramas se habían entrelazado, tutoradas por dos gruesos alambres. En el suelo calizo se adivinaban unas manchas oscuras que parecían sangre. A uno y otro lado, dos cordeles gruesos con aspecto de pequeñas culebras enroscadas.

—Ah, López, ya estás aquí.

Solius se apartó un poco de los otros dos y se acercó blandiendo el móvil y poniendo ante mis ojos una imagen a pantalla completa. Costaba un poco apreciar los detalles debido al reflejo del sol, pero se podía distinguir a un hombre completamente desnudo, sentado en el suelo y con los brazos en cruz siguiendo la línea horizontal de uno de los alambres tutores, al que tenía las muñecas atadas, con la cabeza caída hacia un lado y algo líquido colgándole de la boca. En el pecho tenía una mancha oscura que, al ampliar la imagen con dos dedos, descubrí que era un tatuaje.

Con letra historiada se podía leer: «Pagarán justos por pecadores».

—Lo encontraron de esta manera dos operarios de Celler León hace un rato, crucificado como Jesucristo y con las montañas de la Albera detrás, en plan escenario operístico. Una estampa que no parece improvisada. Dieron con él por casualidad, porque ya habían vendimiado esta finca y solo iban a comprobar que no hubiera quedado mucha uva pendiente de recoger. Estaba desnudo bajo este sol achicharrante, completamente deshidratado y rojo como un guiri.

—¿Desde cuándo estaba ahí?

—No lo sabemos, pero por la pinta debía de llevar al menos desde el amanecer. El solazo de hoy se lo ha comido entero. Y menos mal que lo han encontrado, si no, se achicharra vivo.

—Se han ensañado con el hijo igual que con el padre.

—Está claro que quien lo ha hecho buscaba causar mucho dolor, no simplemente vengarse.

—¿Y lo del tatuaje?

—Aquí mis compañeros acaban de buscar la frase en internet. No parece que sea de la Biblia, como la anterior, sino de otro libro muy famoso, del *Quijote*. Déjame ver...

La inspectora buscó un momento en su móvil y pareció recitar:

—«En su origen, quiere expresar que las acciones pecaminosas o perjudiciales de un individuo pueden repercutir en el colectivo al que pertenece». ¿Qué te parece?

—No lo sé, pero me sigue sonando a venganza.

—¿Jacqueline Léon?

—No creo. Precisamente el hecho de que haya aparecido en uno de sus viñedos casi la descarta, sería muy estúpido por su parte hacer algo así. Y ella puede ser engreída o altiva, pero te aseguro que no es estúpida.

—Ya.

—Creo más bien que es alguien que quiere que pensemos que ha sido ella.

—¿Manel?

—Es un buen candidato, y seguramente está implicado, pero hay alguien más.

—¿Enric Vidal?

—No estoy seguro —admití—. Tengo una hipótesis, pero déjame madurarla, no quiero precipitarme.

—Vale, pues madúrala y me la cuentas dentro de un rato en el Hospital de Figueres, que no aguanto más el sol. Esto es una maldita sauna.

Cuando llegué a la sala de espera de Urgencias encontré a Solius y a un agente de paisano hablando con la esposa de Arnau Vidal, una mujer en los cincuenta y largos tan delgada que la inspectora abultaba el doble que ella. A su lado había un joven alto de unos veintitantos, con ropa ajustada y torso de cruasán. Deduje que era hijo de ella y de Arnau.

Me acerqué y escuché cómo Solius refería a la mujer el hallazgo del marido, eso sí, evitando los detalles más escabrosos, como que estaba atado con los brazos en cruz y que lucía un tatuaje en el pecho. Ella se tapó la boca y se apoyó levemente en el hijo, como si sufriera un desvanecimiento. Él le pasó un brazo musculoso por encima del hombro para sostenerla.

Me mantuve a unos pasos de distancia, justo detrás de la inspectora, hasta que vi que se acercaba el médico de urgencias con el uniforme verde y la mascarilla colgando de una oreja. Entonces me arrimé al grupo para no perder detalle.

—El paciente ha ingresado en estado crítico, inconsciente, con síntomas de hipoxia y un coma etílico avanzado, además de quemaduras de entre primer y segundo grado en la parte delantera del cuerpo y los hombros. La intoxicación alcohólica ha afectado gravemente varios órganos, especialmente el hígado y los riñones.

—¡Eso es imposible! —lanzó la esposa, apartando momentáneamente la mano de la boca—. Mi marido no bebe. Los médicos le diagnosticaron hígado graso hace dos años y se lo prohibieron. Ni siquiera se bebe sus propios vinos.

Todos la miramos, extrañados, y luego, como en un partido de tenis, volvimos a mirar al médico, que se mostró incrédulo y dio a entender, con un gesto de desprecio sutil, que no era el primer ni el último alcohólico que tenía engañada a su mujer.

—Lo único que puedo decir —prosiguió— es que su grado de alcohol en sangre es altísimo. Aunque eso no es lo más grave. Lo peor es la hipoxia que ha sufrido. Si sobrevive es posible que le quede algún tipo de daño cerebral.

La esposa se tapó de nuevo la boca con la mano y no dijo nada más. Solius aprovechó para preguntar:

—¿Es posible saber qué clase de bebida alcohólica ha ingerido?

—Vino. No lo hemos analizado, pero el olor es inconfundible. —Hizo un mohín de asco con la boca—. Bueno, les iré informando de las novedades.

Dicho esto, dio media vuelta y regresó por donde había venido. La esposa y el hijo de Arnau Vidal tomaron asiento en la sala de espera. Nos quedamos en un aparte Solius y yo.

—¿Qué opinas, inspectora?

—Bueno, no creo que se haya pegado una juerga y haya acabado desnudo, borracho y atado a unas cepas. Estamos hablando de un destacado miembro de la burguesía catalana, no del protagonista de *Resacón en Las Vegas*.

—Lo cual significa que probablemente lo obligaron a beber —aventuré.

—Pues sí, y con tanto empeño que no le han dado tiempo para respirar y casi lo ahogan.

—A alguien del tamaño de Manel no le costaría mucho hacer algo así —sugerí—. Por cierto, ¿sabemos algo de él?

—No, nada todavía.

—¿No crees que deberíamos ir a echar un vistazo a la masía?

Solius se quedó pensando y luego asintió, de acuerdo con lo que le proponía. Se fue a hablar con la mujer de Arnau Vidal a la sala de espera y al cabo de un par de minutos volvió con ella.

—La señora Vidal nos acompaña, agente López.

Dice que aprovechará para coger un par de cosas de la casa y que volverá enseguida al hospital. Su hijo se queda para mantenerla informada si hay novedades.

Si el exterior de la masía tenía hechuras de casa solariega, con diversas construcciones anexas en piedra, ventanas ojivales, piedras grabadas y un jardín del tamaño de varios campos de fútbol, el interior impresionaba por sus techos altos, coronados por vigas tamaño secuoya, y sus amplios espacios. Solo en el salón podría haber vivido, sin estrecheces, una tribu africana entera. La decoración, de un estilo lujorrústico que solo había visto en las revistas de la sala de espera de mi dentista, reunía historia y buen gusto a partes iguales. Abundaban las muestras de esa habilidad envidiable que tienen algunos interioristas para casar muebles antiguos y modernos de una manera misteriosamente armónica, tan perfecta que una vez consumada la combinación es imposible imaginar cualquier otra.

Cuando entramos en el salón, después de desactivar la alarma perimetral que Manel, quizá para ponernos todas las trabas posibles, había dejado conectada tras su marcha el día anterior, se hizo evidente que allí había pasado algo raro. La prueba más clara eran cuatro manchas cuadradas en una de las paredes laterales que denotaban una ausencia reciente, la de otros tantos marcos con sus correspondientes pinturas. Para ser precisos, los marcos estaban allí, en el suelo, pero no las pinturas que hasta hacía poco contenían.

La esposa de Arnau Vidal no pudo evitar llevarse otra vez la mano a la boca en un gesto ya característico.

—¡Dios mío, los Dalís! —exclamó con la voz aguda que alguien utilizaría si le pincharan con un tenedor.

—¿Se refiere a cuadros de Salvador Dalí, señora Vidal? —inquirí.

La mujer estaba tan impresionada que no podía hablar, como si jamás hubiera pasado por su cabeza la posibilidad de que aquellos cuadros dejaran de estar en el salón de su casa. La inspectora, que después de una semana agotadora no estaba ya para sutilezas ni esperas, la conminó a responder sacudiéndole un poco el brazo caído.

—Eran... Eran los Dalís de Narciso —aclaró la mujer—, el abuelo de Arnau, que era amigo del pintor. Se los regaló el propio Salvador Dalí en los años treinta, cuando ya empezaba a ser bastante conocido. Eran cuadros pequeños, de poco más de un palmo por un palmo, pero muy valiosos. Siempre han estado aquí, en la masía.

—Pues ahora ya no —sentenció la inspectora sin atisbo de ironía, tan solo dejando constancia objetiva de un hecho evidente—. ¿Echa de menos alguna otra cosa, señora Vidal?

En lugar de contestar, la mujer empezó a caminar como una autómata hacia un lateral del salón y la seguimos. Atravesó un distribuidor donde se habría podido jugar un partido de bádminton sin mayor dificultad, subió un tramo de escaleras y entró en el que debía de ser, dado el tamaño y la decoración, su dormitorio. Una de las puertas del armario empotrado estaba abierta, y dentro se podía apreciar con claridad una estructura metálica del tamaño de una persona pequeña. Era una caja fuerte. Estaba abierta. Y vacía.

Esta vez la señora Vidal no se llevó la mano a la boca, sencillamente se desmayó.

Se habían llevado todas las joyas que había en la caja fuerte, entre ellas algunas históricas de gran valor que en su momento había comprado el bisabuelo de Arnau Vidal, el indiano; varios relojes de alta gama a los que al parecer era muy aficionado Mateu Vidal, algunos de ellos piezas de coleccionista que en una subasta podían alcanzar las siete cifras, y una cantidad indeterminada de dinero en efectivo, abundante en aquella época del año porque, como reconoció sin tapujos la señora Vidal cuando se recuperó del desmayo, a la mayoría de los jornaleros se les pagaba a toca teja. Con todo, la parte más valiosa del botín eran los cuatro cuadros de Dalí, que aun siendo de pequeño formato podían venderse en el mercado negro del arte por unos cuantos millones de euros.

Mientras Solius hablaba por teléfono con su gente para que vinieran a cumplir con el protocolo de tomar huellas y hacer fotos de la escena del crimen, me quedé sentado en un sofá junto a la esposa de Arnau Vidal tratando de reanimarla. La pobre, que debía de llevar días más que preocupada, había recibido dos impactos emocionales fortísimos aquella mañana: la aparición de su marido moribundo y el robo en su casa. Más de lo que cualquiera podía soportar sin un desmayo o una crisis de ansiedad.

Fui a la cocina, que había visto de reojo cuando subíamos a toda prisa al piso de arriba, y le llevé de vuelta un vaso de agua. Se lo bebió y recuperó un poco el color de la cara, que pasó de completamente lívido a levemente pálido. Pensé en abrir el ventanal que daba al porche de la casa, aquel en el que nos habíamos sentado Solius y yo con Arnau Vidal el martes anterior, minutos antes de que Marçal, el asistente de la inspectora, viniera a comunicarnos que habían encontrado el cuerpo sin vida de Mateu Vidal en la bodega, pero no me pareció prudente tocar puertas o ventanas. Además, fuera el calor era tan sofocante que era mejor evitar que entrara el aire.

En aquel momento recibí un mensaje. Era de Ángela: «Hoy no te he visto por aquí. ¿Todo bien?». Me sentí reconfortado al leerlo. Yo, como aquella mujer y como Solius, también llevaba unos días complicados, de poco sueño y muchas emociones, y aunque había elegido voluntariamente irme a vivir a aquel rincón del mundo para recomponerme yo solo, a veces la soledad me pesaba. Saber que había alguien pendiente de mi existencia me provocó una agradable sensación de calidez que hacía tiempo que no experimentaba.

Mientras contestaba a Ángela con un «Todo bien, gracias, luego te cuento», sonó el móvil de la señora Vidal en el interior de su bolso, que reposaba sobre el suelo de tarima, donde se había quedado tras el desvanecimiento de la mujer. Vi que estaba aturdida y bloqueada, como si no entendiera de dónde venía aquel sonido insistente. Como pasaban los segundos y no se decidía, agarré el bolso, lo abrí, localicé el móvil entre un millón de objetos y lo descolgué.

—¿La señora Vidal?

—Está aquí a mi lado, pero ahora no puede hablar. ¿En qué puedo ayudarle?

—La llamo del hospital. Necesitamos que venga inmediatamente. Vamos a trasladar a su marido en una ambulancia medicalizada al Hospital de Barcelona y necesitamos que nos firme la autorización.

—De acuerdo, en quince minutos estará ahí.

La levanté con suavidad del sofá, le colgué el bolso en un hombro y la llevé casi en volandas fuera, donde le pedí a Marçal que la acompañara al hospital y se asegurara de que quedaba en buenas manos antes de volver. Dudó si hacerme caso, pero debió de parecerle que el estado de la mujer justificaba mi petición.

Cuando me giré, después de perder el coche policial de vista más allá de la verja de hierro, Solius acababa de salir de la masía y se acercaba.

—La han llamado del hospital —le expliqué—, tiene que ir a firmar el traslado de su marido a otro centro, al Hospital de Barcelona. Supongo que en el de Figueres no tienen medios suficientes para tratarlo. Tu agente volverá después de llevarla.

—Entendido. Ahora llegarán también los de la

Científica con toda la parafernalia. He ordenado además que intensifiquen la búsqueda del Range Rover y que traten de localizar a Manel Pérez González, que es como se llama nuestro amigo, según me acaban de informar. Vaya mañanita llevamos, ¿no?

—Ya te digo.

Volvimos al porche para resguardarnos del sol y esperar allí. Justo en el momento en que Solius me pedía que le detallara mi teoría, sonó otro móvil, esta vez el mío. Era Joan Garriga.

—¿Sí?

—Buenos días, ¿hablo con el agente López?

—Sí, soy yo.

—Le llamo porque he recordado algo que tal vez puede ser importante para usted. Me refiero a algo que podría tener relación con todo ese tema de los Vidal. ¿Tiene unos minutos?

14

—Verá —arrancó Garriga cuando le respondí con la clásica frase «soy todo oídos»—. El otro día, después de nuestra conversación, no le di muchas vueltas al asunto. Tenía invitados en casa y enseguida me despisté. Sin embargo, cuando regresé a Barcelona, le relaté nuestro encuentro a una psicóloga amiga que me ayuda en la organización de los talleres. Además, también los graba y toma notas por si en el futuro pueden servirme para alguno de mis libros. Es muy eficaz y muy ordenada, no como yo, que voy saltando de una cosa a otra como una abeja de flor en flor. Ella fue la que me hizo recordar.

—¿Qué le hizo recordar?

—Pues un taller que impartí hace casi un año en Barcelona. Era un grupo de unas veinte personas. Entre ellas había un hombre de cincuenta y tantos que me sonaba de haberlo visto por el Institut Gestalt, un centro que cofundé hace tiempo en el barrio de Gracia de Barcelona. El taller se celebraba en fin de semana, sábado y domingo, algo bastante habitual. El primer día, el hombre se mantuvo en un discreto segundo plano, participando muy poco. Sin embargo, durante la sesión matinal del domingo fue el primero que se ofreció a constelar, que, como ya sabe, es como llamamos a exponer un tema o algún tipo de problema.

Ya estábamos otra vez con las constelaciones familiares. Había una parte de mí, la más racional y la que había dominado mi mente y mis actos durante mis cuatro décadas largas de vida, que se resistía a entrar en aquel territorio y activaba de inmediato la barrera de la incredulidad. Otra, en cambio, de más reciente aparición y todavía por calibrar, se abría a lo desconocido y aceptaba con humildad que no todo tenía una explicación científica o lógica, tal como defendía Ángela. Eran como esa imagen típica del ángel y el demonio. O viceversa.

—El hombre —prosiguió Garriga— empezó hablando de un descubrimiento familiar reciente que tenía que ver con su abuelo y con unas tierras. Continuando con el procedimiento habitual en estas reuniones, convocó a los diferentes representantes, en concreto a su abuelo, a su madre y a su hermano. Todo eso lo he podido comprobar gracias a los apuntes de mi ayudante, porque si le digo la verdad yo no lo recordaba. Lo que sí se me quedó grabado fue algo poco usual que hizo el hombre y que me sorprendió.

Realizó una pausa, supuse que esperando a que yo preguntara qué era aquello que le había sorprendido tanto. Garriga era un eficaz narrador, como esos cuentacuentos que van dejando anzuelos para que los niños piquen y mantenerlos enganchados. Al ver que no arrancaba, me vi obligado a preguntar.

—¿Qué hizo aquel hombre?

—Convocó a dos amigos de su abuelo, que fueron representados por otros dos asistentes al taller. Uno de ellos, nada más entrar en la escena, experimentó una especie de impulso súbito y salió corriendo fuera de la sala donde estábamos. El otro permaneció allí, pero dando la espalda al abuelo, que empezó a encogerse y a doblarse sobre sí mismo como si le hubieran dado un puñetazo en el estómago. Se quedó tendido en el suelo profiriendo gemidos de dolor y lanzando algunas palabras sueltas ininteligibles.

No me costó asociar al abuelo con Jordi Plensa, al amigo que huía con Carles León y al que le daba la espalda con Narciso Vidal; sin embargo, me resistía a creer que aquello que me contaba Garriga encajara tan bien con el relato que había escuchado aquella misma mañana de boca de Josefina Plensa. Tenía que haber alguna explicación razonable para aquella coincidencia. Esperando encontrarla, seguí escuchando al psicólogo.

—La constelación se desarrolló con normalidad, o al menos yo no recuerdo nada reseñable. Pero hacia el final sucedió algo muy curioso.

Se detuvo en una nueva pausa dramática. Se notaba que estaba acostumbrado a hablar en público. Tenía facilidad para captar y mantener la atención solo con la palabra y la entonación.

—¿Qué pasó? —apremié, como un niño impaciente por llegar al desenlace del cuento.

—Pues que, en un determinado momento, el hermano de aquel hombre, o sea, la persona que lo representaba, se arrodilló frente al abuelo y empezó a imitarlo, plegándose sobre sí mismo y soltando pequeños gritos e incoherencias. El hombre se quedó boquiabierto. No es una reacción extraña en los asistentes a estos talleres, pues en ocasiones se hacen evidentes ante sus ojos, por primera vez en sus vidas, dinámicas familiares que han permanecido ocultas durante décadas. Lo curioso fue que, cuando le pregunté qué era lo que le había llamado tanto la atención, dijo que prefería no continuar con la constelación. Hay quien se asusta o llora, pero aquella no era una reacción muy habitual.

—¿Ha podido recordar cómo se llamaba aquel hombre, señor Garriga?

Se hizo un nuevo silencio al otro lado. Noté que dudaba.

—Verá, agente López, nuestro código deontológico me impide darle el nombre. Imagínese lo que pasaría si los psicólogos fuésemos por ahí contando las intimidades de nuestros pacientes.

—Entiendo.

—Solo en un caso muy grave, de vida o muerte, podría pesar más la...

—Es un caso de vida o muerte —lo interrumpí—. O podría serlo. Además —quise tranquilizarlo—, soy policía y le garantizo mi total y absoluta discreción. Solo utilizaré la información que me está facilitando en caso de que sea estrictamente necesario para la investigación.

—De acuerdo —aceptó—. Confío entonces en su palabra. Espero no tener que arrepentirme.

Hizo una nueva pausa y escuché un ruido de papeles, como si estuviera buscando el nombre entre sus apuntes o los de su eficaz ayudante.

—Sí, aquí está: Josep Moreno Plensa.

No pude referirle la conversación a Solius porque, mientras hablaba con Garriga, llegaron los de la Científica y con ellos la subinspectora Sans, que se me quedó mirando con desconfianza. Quizá a aquellas alturas ya había adivinado quién era yo y, como era de esperar, no debía de hacerle ninguna gracia que un agente de la Policía Nacional estuviera metiendo las narices, o incluso algo más que las narices, en una investigación de los Mossos d'Esquadra.

Cuando al cabo de un rato salió la inspectora, declaró que estaba muerta de hambre y que me invitaba a comer en casa de sus padres, a los que había avisado que estábamos en camino. Allí, mientras la madre practicaba la alquimia con unas sardinas en escabeche, unos tomates de su huerto y un aceite de producción local, le expliqué la conversación con el psicólogo. Le traduje a lenguaje policial en qué consistían un taller («reunión grupal con fines terapéuticos») y una constelación («indagación en el árbol genealógico del paciente»), sin entrar en detalles sobre la parte más esotérica del asunto, la de los representantes y la puesta en escena, y le relaté brevemente lo que había sucedido durante la constelación. A continuación, enlacé estos hechos con el contenido de la conversación que había mantenido con Josefina Plensa en la residencia esa misma mañana, obviando la presencia de Ovidi para evitar que Solius me preguntara por su participación en la investigación (seguro que no le habría hecho gracia que me saltara el protocolo habitual) y resaltando las coincidencias entre los relatos del psicólogo y de la anciana.

—No me jodas, López —fue el primer comentario de la inspectora, mientras se deleitaba mojando un pedazo de pan de payés en el tomate aliñado con aceite de oliva y sal—. No me irás a decir que te crees toda esa mierda.

—Ni creo ni dejo de creer. Lo único que te digo es que los relatos coinciden. Y encajan además con lo que escribió Carles León en su dietario y con mi hipótesis de la venganza familiar.

—A ver. Explícame otra vez esa hipótesis, porque me he perdido.

Abrió una boca cósmica, y el trozo de pan, con una rodaja de tomate encima, desapareció en ella como en un agujero negro. Me dio envidia e hice lo propio antes de retomar mi explicación, pensando mientras tanto en cómo le iba a exponer mi teoría sin alejarme en exceso de la ortodoxia policial. Tragué y me lancé.

—A ver, el tema es que, desde que hablé con Jacqueline Léon y conocí la historia de su abuelo, y de la relación conflictiva que mantuvo con Narciso Vidal, se ha ido configurando en mi cabeza la idea de que los ataques pueden responder a algún tipo de venganza por algo que sucedió en el pasado. Al principio pensaba que Jacqueline podría haber tratado de quitarse de en medio a Mateu Vidal porque este se negaba a negociar la devolución de la finca que, según ella, había sido de su abuelo. Me sigues hasta aquí, ¿no?

—Te sigo —asintió, empezando a dar cuenta de las sardinas.

—Pero la crueldad con la que lo mataron no me encajaba con el perfil de Jacqueline. Y cuando el jueves supimos que habían secuestrado a Arnau Vidal, casi la descarté. No parecía una estrategia demasiado inteligente hacer desaparecer a la persona con la que mantienes un litigio y con la que en algún momento tal vez tengas que negociar.

—Cierto.

—Seguí tirando del hilo, sobre todo porque no teníamos ningún otro del que tirar.

—Tenemos el de Enric Vidal.

—Sí, es una posibilidad, pero me parece un tipo demasiado impulsivo para orquestar un plan tan elaborado. Es alguien que en un arranque de ira puede matarte, pero no me parece un sádico que pueda planificar algo tan elaborado.

—Eso está por ver.

—Vale, lo admito. Vamos a dejar esa vía abierta. Pero volviendo a mi hipótesis…

Mojé un poco de pan en el escabeche. Estaba sublime, en su punto justo de vinagre. Seguí.

—Revisando el dietario de Carles León descubrí que había un tercer amigo con el que habían planeado la creación de una gran bodega, y que este, de nombre Jordi Plensa, había tenido una hija. Descubrí que la hija seguía viva y decidí ir a verla esta mañana. —Seguí sin mencionar a Ovidi, por simplificar y por evitarme suspicacias—. Y ella me ha contado que Narciso Vidal, tras acabar la Guerra Civil, se hizo con los viñedos de Jordi Plensa de forma poco ética, por decirlo de una forma suave, o sea, aprovechándose de su necesidad de dinero para comprárselos a precio de saldo. También me ha informado de que un hijo suyo, nieto por tanto de Jordi Plensa, se interesó recientemente por esa historia. Se trata de Josep Moreno Plensa, que es la persona de la que me ha hablado hace un rato Joan Garriga. Y que, según mi teoría, podría ser el autor, o al menos el ideólogo, de una venganza contra los Vidal, con la que les querría hacer pagar la actuación de Narciso. Parece muy loco, Solius, lo sé, pero tú y yo sabemos que a veces los seres humanos somos retorcidos en nuestros amores, en nuestros odios y en nuestras formas de manifestarlos.

Cuando acabé mi argumentación, Solius estaba degustando el último lomo de sardina, colocado ritualmente sobre un lecho de pan de payés mojado en el escabeche y en el jugo del tomate. Lo masticó al mismo tiempo que rumiaba mi teoría. Después de tragárselo, objetó:

—Podría tener sentido, pero ¿qué clase de chiflado decide vengarse de lo que hizo un tipo hace un siglo matando a su hijo, ya anciano, y a su nieto? Los descendientes no son responsables de lo que hacen sus antepasados. No estaban allí, no tienen la culpa.

—Como sabes, hay muchas clases de chiflados. Y este debe de ser uno del tipo «justiciero familiar».

—Ya, pero...

—Además, si te fijas, en el último tatuaje, el que le han hecho a Arnau Vidal en el pecho, se dice muy claro: «Pagarán justos por pecadores». Arnau, según esto, sería inocente, pero su abuelo Narciso sería un pecador, al menos a ojos de alguien creyente. Y por lo que me contó Josefina Plensa, tanto Narciso Vidal como Jordi Plensa eran muy religiosos.

—No sé, López, lo veo poco consistente. Si vamos a un juez con eso de las constelaciones, nos mete a nosotros en el trullo. No lo compra ni en rebajas.

—En eso tienes razón.

La madre de la inspectora, que siguiendo sus indicaciones nos había dejado a solas en la cocina para que pudiéramos hablar, entró de pronto secándose las manos con un trapo y no pudo resistir la tentación de preguntarme qué me habían parecido las sardinas.

—¡Gloria bendita, señora! —elogié—. Y los tomates, para hablarle a Dios de tú.

—¡Pero qué amable es usted!

—No me hable de usted, por favor.

—Ay, hijo, es la costumbre, tantos años sirviendo en casa del señor Mateu, que en paz descanse. Fíjate que yo tenía solo doce años cuando entré a servir en la masía y…

—¡Mamá! —la interrumpió Solius—. Ya te he explicado que estamos muy ocupados y que necesitamos concentrarnos. ¿Cómo quieres que te lo diga?

—Bueno, hija, ¡qué carácter! Has salido clavadita a

tu padre. A este paso no vas a encontrar nunca un hombre que...

—¡¡Mamá!!

La mujer se marchó refunfuñando y miré a Solius, a la que juraría que se le alborotaron un poco las mejillas.

—Mira, inspectora —insistí—, ya sé que es un poco extraño todo esto de las constelaciones, pero quédate con un hecho: la bodega era el sueño que tenían los tres amigos y al final solo Narciso, el más ambicioso, consiguió llevarlo a cabo. Los otros dos fueron traicionados por este y se quedaron sin nada. Es una cosa rara, pero entra dentro de lo posible, que un nieto de los traicionados de pronto descubra lo que pasó, convenza al chófer de los Vidal prometiéndole un buen botín y decida...

De pronto recordé algo. Se conectaron dos cables en mi cabeza y todo se iluminó como si lanzaran fuegos artificiales. Dejé la última palabra flotando en el aire y consulté el móvil. Ahí estaba la lista de los temporeros que hacía justo una semana, el domingo en que secuestraron y asesinaron a Mateu Vidal, estaban trabajando en la vendimia. Su nombre figuraba allí, como también en la lista de los propietarios de aquel modelo de tractor de la marca Ebro que aparecía en las grabaciones de las cámaras de seguridad: Francesc Moreno Plensa, el Xicu.

Aquello convenció a la inspectora de que mi hipótesis era, al menos, digna de consideración. Habló con su gente para ordenarles que, además de localizar el coche en el que había huido Manel, buscaran a los hermanos Moreno y los llevaran a la comisaría de Figueres para interrogarlos. Mientras lo hacía, marqué el número de Ángela, que no tardó en contestar.

—¿Qué tal, pasa algo? —contestó entre un alboroto de vasos, cucharillas y voces; era domingo y el bar debía de estar hasta los topes.

—No, no, estoy bien, pero necesito preguntarte algo. ¿Ha aparecido hoy por el bar ese hombre que siempre está en la esquina bebiendo, ese al que llaman el Xicu?

—Sí, vino a última hora de la mañana con su hermano. —Me costaba entenderla en medio del ruido—. Pero no se quedaron a tomar nada. Compraron una botella de agua y se fueron.

—¿Hablaste con alguno de ellos?

—Sí, con Pep, el hermano. Llevaba una maleta grande y le pregunté si se iban de viaje.

—¿Y qué te contestó?

—Que no, que iba a llevar a su hermano a pasar unos días en el sanatorio de Salt porque estaba muy alterado y necesitaba tranquilidad. Tengo entendido que lo hace de tiempo en tiempo, cuando se le va un poco la cabeza. Me refiero a lo de ingresarlo unos días.

—¿Cuánto hace que estuvieron ahí?

—No sé. Unas tres horas, más o menos.

—Y ese sanatorio, ¿sabes dónde está?

—Pues en Salt, una ciudad dormitorio pegada a Girona. Es un hospital psiquiátrico. Búscalo en Google, seguro que ahí encuentras la dirección.

—¿A cuánto está más o menos de Vilademont?

—Yo diría que a tres cuartos de hora.

—Perfecto.

—¿Qué es perfecto?

—Ya te lo contaré, ahora no me puedo entretener. Luego te llamo o paso a verte.

Colgué y me giré hacia Solius, que también había acabado su llamada.

—¿Conoces el hospital psiquiátrico de Salt?

—Claro, López. Todo el mundo lo conoce en Girona.

Le indiqué que me siguiera con el típico gesto de la mano hacia delante y salimos fuera, donde volvía a esperar de pie, después de regresar del Hospital de Figueres, Marçal, el *mosso* que acompañaba a Solius a todas partes. Le pedí que se apartara, lo que hizo de mala gana y mirando a su jefa, como pidiéndole una explicación que ella no parecía dispuesta a dar. Me senté en el asiento del conductor y la inspectora ocupó el del copiloto.

—¿Me vas a decir qué pasa? —exigió.

—Pues que Josep Moreno acaba de llevar a su hermano Xicu a ese sanatorio, y a lo mejor todavía está allí con él. Pon la sirena y ve indicándome cómo llegar.

Arranqué el coche y Solius me miró con una sonrisa irónica, al tiempo que se llevaba la mano a la frente.

—De acuerdo, agente. A sus órdenes.

A continuación, mientras le daba al interruptor de la sirena y salíamos derrapando por el camino de la masía, añadió gritando, para que la oyera:

—¡Y luego me dicen que a mí me gusta mandar!

Cuando entramos en la autopista, Solius quitó el sonido de la sirena. Aprovechó entonces para explicarme que el hospital psiquiátrico de Salt había sido antiguamente un manicomio muy polémico por la forma en que trataban a los internos.

—Hay incluso una novela del siglo pasado de un escritor catalán, Prudenci Bertrana. El protagonista, que dice ser pariente de Picasso, dirige un manicomio y es el más chiflado de todos. Ya sabes, a veces los que se las dan de cuerdos son los peores.

No contesté a Solius porque seguía dándole vueltas al caso y tratando de atar cabos. La inspectora se dio cuenta.

—¿En qué piensas?

—En algunos detalles que no tengo claros.

—¿Por ejemplo?

—Por ejemplo, por qué hemos encontrado a Arnau Vidal tan lejos de su casa y de su bodega.

Circulaba por el carril izquierdo a ciento ochenta, haciendo luces a los coches para que se apartaran. Algunos protestaban en un primer momento, pero cuando veían las sirenas se echaban a la derecha, dóciles. Solius se giró hacia mí, cruzó la pierna derecha sobre la izquierda y se repantingó como si estuviera en el sofá de su casa. No parecía que ir a aquella velocidad la inquietara en absoluto.

—Se me ocurre —dijo— que tal vez los que se lo llevaron no calcularon bien el despliegue que haríamos alrededor de la bodega, y al ver que íbamos ampliando el círculo decidieron esconderlo en algún lugar más lejano a la espera de decidir qué hacer con él. Un lugar que debía estar cerca de Vinyet.

—Eso cuadra —admití—, porque tenía que estar cerca de un viñedo para completar su escenografía: el padre muere en la bodega y el hijo, en la viña. Todo muy simbólico, incluidos los mensajes de carácter religioso: la crucifixión de Jesús, el vino…

—Que es la sangre que Jesús derramó en la cruz y que simboliza el perdón de los pecados —remató la inspectora—. De algo tenía que servirme ir a un colegio de monjas.

—¡Sí, eso es! Encaja perfectamente, porque Narciso Vidal y Jordi Plensa eran muy religiosos. No sé si Josep Moreno Plensa, el nieto, también lo es, eso lo desconozco, pero tatuar mensajes religiosos podría ser una forma retorcida de poner en evidencia la hipocresía de Narciso Vidal, muy religioso de cara a la galería pero egoísta, avaricioso y despiadado.

—¿Qué sabemos de ese Josep Moreno?

—Pues que es psicólogo, que vive en Barcelona, que al parecer le paga la residencia a su madre y cuida de su hermano Xicu…

—No parece el perfil de un asesino, ¿no? Diría que se parece más a Teresa de Calcuta.

—Bueno, tú y yo sabemos que incluso las buenas

personas cometen atrocidades en determinadas circunstancias. Solo hace falta una motivación poderosa.

—Y en este caso la motivación es...

—La venganza. Y quizá algo más, todavía no lo sé.
Algo debió despertarse en su cabeza cuando asistió a la
constelación de Joan Garriga, una chispa de odio o de
rencor que no sabía ni que estaba ahí. Quizá se dio
cuenta de que su vida, la de su madre y la de su hermano habrían sido muy diferentes si Narciso Vidal no
hubiera traicionado a su amigo Jordi Plensa.

Nos quedamos dándole vueltas mientras seguía
circulando a casi doscientos por hora. Cuando ya bor-
deábamos Girona, Solius dijo, con el mismo tono que
habría utilizado para comentar una serie de Netflix en
el salón de su casa:

—Es la siguiente salida, López. Llegamos en dos
minutos.

Después de lo que me había dicho la inspectora sobre
el sanatorio, me sorprendió encontrar un edificio de
líneas arquitectónicas modernas, con estructura de
hormigón visto y grandes cristaleras. En lugar de un
hospital psiquiátrico parecía la sede de un museo o una
terminal aeroportuaria. El interior tampoco tenía nada

que ver con la imagen que uno puede hacerse de un sanatorio mental de finales del siglo xix, que es cuando se había fundado, ni siquiera del siglo xx, a lo largo del cual varios testimonios lo habían descrito, según la información que me facilitó Solius mientras aparcábamos y entrábamos, como un lugar siniestro donde ataban a los internos con cadenas en pabellones con goteras por los que las ratas campaban a sus anchas. La recepción no distaba mucho de la de un hotel de cuatro estrellas de cualquier capital europea.

La joven que nos atendió en primera instancia debía de estar acostumbrada a ver policías de todos los cuerpos, ya que ni se inmutó cuando la inspectora, de calle pero con el chaleco de la DIC que la identificaba claramente como integrante de los Mossos, la placa al cuello y el cinto con la pistola reglamentaria y las esposas, le exigió hablar con la persona responsable del centro que estuviera aquel domingo por la tarde de guardia. Al cabo de cinco minutos apareció por un pasillo una mujer de unos treinta años y escasa estatura, con la preceptiva bata blanca y un iPad en las manos. Se presentó como la doctora María Elena Vélez y, en tono seco, como si le incomodara nuestra presencia allí, nos preguntó qué deseábamos.

—Tenemos que hablar con un interno: Francesc

Moreno Plensa —respondió la inspectora, que le sacaba más de un palmo a la doctora—. Nos han informado de que ha ingresado hace un rato.

—Déjeme ver...

La doctora toqueteó la pantalla con unos dedos de larguísimas uñas decoradas. Cada vez que golpeaba en algún lugar se escuchaba el clac seco de la uña sobre el cristal. Después de unos segundos pronunció un «¡Ajá!» y nos miró, tratando de valorar si podía facilitarnos información sobre la actividad médica que tenía lugar en el hospital. Debió de concluir que sí.

—El paciente al que se refieren —pronunció lentamente y con un suave acento latino, diría que venezolano— ingresó, efectivamente, hace un par de horas.

—¿Su acompañante sigue aquí?

—No, acabo de hacer la ronda y no he visto a nadie en la zona de visitas.

—Llévenos con el paciente —exigió Solius—. Tenemos que hablar con él.

—Me temo que eso no va a ser posible, agente.

—Inspectora. Inspectora Mercè Solius.

—Pues no va a ser posible, inspectora.

—¿Por qué?

—Porque el señor Moreno está en estos momentos sedado y muy probablemente dormido. Ha ingresado muy alterado y ha precisado de medicación, según lo anotado en su ficha médica.

—Queremos verlo igualmente —insistió Solius.

—No estoy autorizada…

—Yo sí estoy autorizada a detenerla por obstrucción a la autoridad —soltó la inspectora mientras sacaba las esposas—. ¿Quiere que lo haga?

Obviamente era un farol, pero la doctora Vélez, intimidada seguramente por la presencia imponente de la inspectora, optó por flexibilizar su negativa.

—Puedo acompañarles hasta la habitación donde está descansando, pero no van a poder hablar con él. Lleva en el cuerpo dos gramos de lorazepam.

—La seguimos.

Nos condujo por una serie de pasillos, iluminados por la luz natural que penetraba a través de unas amplias cristaleras, hasta llegar a una zona con una segunda recepción donde trabajaba una enfermera frente a un ordenador. En un corredor a su izquierda estaban las habitaciones, dispuestas a lado y lado, como en cualquier otro hospital. La doctora Vélez entró en una de ellas acercando a la cerradura la tarjeta que llevaba colgada del cuello. En el interior, entre la penumbra, se adivinaban una cama de hospital y un cuerpo encima tapado por una sábana. Nos acercamos. Sin duda era él, el Xicu, aquel hombre enjuto y de barba poblada cercano a los sesenta que frecuentaba el bar de Ángela en Vilademont. Estaba profundamente dormido y de la boca, entreabierta, le colgaba un hilo de saliva. Solius le apretó un hombro y lo agitó bajo la mirada reprobadora de la doctora, pero no despertó, tan solo gruñó. Estaba claro que no podríamos hablar con él, al menos aquel día. Y que, aunque pudiéramos, quizá no serviría de mucho.

Me fijé entonces en sus manos, rudas, de trabajador del campo, reposando a ambos lados del cuerpo sobre la sábana. La tierra se acumulaba en abundancia bajo sus uñas largas. Se las señalé a Solius, que asintió.

Salimos todos al pasillo y, cuando tuvo a la doctora delante, le dijo:

—Dentro de un rato van a venir unos compañeros de la comisaría de los Mossos de Girona. Hágales pasar aquí para que puedan tomar muestras de la tierra que tiene el paciente en las uñas. Mientras tanto, que nadie entre en la habitación ni lo toque. Bajo ningún concepto. ¿Entendido?

Salimos del hospital y lo primero que hizo Solius, de camino al coche, fue pedir que le buscaran la dirección de Josep Moreno Plensa en Barcelona. Ya entrábamos en la AP-7 cuando le llegó un mensaje: vivía en la plaza de la Virreina, en el barrio de Gracia. Por el camino, la inspectora parecía ya totalmente abierta a considerar mi hipótesis.

—Está claro que Francesc Moreno no parece capaz de idear un plan tan elaborado, así que lo han debido de organizar todo su hermano y el chófer de Arnau. Pero él sí podría ser la persona que aparece en los vídeos de las cámaras de seguridad acarreando el cuerpo de Mateu Vidal. Y puede que sea también quien ha trasladado a Arnau Vidal hasta donde lo encontramos atado esta mañana. Seguramente en su tractor, pues el lugar es bastante inaccesible para cualquier otro tipo de vehículo.

Volvíamos a circular por la autopista casi a doscientos por hora, lo que no parecía dificultar la concentración de la inspectora.

—En cuanto a Manel, la verdad es que ha logrado despistarnos durante varios días con el engaño de las grabaciones y la treta del golpe en la cabeza, pero al final se ha puesto en evidencia con lo del robo.

—Que sin duda ha sido planificado desde hace tiempo —añadí—, pues conocía el valor de los cuadros y la forma de acceder al contenido de la caja fuerte.

—Nos queda la incógnita de saber dónde está. ¿Tú qué opinas?

—A estas alturas tal vez en México —sugerí a bote pronto—. O puede que en Miami. Allí seguro que encontrará buenos compradores para los cuadros.

—¿Y no te parece muy arriesgado tratar de salir del país con todo ese material robado?

—Sí, pero ayer nadie había denunciado todavía el robo. Además, también es muy arriesgado quedarse en España teniendo a todos los cuerpos policiales españoles detrás. Porque tú sabes que en cuanto hable con mi exjefe lo van a buscar por todas partes.

—¿No lo has hecho todavía?

—No me ha dado la vida, inspectora. Además, prefiero llamarlo cuando tenga la solución, no el problema.

Solius se abstuvo de hacer comentarios sobre lo que acababa de decir, aunque bien podía haberse recreado con alguna de sus ironías. Eso quería decir que seguía dándole vueltas a la cabeza.

—¿Qué es lo que no te cuadra? —pregunté, mientras me situaba en los carriles que iban hacia la ciudad de Barcelona y evitaba los que se desviaban hacia Tarragona y Lleida.

—No sé, es solo que no acabo de entender el comportamiento de Josep Moreno. Por lo que me cuentas, no parece un mal tipo. Si lo que quería era restituir el honor de su abuelo, ¿por qué no hizo como Jacqueline Léon y trató de recuperar sus tierras hablando primero con los Vidal?

—Tal vez lo hizo, no lo sabemos. De todos modos, son casos un poco diferentes. Si es verdad lo que me ha contado Josefina Plensa, su abuelo vendió los viñedos, no se los robaron. Es cierto que lo hizo forzado y a un precio irrisorio, pero los Vidal son sus propietarios legales.

—Aunque no morales.

—Cierto —admití—. No lo sé, imagino que debió de pensar que por la vía legal no conseguiría nada. Jacqueline Léon tiene mucho dinero y se puede pagar un buen bufete de abogados; en cambio, Josep Moreno no parece un hombre de muchos recursos económicos.

—¿Y la saña con la que han actuado?

—Sí, ese es un tema difícil de explicar. Tal vez, al tomar conciencia de la traición que sufrió su abuelo e imaginar cómo habrían sido las cosas de no haberse producido, se despertó en él una rabia ancestral. Es un poco misterioso eso de los lazos familiares, ¿no crees?

Solius se volvió a quedar callada, quizá meditando sobre qué habría hecho ella en una situación así, si un buen día hubiera descubierto que su abuelo había sido agredido, traicionado y expoliado, y que eso había abocado a sus descendientes a una vida de penurias y escasez. Eso fue justamente lo que me preguntó.

—¿Qué habrías hecho tú en su lugar?

—No lo sé, la verdad —admití—. Me jode como al que más que ganen siempre los poderosos, pero he jurado respetar la ley y hacer que se respete. Como tú.

—Sí, eso hicimos, ¿verdad? ¡Qué inocentes! ¿Volverías a hacerlo hoy en día?

No era una pregunta fácil de responder, menos todavía circulando en un coche a todo lo que daba el motor. La sospecha fundada de que las leyes y las normas siempre se inclinan a favor de los poderosos llevaba tiempo rondándome por la cabeza y, ahora que lo pensaba, era una de las razones de fondo que me había llevado a abandonar la UOE. Estaba harto de limpiarle discretamente la mierda a los que mandaban.

Antes de que pudiera responder a la pregunta de la inspectora sonó su móvil y lo descolgó con un gesto de prestidigitadora. Escuchó durante un larguísimo minuto, asintiendo y pronunciando un par de veces «collons». Luego, mirando al frente, donde los carteles de la autopista anunciaban ya la proximidad de Barcelona, me informó:

—Han encontrado el Range Rover. Tenías razón, López. El coche está en el aparcamiento del aeropuerto de Barcelona, en la terminal 1. Están intentando averiguar qué vuelo ha cogido.

15

En las películas nunca pasa. Allí los coches de policía siempre funcionan a la perfección y llevan el depósito de la gasolina lleno. En la vida real, en cambio, de pronto se enciende el piloto de la reserva y, aunque tengas prisa por llegar a la casa de un sospechoso, tienes que parar a repostar como cualquier hijo de vecino. Eso es justo lo que nos sucedió poco antes de entrar a Barcelona, todavía en la autopista. Nos detuvimos en un área de servicio y, mientras yo llenaba el depósito, Solius entró en el edificio para ir al aseo y pagar.

A su vuelta, me comunicó las últimas noticias: Manel había cogido un vuelo a Tailandia el día anterior por la tarde, en concreto a las 20.05. Había llegado a Zúrich casi a las 22.00 y había hecho una escala larga, de unas catorce horas. No sabíamos si había salido del aeropuerto, pero entraba dentro de lo posible que se hubiera reunido allí con algún potencial comprador de los cuadros, las joyas y los relojes. Y a las 12.00 del día siguiente, o sea, de aquel domingo, había tomado otro vuelo en dirección a Bangkok cuya duración estimada era de once horas, de modo que llegaría a las 4.00, hora local. O lo que era lo mismo, a las 23.00, hora española. Puesto que eran las 21.14 en aquel momento, le quedaban menos de dos horas de viaje.

—Creo que, si avisamos a la embajada —aventuré— y esta hace las gestiones oportunas de manera urgente, la policía tailandesa podría estar esperándolo cuando aterrice.

—Es posible. Aunque siendo domingo por la noche allí, no sé…

—Bueno, hay que intentarlo.

—Claro, hay que intentarlo.

En lugar de coger el teléfono para llamar, Solius abrió un paquete de galletas saladas Tuc que había comprado en la tienda de la gasolinera. Me ofreció, pero rechacé la invitación. Arranqué para dejar que el coche de atrás pudiera repostar, pero me paré un poco más adelante.

—¿Qué pasa, inspectora, no vas a llamar?

Se quedó callada, masticando con parsimonia una galleta.

—¿Sabes qué me dijeron ayer en la clínica, López? —preguntó de pronto, levantando una segunda galleta al aire y mirándola como si fuera la calavera de Hamlet—. Me dijeron que estoy embarazada. Hace días que tengo un hambre voraz, pero con tanto trabajo ni siquiera se me había ocurrido pensar que fuera por eso.

—Vaya, felicidades, inspectora —dije procurando parecer calmado, aunque lo cierto era que me estaba impacientando.

—Sí, supongo que es un motivo de felicidad. Eso espero. Aunque no estoy muy segura de que esta criatura —razonó mientras dirigía la mirada a su abdomen— vaya a vivir en un mundo mejor que el que encontramos nosotros al nacer. O nuestros padres o nuestros abuelos.

—Mercè... —Era la primera vez que la llamaba así—. ¿Crees que este es el mejor momento para reflexionar sobre eso?

—¿No tienes la sensación, López —siguió, ignorando mi pregunta y el uso de su nombre de pila—, de que al final siempre ganan los mismos, los que ya tienen dinero y poder, los Narcisos y sus herederos, y que nosotros somos simplemente sus peones?

—Me imagino que esto tiene que ver con la pregunta que me has hecho antes, ¿no? Eso de si volvería a realizar mi juramento como policía.

Asintió y se metió en la boca dos galletas de golpe, formando una especie de sándwich sin relleno.

—Pues no lo sé, Solius. —Volví, prudente, al apellido—. Yo también tengo mis dudas, pero creo que ahora no podemos cuestionarnos eso. Estamos tratando de atrapar a unos criminales que andan sueltos por ahí.

—Sí, sí, ahora avisaremos a las autoridades pertinentes, no te preocupes. Porque lo vamos a hacer, López, por supuesto que lo vamos a hacer. Y, si todo va bien, detendrán a Manel en Bangkok, lo repatriarán, lo juzgarán y con suerte traerán de vuelta los cuadros y todo lo demás a la masía de los Vidal. Y, por supuesto, meterán en la cárcel a los autores de los delitos. Pero ¿y luego?

—¿Adónde quieres ir a parar?

—A que, independientemente de que Arnau Vidal, que está en el hospital en estado crítico, no me olvido, sobreviva o no, habrá un Vidal que heredará un montón de dinero, de posesiones y de empresas, entre ellas la bodega, que por lo que estamos descubriendo se creó de una manera como mínimo poco ética, por decirlo de una forma suave. Y que los Manel, los Moreno y sus descendientes, si es que los tienen, se hundirán todavía un poco más en la miseria.

—Ese es un camino muy peligroso, Solius. A nosotros no nos corresponde impartir justicia, y lo sabes. No es nuestro trabajo.

—Tal vez nos hemos equivocado de trabajo, López. Al menos yo.

—Tienes que llamar, inspectora. Es nuestro deber.

Se comió otras dos galletas más. Era casi de noche y todavía nos quedaba media hora hasta el piso de Josep Moreno, contando con que no hubiera tráfico en la entrada de Barcelona, pues era el último domingo de agosto y muchas familias regresaban de un fin de semana en la playa o de sus vacaciones de verano.

—Bueno, déjalo, deben de ser las hormonas —concluyó Solius.

Dejó el paquete en la guantera y, tras sacar las dos manos por la ventanilla y sacudirse los restos de sal, cogió el móvil y llamó al *major* de los Mossos d'Esquadra, quien a su vez debió de llamar al ministerio e iniciar el procedimiento internacional establecido para tratar de atrapar a Manel Pérez González cuando aterrizara, al cabo de hora y media o un poco más, en Bangkok.

Dejé el coche, siguiendo las indicaciones de la inspectora, en medio de una calle peatonal que desembocaba en la plaza de la Virreina para evitar que, en caso de que el piso de Josep Moreno diera a la plaza y él estuviera aún allí, nos viera llegar. Pegados a la pared, pasamos por delante de un par de portales y varias persianas de locales cerrados hasta que llegamos a una puerta de madera de doble hoja con un vidrio en la parte superior. La cerradura era muy básica y abrirla no supuso mayor dificultad.

Subimos, iluminados por la linterna del móvil de Solius, por una escalera antigua, estrecha y oscura, hasta la segunda planta. Una vez en el rellano, frente a la puerta del piso donde vivía Josep Moreno, la inspectora abrió la cartuchera, sacó la pistola y con la otra mano tocó el timbre. Esperamos y no contestó nadie. Volvió a tocarlo, y tampoco. No se veía luz ni debajo de la puerta ni por la mirilla. Parecía que no había nadie en el interior.

—¿Qué hacemos? —pregunté en un susurro.

—Si entramos sin una orden judicial —respondió,

también en voz baja, aunque parecía que allí no había nadie que pudiera escucharnos— y encontramos alguna prueba incriminatoria, podría quedar invalidada, pero si esperamos podría ser peor.

—Hay que elegir.

—Sí, siempre es lo mismo: hay que elegir… En fin, no es momento de filosofar. ¿Podrías abrirla igual que has abierto la de abajo?

Miré la puerta. Tenía varios puntos de anclaje, pero Moreno no se había tomado la molestia de cerrar con llave. Debía de tener prisa la última vez que salió, o quizá no pensaba volver. Con un simple plástico rígido habría podido abrirla, pero ya no llevaba conmigo el kit de «primeros auxilios» que solía utilizar en la UOE. Miré a Solius de arriba abajo buscando una solución y me pareció que llevaba una libreta en un bolsillo del chaleco. Quizá, si la tapa era de plástico rígido, podía servir. Le hice un gesto, lo pilló al vuelo, sacó la libreta y me la dio.

Tras escuchar el clic de la puerta al abrirse, pedí a Solius que me diera la pistola para entrar yo delante, pues otro de los inconvenientes de haber dejado la UOE era que había tenido que devolver el arma reglamentaria. La inspectora negó con la cabeza, me apartó sin muchos miramientos y entró con la pistola en la mano izquierda y el móvil-linterna en la derecha. No había caído en la cuenta, hasta ese momento, de que era zurda.

Todo parecía despejado. Encendimos la luz del recibidor, que en realidad era un pasillo que a la derecha conducía al salón y a la izquierda a una zona de dormitorios. Iniciamos la exploración por el salón, un espacio no muy amplio pero de techos altos, con suelo de mosaico hidráulico y una pequeña salida a un balcón mínimo. Los postigos del ventanal estaban abiertos y se podían ver las luces de una terraza de bar de la plaza de la Virreina. El sofá con *chaise longue* era blanco y el resto del mobiliario de estilo nórdico y sin complicaciones: mesa de madera clara, librería y cómoda conjuntadas y algunas plantas aquí y allá. Apoyadas sobre la cómoda había media docena de fotos en marcos de diferentes tamaños y materiales. Solius, que fue la primera en verlo, cogió uno de ellos y me puso la imagen ante los ojos. Allí estaba Josep Moreno, algo más joven y sin barba, sonriente, en un primer plano junto a otro conocido nuestro, un hombre de cráneo y quijada contundentes: Manel.

—Misterio resuelto —anunció Solius—: Josep Moreno y Manel Pérez son amigos.

—Puede que más que amigos —añadí, señalando

otra de las fotos en la que aparecían ambos en posición afectuosa, carrillo con carrillo, con el Coliseo de Roma de fondo.

Ignorando la cocina, que comunicaba con el salón a través de una puerta corredera, nos dirigimos por el pasillo hacia el otro lado del piso. El suelo era también hidráulico, pero en el dormitorio se transformaba en un laminado de cierta calidad. No era un parquet de tarima natural, pero tampoco un material barato. Se notaba que, aunque la finca era modesta y los medios limitados, el piso había sido decorado con cierto gusto. Lo primero que saltaba a la vista al entrar en el dormitorio eran las puertas abiertas de un gran armario de tres cuerpos pegado a una de las paredes, a la derecha de la entrada. Ahí colgaban un buen número de perchas desnudas sobre varias cajoneras abiertas y prácticamente vacías. Parecía que alguien había hecho el equipaje con prisas y había metido, en una maleta o en varias, probablemente sin mucha atención al detalle, la mayor parte de su ropa. La cama, cubierta con una funda de edredón de raso oscuro, estaba hecha pero arrugada, como si hubieran puesto las maletas encima para ir llenándolas con la ropa.

—Parece que el señor Moreno se quiere ir de vacaciones —observó Solius—. Quién pudiera, ¿no?

—Y creo que son unas vacaciones largas, porque ha dejado el armario casi vacío —añadí—. Debe de llevar un par de buenas maletas.

La inspectora ya se encaminaba hacia la puerta del dormitorio cuando vi algo que me llamó la atención. Me acerqué a una de las cajoneras y miré el interior de un cajón entreabierto. Había algo dentro. Lo acabé de abrir y encontré una especie de bolígrafo enorme parecido a un dildo. No era, sin embargo, ni una cosa ni la otra, sino una máquina de tatuar inalámbrica. A su lado, había también un cargador parecido a los de los coches, de esos de doce o veinticuatro voltios que se utilizan para recargar la batería del móvil, así como un cable USB, media docena de cartuchos de tinta y dos pares de guantes negros de látex, uno de los cuales vuelto del revés. Era, en resumidas cuentas, un kit completo de tatuador aficionado.

Otra de esas cosas que nunca pasan en las películas y sí en la realidad es que un par de policías van a coger su coche, que previamente han dejado aparcado en medio de la calle por las prisas, y se lo encuentran con la luna delantera reventada.

—*Merda, merda, merda!* —exclamó Solius al verlo—. No me acordaba de que este barrio está lleno de peña antisistema. ¡Les ha faltado tiempo a los muy cabrones!

Miré a mi alrededor para ver si había algún coche aparcado para forzarlo, pero estábamos en una zona peatonal y no había ninguno a la vista.

—¡Vamos, tengo una idea! —gritó la inspectora, que arrancó a correr hacia una calle perpendicular por la cual sí circulaban vehículos.

Por un momento pensé que pararía al primero que pasara y haría bajar al conductor al grito de «¡Policía, esto es una emergencia!», pero su plan era otro, bastante más convencional: coger un taxi. Tuvimos suerte y no tardó en pasar uno. El conductor, casi con seguridad paquistaní, apenas se inmutó cuando Solius, con voz enérgica y articulando bien las palabras, le dijo:

—Al aeropuerto a toda leche. Y si llegas antes de veinte minutos te pagaré el doble de lo que marque el taxímetro, ¿me has entendido?

El taxista asintió varias veces con la cabeza y su acelerón fue la prueba evidente de que había captado el mensaje.

La inspectora se giró hacia mí.

—Yo también he pensado en tomar un coche prestado, López, pero es más rápido ir en taxi. Esta gente sabe moverse por la ciudad mucho mejor que tú, que yo y que Google juntos.

Por el camino, Solius, que había recuperado al cien por cien su habitual determinación, llamó a alguien que, según deduje, debía de ser un compañero de los Mossos.

—Sí, esos cabrones nos han reventado la luna… Pues con un palo de hierro o un bate, yo qué sé, ya sabes cómo se las gastan… Claro, si lo dejamos ahí mucho rato nos lo despiezan, los hijos de su madre… Que se acerque una patrulla y lo vigilen hasta que llegue la grúa… A Girona, sí, al aparcamiento de mi comisaría… Ahora los aviso, no te preocupes, siempre hay un retén… Gracias, te debo unos *cargols a la llauna*… Por supuesto, allí te espero.

Mientras Solius solucionaba el tema del coche, me tomé la libertad de enviarle un audio a Ramiro explicándole en pocas palabras la situación y nuestra sospecha, bastante fundada ya, de que Josep Moreno Plensa podía ser el autor intelectual y en parte material del secuestro y asesinato de Mateu Vidal, así como del secuestro y homicidio en grado de tentativa de Arnau Vidal, que todavía no sabíamos si sobreviviría y que a aquellas horas debía de estar ingresado en el Hospital de Barcelona. Sobre el robo de Manel le hice solo un breve apunte para no alargar ni complicar el mensaje. Lo más urgente, le dije, a sabiendas de que lo escucharía enseguida y se pondría en marcha aunque fuera domingo por la noche, era que sospechábamos que el tal Moreno podía estar en el aeropuerto de Barcelona tratando de tomar un vuelo, por lo que le pedía que hablara con quien correspondiera para que intentaran localizarlo y detenerlo. Esa era otra de las desventajas de no ser ya un agente de la UOE: no podía llamar yo a la comisaría del aeropuerto, decir «Hola, soy López, el de los DNI de Figueres» y pretender que me hicieran caso.

—A ver, recapitulemos —propuso Solius justo en el momento en que el taxista trazaba la rotonda de la plaza de España como si compitiera en las 500 Millas de Indianápolis—. Josep Moreno, según los indicios que tenemos hasta ahora, habría ideado el plan, solo o con la ayuda de Manel, que es su amigo o su pareja. ¿Sí?

—Sí.

—El plan consistiría en vengar la afrenta que habría sufrido al acabar la Guerra Civil su abuelo, Jordi Plensa, por parte de Narciso Vidal, padre del asesinado

Mateu Vidal y abuelo de Arnau Vidal, en estos momentos en el hospital debatiéndose entre la vida y la muerte. Por cierto, he enviado una dotación al Hospital de Barcelona para que acompañen a la mujer y me vayan informando, pero de momento no hay novedades. ¿Me estás escuchando, López?

—Sí, sí, te escucho.

—Es que como no me miras...

El taxista paquistaní estaba aprovechando la autovía de Castelldefels para sacarle las telarañas al motor de su Toyota Prius, mientras yo, que estaba aprendiendo a dejarme llevar pero que todavía era novato en ese tipo de actitudes, no podía dejar de mirar a la carretera para tener al menos cierta sensación de control.

—Bueno, yo sigo, ¿vale? —se resignó Solius—. Según los indicios que tenemos, Francesc Moreno habría actuado a las órdenes de su hermano para ejecutar el trabajo sucio, y Manel habría sido colaborador necesario y autor del robo en la masía de los Vidal. Al primero lo tenemos drogado y dormido en el hospital psiquiátrico de Salt, donde mis compañeros de la Científica ya deben de haberle tomado muestras de la tierra de las uñas para ver si coinciden con las del viñedo de Celler León donde hemos encontrado esta mañana a Arnau Vidal. Y al segundo lo tenemos volando sobre Tailandia, no muy lejos de Bangkok, aunque no podemos saber, porque somos unos pobres mindundis que no controlan las altas esferas internacionales, si la poli local llegará a tiempo de echarle el guante, ¿sí?

Asentí.

—Vale. Por cierto, ¿por qué no se ha ido Josep Moreno con su amigo Manel a Tailandia en el mismo vuelo?

—No lo sé —admití sin dejar de mirar alternativamente los movimientos del taxista y la carretera—. Quizá porque el secuestro de Arnau se complicó y se alargó más de lo que esperaban debido al dispositivo de vigilancia.

—Sí, tiene sentido. El caso es que ahora vamos camino del aeropuerto para tratar de detener a Josep Moreno antes de que coja, como estamos presuponiendo, un vuelo en dirección a no sabemos dónde. ¿Crees que su intención es volar a Tailandia para encontrarse allí con Manel? —preguntó Solius.

—Eso sería lo normal, pero si es un tío inteligente cogerá primero un vuelo a algún país que no tenga tratado de extradición con España, como Arabia Saudí o Qatar, y desde allí se buscará la vida para llegar a Tailandia.

—Bien visto. Pues entonces —apuntó la inspectora,

mientras el taxista tomaba ya la salida de la terminal 1 al más puro estilo Räikkönen— solo nos queda una cosa por saber.

—¿Cuál?

—Si llegaremos a tiempo de atraparlo.

Encontrar a una persona en la T1 del aeropuerto de Barcelona el último domingo de agosto, con colas interminables de pasajeros de todas las razas y procedencias facturando, a la espera de efectuar el control de equipajes o tratando de embarcar para volver a sus hogares, era todavía más difícil que lo que propone el dicho: encontrar una aguja en un pajar. En el caso del refrán, al menos la aguja es de un color y de un material diferentes a los de la paja. En un aeropuerto tan concurrido, en cambio, la enorme diversidad de morfologías corporales, formas de moverse, ropas y colores elimina la posibilidad del contraste y provoca un efecto dispersor de la atención, incapaz de concentrarse en un punto o distinguir a una persona concreta. Para colmo, apenas sabíamos el aspecto que tenía Josep Moreno. Yo lo había visto en persona tan solo durante unos segundos en el bar de Ángela, y Solius, solo en foto.

Dada la dificultad, tuvimos que actuar por descarte y tentativa. Calculando que el sospechoso debía de llevarnos unas dos horas de ventaja y que su vuelo era internacional, supusimos que ya habría facturado sus maletas y estaría en la zona de embarque, tras haber superado el control de equipajes, tal vez tomando algo o, llevado por los nervios, ya en la misma puerta del vuelo. La vestimenta y la credencial de Solius nos permitieron saltarnos las colas del control de equipajes y entrar directamente en la zona de las tiendas. Una vez allí, las alternativas eran tantas que resultaba imposible tomar una decisión con un fundamento racional. Quise saber qué me decía mi intuición en aquel momento, pero la intuición es caprichosa y aparece cuando menos te lo esperas, y rara vez cuando la convocas o la necesitas.

Nos detuvimos frente al panel que anunciaba los siguientes vuelos y de pronto sentí un vahído. Cerré los ojos, apoyé las manos en las rodillas y noté cómo los latidos de mi corazón se aceleraban. Allí estaba de nuevo la maldita ansiedad. Supe enseguida que no era por Moreno, sino por el episodio de la T4 de unos meses atrás, que de pronto acudió a mi mente como a fogonazos: yo andando entre la gente aquella víspera de Navidad; el aeropuerto de Madrid a reventar de viajeros que llegaban y de amigos o familiares que los recibían; el guardaespaldas de Ortega caminando hacia el aparcamiento, cubriendo al mafioso y mirando a todas partes; yo acelerando para no perderlos, tratando de escurrirme entre la muchedumbre, y de pronto la imagen del guardaespaldas apuntándome y yo tirándome al suelo y sacando el arma y disparando y Ortega corriendo y todo el mundo gritando y mi gente cagándose en la puta madre que me parió por precipitarme. Y lo peor de todo: aquella pobre mujer llevándose una bala que era para mí y que se alojó impensadamente y sin remedio en su pecho. Era lo que pasaba cuando uno de los nuestros se precipitaba: había víctimas. Yo me había precipitado y una mujer inocente había muerto. Esa era la verdad, no lo que decía el informe de Ramiro que me salvó el culo, ni la explicación que me preparó para que la recitara ante la comisión de investigación.

Respiré a fondo varias veces, como había aprendido a hacer con la práctica de la meditación, y poco a poco las palpitaciones fueron bajando de intensidad, hasta que sentí que de nuevo recuperaba el control sobre mí y sobre la situación.

—¿Me estás escuchando, López?

Abrí los ojos y miré a Solius, que señalaba el panel luminoso.

—A ver, te decía que antes has mencionado Arabia Saudí y Qatar, y ahí veo un vuelo a Doha que sale dentro de una hora.

—Sí, pero eran solo dos ejemplos. ¿Sabes cuántos países hay que no tienen tratado de extradición con España?

—Déjame adivinarlo… ¿Muchos?

—Más de cien.

—*Collons!*

De todas maneras, lo que había sugerido Solius era un punto al que agarrarse. Saqué el móvil y busqué una lista de aquellos más de cien países a los que, si Josep Moreno había preparado bien su huida, podía viajar sobre seguro. La contrasté con la lista de las salidas previstas para la siguiente hora y la comparación arrojó dos coincidencias: Túnez y Doha. En buena lógica, si lo que pretendía era buscar un enlace para luego ir a Tailandia, Doha le ofrecía muchas más opciones que Túnez, sin olvidar que ya estaba a medio camino. Me fijé en el vuelo a Doha que había mencionado Solius y vi que ya habían anunciado la puerta de embarque.

—¡B48! —grité, y la inspectora y yo arrancamos a correr al mismo tiempo.

Conocía bien el aeropuerto de Barcelona; no tanto como el de Madrid, pero lo suficiente como para saber que desde donde estábamos podíamos atajar pasando por el interior de la tienda del Fútbol Club Barcelona. Eso hicimos, esquivando a media docena de chavales con la cara y los brazos rojos como gambas que miraban con anhelo una camiseta de Lewandowski. Salimos por el otro extremo de la tienda a un pasillo amplio y, después de pasar junto a una barra de bocadillos de jamón de Enrique Tomás, que me hizo recordar fugazmente que no habíamos cenado, encaramos la recta larguísima de la zona B, donde se disponen a cada lado las puertas de embarque. Teníamos que llegar a la 48, así que nos quedaba un trecho. Por un momento dudé si usar la pasarela automática, pero lo descarté al ver la cantidad de gente que circulaba por ella con maletas y niños. Me metí por el lateral izquierdo, que me pareció menos concurrido, aunque enseguida caí en que tendría que cambiar en algún momento al otro lado, pues las puertas pares estaban a la derecha.

Mientras recorría aquellos mil metros obstáculos, esquivando turistas y saltando sobre maletas, traté de pensar qué haría cuando llegara a la puerta de embarque B48 y cómo reconocería a Josep Moreno, pero antes de haber decidido la estrategia ya estaba allí. Se había formado una larga cola ante el pequeño mostrador en el que dos azafatas parecían esperar pacientemente mientras una tercera hablaba por un *walkie-talkie*. Aquella era una buena noticia: no había comenzado la operación de embarque, seguramente iban con retraso. Empecé entonces a caminar en paralelo a la cola de pasajeros tratando de localizar al sospechoso. Fue él, sin embargo, el que me vio antes a mí, o quizá a Solius, que llegaba corriendo a mi posición con su chaleco policial y su credencial al vuelo, pues de pronto salió de la fila y arrancó a correr en dirección contraria. Vi que lo hacía por la pasarela mecánica, que en aquella dirección llevaba menos gente, sin duda porque había más turistas que regresaban a sus hogares que locales que volvían a Barcelona.

Me giré de golpe para perseguirlo, pero choqué con la inspectora, que acababa de frenar justo detrás de mí.

—*Caguntot!* —exclamó al recibir el golpe.

—Perdona, Solius, ¿estás bien?

—Estoy… echando… el puto bazo —dijo con la respiración entrecortada—. Pero tira, que ahora te pillo.

Con el choque había perdido de vista a Moreno, pero no había duda de hacia dónde iba: hacia la salida del aeropuerto. Esa era ahora su única opción de escapar. Así que volví al eslalon entre viajeros, con la dificultad de que algunos iban en grupos numerosos y compactos que tuve que atravesar como un jugador de fútbol americano camino del *touchdown*, es decir, con el hombro por delante y dejando a alguien en el suelo.

Al poco lo localicé corriendo por el último tramo de pasarela mecánica, a punto ya de salir frente a la barra de Enrique Tomás. Con el campo de pronto despejado, esprinté y me acerqué a apenas diez metros. Hizo entonces un quiebro y se metió para atajar en la tienda Natura, que como la del Fútbol Club Barcelona está abierta por ambos lados. Ahí me di cuenta de que lo tenía. Se frenó ligeramente al entrar en un pasillo estrecho con ropa y bolsos a ambos lados, y salté sobre él. Caímos al suelo entre un estrépito de perchas, por suerte amortiguados en el batacazo por blusas, vestidos, jerséis y chales de estampados orientales.

Una vez en el suelo, Josep Moreno no opuso ninguna resistencia. Se quedó como un peso muerto sobre el lecho de ropa, de cara al techo, con los ojos cerrados y boqueando para recuperar el aliento. Yo me incorporé un poco, hasta quedar de rodillas a su lado, tratando también de coger aire y recuperarme de la carrera.

—Otra vez van a ganar ellos —dijo con la respiración agitada, el pecho subiendo y bajando—. La historia se repite.

Tenía mis cinco sentidos puestos en controlar que no hiciera ningún movimiento de huida hasta que llegara Solius y le pusiera las esposas. No parecía, sin embargo, que tuviera intención de escapar. Se lo veía rendido.

—¿Cree que es justo? —preguntó—. Ellos siempre ganan. Dinero y poder. Siempre lo mismo. De generación en generación.

La inspectora estaba tardando, pensé que tal vez había pasado de largo y no nos había visto. Me dirigí a una de las dependientas, que tenía las manos en la cabeza y contemplaba estupefacta el estropicio sin atreverse a acercarse.

—¡Soy policía! —le grité—. Salga fuera de la tienda y busque a una mujer alta con un chaleco de los Mossos d'Esquadra. Dígale que estamos aquí.

Dudó, pero finalmente me hizo caso. Con el rabillo del ojo vi que Josep Moreno seguía con los ojos cerrados.

—¿Cree que es justo? —insistió.

No estaba seguro de que realmente me lo preguntara a mí ni de que esperara una respuesta. Aun así, no pude resistirme a responder:

—No podemos tomarnos la justicia por nuestra mano, para eso están los jueces.

—Pero ellos los controlan. La justicia no es justa cuando tiene que juzgarlos a ellos.

—Tampoco es justo matar a nadie, menos aún por las faltas de sus antepasados.

—De alguna forma hay que restaurar el equilibrio. Si no quieren hacerlo por las buenas...

Se detuvo ahí. Tal vez, en un momento de lucidez, se dio cuenta de que estaba hablando demasiado y de que aquello podía ser utilizado en su contra. Justo entonces apareció Solius que, casi sin resuello, soltó un «collons» y le puso las esposas.

La noche fue larga. Acompañé a la inspectora a hacer las diligencias oportunas, primero en las dependencias de los Mossos en el mismo aeropuerto y luego, cuando el juez decretó la prisión incondicional del detenido, en el centro penitenciario de Can Brians. Ahí vino a recogernos, pasadas ya las cinco y media de la madrugada, la dotación de los Mossos que estaba de guardia en el Hospital de Barcelona. Al parecer, Arnau Vidal estaba fuera de peligro, aunque los médicos no descartaban que pudieran quedarle secuelas neurológicas a causa de la hipoxia que había sufrido.

Me abandoné por fin y me dejé llevar en el asiento

trasero del coche policial, con Solius a mi lado y los dos agentes en los asientos delanteros. Cerré los ojos y me entregué a un sueño corto pero profundo. Cuando volví a abrirlos, el coche estaba tomando la salida de Girona oeste, deduje que para dejar a la inspectora en su casa. Se apreciaban ya las primeras luces del alba.

—¿Qué piensas? —le pregunté en un susurro.

—Pensaba que lo más probable es que le carguen las culpas al hermano, al Xicu. Me enviaron un mensaje cuando todavía estábamos en la comisaría del aeropuerto diciéndome que los restos de tierra que tiene en las uñas encajan perfectamente con el terreno donde encontraron a Arnau Vidal.

Ella también hablaba en susurros. Se notaba que iba perdiendo energía por momentos.

—Seguro que lo encierran de por vida en un centro psiquiátrico y su hermano se libra. Además —añadió, apenas ya con un hilo de voz—, no han llegado a tiempo de atrapar a Manel. Me lo acaba de comunicar el *major*. Ese se ha escapado. Al menos de momento.

Por su expresión, no lograba adivinar qué sentía Solius, tan solo apreciaba signos de cansancio en su rostro. Imaginé que mi aspecto, después de varias noches casi sin dormir, debía de ser parecido.

—¿Habrías preferido otro final, inspectora?

Miró por la ventanilla y no contestó. El coche recorrió una avenida con un parque a la derecha y unos pisos de nueva construcción a la izquierda, un buen lugar, pensé, para tener un hijo e iniciar una vida familiar. Aparcó frente a un edificio de tres o cuatro alturas y la inspectora se bajó. Con la puerta abierta se inclinó y me miró.

—Les he dicho que te dejen en tu casa, López.

—Gracias, inspectora.

No supimos si decirnos buenas noches o buenos días, así que no dijimos nada.

Epílogo

Ventura sabía que lo que le pedía era razonable y estaba plenamente justificado, pues había estado trabajando todo el fin de semana, incluso a horas intempestivas para un funcionario de a pie. Era cierto que llevaba días sin ir a la comisaría de Figueres y sin hacer el trabajo que me correspondía, es decir, atender de ocho a tres a ciudadanos que, con cita previa o de urgencia, tenían que hacerse o renovar el DNI o el pasaporte, pero había estado trabajando en un asunto policial de máxima prioridad para el Cuerpo y, si apuntábamos un poco más arriba, incluso para el ministerio. Mi nuevo jefe sabía, además, que no se podía negar, que Ramiro tenía tentáculos por todas partes y podía joderle la vida de mil maneras diferentes. Sin contar con que en el escalafón no era más que el responsable de un centro de Documentación, alguien sin mucho poder ni prestigio a ojos de los que mandaban de verdad. Así que al final no tuvo más remedio que acceder.

—Dos días, López, no pueden ser más —me advirtió—. Ya no es por mí, sino por tus compañeros, que han estado la última semana cubriéndote las espaldas y están mosqueados contigo.

—De acuerdo, dos días.

Me miró desde su lado del escritorio, los dos de pie, conscientes de que, arreglado el asunto que me había llevado allí aquella mañana, no había mucho más que hablar. Aun así, no pudo resistirse a preguntarme por el caso. Era la una del mediodía y ya había salido en todos los medios la noticia de la aparición de Arnau Vidal y de la detención de Josep y Francesc Moreno Plensa como principales sospechosos, además de la búsqueda de un tercer implicado huido a un país asiático.

—Me han dicho que esta vez estuviste brillante —soltó de pronto.

—Y no como en aquello de la T4, ¿no?

—Yo no he dicho eso.

—Pero es lo que estabas pensando o a punto de decir.

Me miró y le sostuve la mirada. No lo conocía apenas, pero me daba la impresión de que Ventura era de aquellos jefes que si pueden te humillan, quizá porque han aceptado durante demasiado tiempo ser humillados. Yo tenía claro que no iba a permitirle que lo hiciera conmigo.

—Mira, López, no tengo nada contra ti ni ninguna intención de putearte, ¿vale? Solo quiero llevar mi negociado a mi manera. Y sin más problemas que los del día a día, que no son pocos.

Salió de detrás de la mesa y se acercó. Era alto, al menos diez centímetros más que yo, el pelo y la barba canosos. No debían de quedarle más de tres o cuatro años para jubilarse. Me miró de nuevo, esta vez con gesto grave.

—¿De verdad crees que tu sitio está aquí? —cuestionó, y como no dije nada, añadió—: Lo digo por ti. A veces uno tiene que aceptar que vale para lo que vale. Yo no valgo para andar por ahí persiguiendo asesinos o mafiosos, por eso estoy en un despacho, caliente en invierno y fresco en verano, esperando no tener muchos problemas y poder jubilarme pronto. Pero tú estás hecho de otra pasta. En mi sitio no durarías ni dos minutos. Aunque digas lo contrario, te va la marcha.

No me pareció oportuno contestar. Tampoco tenía claro, después de aquella semana de locura, qué decir. Ventura se impacientó ante mi silencio.

—Bueno, ya veo que tienes prisa por largarte —concluyó—. Piensa un poco en lo que te he dicho. Si vuelves, necesito que lo hagas totalmente convencido, ¿de acuerdo?

Asentí, saludé y salí del despacho y de la comisaría.

Ovidi no quiso cobrar nada por su trabajo de traducción, así que lo invité a comer en Ca l'Apotecari. Quería agradecerle su ayuda de los últimos días y contarle, más allá de lo que hubiera podido ver en los medios de comunicación esa misma mañana, cómo habían ido las cosas desde que nos despedimos el día anterior en la cafetería Maia, cerca de la residencia donde se alojaba Josefina Plensa. Precisamente empezamos hablando de ella cuando nos sentamos.

—Pobre mujer —comentó Ovidi—, como si no tuviera bastante con acabar sus días en una residencia. *Porca miseria!*

—¿Has cambiado las expresiones catalanas por las italianas?

—*I ara!** —negó—. Yo soy más francófono que italófono. Aunque en realidad todas las lenguas romances se parecen mucho...

* ¡Para nada!

Temí que se arrancara con una disertación sobre el origen y la evolución de las lenguas románicas, que sin duda conocía al dedillo, pero por suerte vinieron a tomarnos nota y el anticipo del placer gastronómico hizo que se olvidara del tema.

—Entonces, *Lopes*, ¿es cierto eso de que robaron unos cuadros de Dalí que había en la masía de los Vidal?

—Sí, y también unas joyas, y unos relojes de coleccionista que eran de Mateu Vidal. Y bastante dinero en efectivo.

—¿Sabías que todavía quedan algunos cuadros de Dalí en casas particulares del Empordà? Él y Gala vivieron gran parte de su vida en diversas localidades de la comarca, en Figueres, Cadaqués, Portlligat y Púbol, y algunas personas cercanas a ellos tuvieron la suerte de hacerse con cuadros suyos.

—Los que había en la masía son de principios de los treinta. De formato pequeño.

—Ah, sí, son de una precisión técnica insólita. Hay algunos en el Museo Dalí-Figueres. Hoy en día deben de valer una fortuna.

Nos trajeron los primeros: una *esqueixada* de bacalao para mí y una fideuá para Ovidi. Mientras miraba dudoso el *allioli*, le expliqué que el chófer de Arnau

Vidal había conseguido escapar antes de que las autoridades españolas pusieran sobre aviso a la policía tailandesa. Ahora los cuadros y el resto del botín podían estar en una caja fuerte de Zúrich o en un bungalow de Phuket. Solo él lo sabía.

—¿Y Arnau Vidal? —preguntó mi vecino, que finalmente se decidió a ponerle *allioli* a la fideuá.

—Sigue estable y fuera de peligro, pero tal vez le queden secuelas. Estuvieron a punto de matarlo obligándolo a beber una gran cantidad de vino, y luego lo abandonaron en un viñedo.

—¡Una venganza cargada de simbolismo!

—Y bastante retorcida —rematé, aunque evitando entrar en detalles, como la forma en que lo «crucificaron» o el tatuaje en el pecho, que estaban bajo secreto sumarial.

—Realmente no sabemos de lo que somos capaces hasta que nos posee la ira —sentenció mi vecino.

Comimos en silencio durante unos minutos, observando la decoración interior de Ca l'Apotecari, todo un muestrario de los estilos locales a lo largo de las épocas. Enseguida llegó el segundo: fricandó de ternera con setas para los dos.

—¿Cómo averiguasteis dónde estaba Josep Moreno? —quiso saber Ovidi.

—Entramos en su piso y vimos los armarios abiertos. Estaba claro que había hecho las maletas a toda prisa para reunirse con su amigo Manel.

—Una buena deducción.

—Gracias, doctor Watson.

Sonrió complacido y las mejillas se le encendieron. Bebió un poco de agua para aplacar el sonrojo.

—¿Y dijo algo cuando lo atrapaste?

Todavía resonaban en mi cabeza las palabras de Josep Moreno mientras permanecía tumbado boca arriba en el suelo de la tienda, ya rendido. En un momento como aquel, cualquier ladrón común se habría callado o me habría maldecido, pero no se habría dedicado a hacer comentarios sobre el equilibrio social o la pervivencia de las diferencias de clase. No pude resistirme a referirle la conversación a Ovidi, no sin antes hacerle prometer por su vida que aquello no saldría de allí.

—Dijo varias cosas, entre ellas una frase que se me quedó grabada: «De alguna forma hay que restaurar el equilibrio. Si no quieren hacerlo por las buenas…».

—Lo harán por las malas —completó, al tiempo que mojaba un pedazo de pan en la salsa del fricandó—. Muy interesante.

—¿Qué es lo que te parece interesante?

—Pues que, más allá de los hechos delictivos, que

por supuesto se deben juzgar y castigar, esa afirmación nos remite al viejo tema de la justicia histórica.

—Perdona mi ignorancia, Ovidi, pero ¿a qué te refieres exactamente?

—Al debate sobre si se deben restaurar de alguna forma las injusticias o los abusos del pasado.

Adoptó su habitual tono docente y siguió:

—La justicia es la virtud de dar a cada uno lo que le corresponde, un principio moral de equidad, según señala el diccionario. La justicia histórica, en consecuencia, trataría sobre cómo restaurar injusticias cometidas en el pasado, siempre sobre la base de ese principio moral.

—Entiendo.

—Pero claro, suele ser difícil demostrar que se cometieron esas injusticias, porque los ejecutores se encargan de obviarlas en su relato o de destruir las evidencias.

—Como en el caso de Narciso Vidal y la forma en que se hizo con las tierras de Jordi Plensa y de Carles León, ¿no?

—Exacto. El tema es: ¿deben los descendientes de aquellos que robaron, explotaron o asesinaron pagar por las acciones de sus antepasados?

La pregunta de Ovidi quedó flotando en el aire

porque la camarera vino a preguntarnos qué queríamos de postre. Yo opté por pasar directamente al café, me esperaba una tarde larga y no quería tener una digestión pesada. Ovidi, en cambio, se pidió un flan de huevo de la casa.

—¿Y tú qué opinas? —le pregunté cuando volvimos a estar solos—. ¿Crees que los Vidal deberían compensar de alguna forma a los descendientes de Jordi Plensa y de Carles León?

—*I tant!** Narciso Vidal se hizo con las tierras gracias a su posición de poder como ganador de una guerra.

—Sin embargo, Arnau Vidal no tiene la culpa de lo que hizo su abuelo, ¿no?

—Cierto, pero disfruta hoy en día de lo que aquel consiguió de manera ilícita o, como mínimo, poco ética.

—¿Y cómo se determina lo que es justo o ético en este caso?

—¡Ahí está el problema, querido López! —aceptó Ovidi, mientras miraba con codicia el flan y clavaba en él la cucharilla de postres—. Es muy difícil demostrar lo que pasó hace ochenta años, y más todavía juzgarlo

* ¡Por supuesto!

a la luz de nuestros días. Todo se acaba convirtiendo en polvo, y el tiempo es un viento más potente que la tramontana.

Cuando Ángela vino a recogerme estaba tan radiante como el día.

—¿Todo listo? —preguntó con voz cantarina.

—Sí, solo llevo una mochila con un par de mudas —respondí, mostrando el ligero equipaje que colgaba de mi espalda.

—¡¿En serio?! ¿En esa minibolsa llevas todo lo que necesitas para dos días? ¡Ahí no me cabría a mí ni el neceser!

Era una de las cosas que más me gustaban de Ángela. Tenía su pasado, como todos, y sus pérdidas y sus penas y sus soledades, también como todos, pero había decidido ser feliz a toda costa. No negaba sus sombras, pero no se dejaba ensombrecer. Ahora que conocía algunas de ellas, valoraba aún más su actitud, que no era una pose ni una convención social, sino la convicción íntima de que valía la pena luchar cada día por sacarle el jugo a la vida.

—¿Vamos entonces? —preguntó desde el quicio de la puerta de mi casa.

—Vamos.

Aquella mañana, después de dormir cinco o seis horas que me supieron a gloria, había tomado una decisión: ir a Madrid a ver a mis hijas. Había pedido unos días de permiso a Ventura, había llamado a Marisa y había preguntado a Ángela si podía llevarme en su coche a la estación de Figueres-Vilafant.

—¿Las echas de menos? —me preguntó mientras arrancaba.

—Sí, mucho.

—Te entiendo. Yo no sé qué haré el día que mi hija se vaya de casa. ¡Creo que adoptaré diez gatos!

Dibujó su mejor sonrisa estereoscópica y puso en marcha la radio del coche. Sonaba *Como yo te amo* en la versión de Niños Mutantes. Se puso a cantarla a gritos y logró, a pesar de mi habitual resistencia al optimismo, contagiarme su alegría.

Aparcamos frente a la estación, salimos y nos quedamos uno frente al otro, yo con mi sucinto equipaje colgado a la espalda y ella con su sempiterna sonrisa.

—Estoy pensando una cosa —dije.

—¿Buena?

—Espero que sí.

—A ver, dime.

—Tengo entendido que Girona es una ciudad muy bonita, ¿no?

—¡Preciosa! —exclamó con entusiasmo—. El centro histórico es más romántico que París.

—¿Qué te parece si dentro de unos días, cuando vuelva de Madrid, salimos a cenar una noche por allí?

Ángela ensanchó su ya amplia sonrisa. Se la veía complacida, aunque prudente, diría que sopesando lo que podía haber más allá de mis palabras.

—¿Estás seguro de querer? —preguntó.

—Estoy seguro de querer intentarlo.

Llamé a Ramiro poco después de arrancar el tren.

—¡¿Dónde estás, López?! —gritó—. ¡No se escucha una mierda!

—Espera.

Me levanté y caminé hasta la plataforma. La mala cobertura del AVE era un clásico desde que había entrado en funcionamiento. Lo increíble era que no lo hubieran arreglado todavía.

—¿Me escuchas ahora?

—Mejor.

Mi exjefe estaba informado ya de todo, por los

audios que yo le había enviado de madrugada y por el informe de Solius, que convenientemente pasado por el Google Translate y después revisado le había enviado a primera hora el *major* de los Mossos en castellano. Solo lo llamaba para confirmar que todo estaba en orden, en especial para asegurarme de que ya había cumplido con mi parte del trato y quedaba liberado de todo compromiso.

—Acabo de hablar con el ministro —me comunicó—. Nos ha felicitado por nuestra intervención. Y el *major* de los Mossos está encantado. Dice que su inspectora ha hecho muy buenas migas contigo.

—Entonces ya está, ¿no?

—Sí, misión cumplida. Te debo una, López.

—No, Ramiro, estamos en paz. Ni tú me debes ni yo a ti.

—Ah, ¿entonces empezamos de cero?

—No, no estamos empezando nada, lo estamos acabando.

Rio con ganas, con aquella risa grave que mucha gente en el Cuerpo temía, porque siempre tenía segunda parte.

—He hablado con Ventura, ¿sabes? —Ahí estaba la segunda parte—. Me ha dicho que no te ve haciendo DNI. Y yo tampoco.

No repliqué. Después de aquella semana yo tampoco sabía si me veía en una oficina siete horas al día.

—Por cierto, ¿ese ruido de fondo es el tren?

—Sí, estoy en el AVE.

—¡Ah, vuelves a Madrid!

—No, solo voy a ver a mis hijas.

Soltó una nueva carcajada.

—Pero volverás, López. ¡Volverás!

Aclaraciones y agradecimientos

Aunque algunos personajes de esta historia contienen trazos y trazas de personas reales, son esencialmente producto de mi imaginación, como lo son sus nombres, los lugares donde habitan y los hechos que protagonizan. Tan solo dos de ellos se corresponden con seres de carne y hueso. El primero es Joan Garriga, conocido y prestigioso psicoterapeuta, introductor de las constelaciones familiares en España, entre otros muchos méritos, y muy querido amigo. Le agradezco que se haya prestado, exhibiendo un encomiable espíritu lúdico, a realizar un cameo literario en la novela.

El segundo es Milou, el pequeño pero aguerrido pomerania de Jacqueline Léon, cuyos propietarios/padres en la realidad son mis queridísimos amigos de toda la vida Juan Aguiriano y Carmen Calvo. Milou (el de carne y pelos) y yo siempre hemos mantenido una relación muy particular.

El resto, como digo, son inventados, si bien toman en ocasiones características de personas que existieron o todavía existen. Pido disculpas por adelantado si alguna de ellas se siente reflejada y se molesta por esta licencia, tan habitual por otra parte en la literatura, que siempre transita como un equilibrista cojo entre la realidad y la ficción.

Aprovecho este espacio para agradecer la inestimable ayuda de una serie de personas que me han acompañado durante el proceso de escritura y edición de la novela. La primera que debo mencionar es, en justa ley, mi vecino y amigo August Rafanell, que incansablemente ha revisado la novela del derecho y del revés, no una, sino unas cuantas veces, y que en todo momento me ha exhortado a mejorarla, a encontrar los adjetivos precisos y las imágenes más evocadoras. No solo me ha ayudado con los aspectos lingüísticos, terreno en el que imparte cátedra dentro y fuera de las aulas, sino también con algunas cuestiones de la trama. Suya es la idea de los jabalíes que aparecen en los caminos en medio de la noche y suyos son muchos de los rasgos y cualidades que me han servido para dibujar al entrañable Ovidi.

Gracias también al resto de «los hombres de Meri», que además de August son Bru Rovira, Xavier Pladevall, Alfonso Alzamora y Pere Gifre. Agradezco particularmente a este último su asesoramiento y sus correcciones en todo lo que se refiere a la historia del Empordà, campo en el que es experto y maestro.

Por otra parte, quiero dar las gracias a Anna Punsí, gran periodista ampurdanesa, por sus detalladas y puntuales informaciones sobre la jerarquía del cuerpo de los Mossos d'Esquadra y sobre su atuendo, sin las cuales el relato habría resultado impreciso, cuando no erróneo.

Gracias también a los lectores beta de la novela: Paloma Fuentes, Fady Bujana, Mario Escribano, Pilar Benítez y mi hermana, Yolanda López, por su lectura atenta y su *feedback* no solo útil, sino estimulante.

También resultó extraordinariamente útil la lectura de Antonio Lozano, uno de los mayores expertos en novela negra de nuestro país, cuyas acertadas aportaciones y sugerencias contribuyeron en gran medida a mejorar la trama y los personajes. Laura Santaflorentina hizo de enlace con Antonio, cosa que desde aquí le agradezco.

Y *last but not least*, gracias a Silvia Bastos, mi agente, por creer en esta novela y en la promesa de las que vendrán, y a Clara Rasero, mi apasionada editora, por contagiar su entusiasmo a todo el fantástico equipo de Ediciones B.